# TODOS OS SANTOS MALDITOS

# MAGGIE STIEFVATER

# TODOS OS SANTOS MALDITOS

**Tradução**
Jorge Ritter

**1ª edição**

Rio de Janeiro-RJ / Campinas-SP, 2019

VERUS EDITORA

**Editora executiva**
Raïssa Castro

**Coordenadora editorial**
Ana Paula Gomes

**Capa**
Adaptação da original (© Christopher Stengel)

**Ilustração da capa**
© Adam S. Doyle, 2016

**Projeto gráfico e diagramação**
André S. Tavares da Silva
Juliana Brandt

**Copidesque**
Katia Rossini

**Revisão**
Tatiana Perry
Juliana Pereira Sant'Ana
Mayenne Tannús
Giane Alves
(No programa Real Job Revisor de Texto da Labpub)

Título original
*All the Crooked Saints*

ISBN: 978-85-7686-771-5

Copyright © Maggie Stiefvater, 2017
Todos os direitos reservados.
Edição publicada mediante acordo com Scholastic Inc., 557 Broadway,
Nova York, NY, 10012, EUA.
Direitos de tradução acordados por Ute Körner Literary Agent, S.L., Barcelona – www.uklitag.com.

Tradução © Verus Editora, 2018
Direitos reservados em língua portuguesa, no Brasil, por Verus Editora. Nenhuma parte desta obra pode ser reproduzida ou transmitida por qualquer forma e/ou quaisquer meios (eletrônico ou mecânico, incluindo fotocópia e gravação) ou arquivada em qualquer sistema ou banco de dados sem permissão escrita da editora.

Verus Editora Ltda.
Rua Benedicto Aristides Ribeiro, 41, Jd. Santa Genebra II, Campinas/SP, 13084-753
Fone/Fax: (19) 3249-0001 | www.veruseditora.com.br

CIP-BRASIL. CATALOGAÇÃO NA PUBLICAÇÃO
SINDICATO NACIONAL DOS EDITORES DE LIVROS, RJ

S874t

Stiefvater, Maggie, 1981-
    Todos os santos malditos / Maggie Stiefvater ; tradução Jorge Ritter. - 1. ed. - Campinas [SP] : Verus, 2019.
    ; 23 cm.

    Tradução de: All the Crooked Saints
    ISBN 978-85-7686-771-5

    1. Ficção americana. I. Ritter, Jorge. II. Título.

19-56140                                         CDD: 813
                                                      CDU: 82-3(73)

Vanessa Mafra Xavier Salgado - Bibliotecária - CRB-7/6644

Revisado conforme o novo acordo ortográfico.

Seja um leitor preferencial Record.
Cadastre-se no site www.record.com.br e receba
informações sobre nossos lançamentos e nossas promoções.

Atendimento e venda direta ao leitor:
sac@record.com.br

*Para David, finalmente*

# COLORADO, 1962

## 1

Você pode ouvir um milagre de longe depois do anoitecer.
Milagres lembram muito as ondas de rádio. Poucas pessoas se dão conta de que a onda de rádio ordinária e o milagre extraordinário têm muito em comum. Deixadas por conta própria, ondas de rádio não seriam audíveis por muito mais do que setenta ou oitenta quilômetros. Elas viajam por caminhos perfeitamente retilíneos a partir da sua fonte de transmissão e, como a Terra é esférica, não é preciso muito para que se despeçam do chão e partam rumo às estrelas. Não partiríamos todos, se tivéssemos oportunidade? Que lástima que tanto os milagres quanto as ondas de rádio sejam invisíveis, pois seria uma visão e tanto: faixas de prodígios e sons estendendo-se, retilíneas e verdadeiras, de todas as partes do mundo.

Mas nem ondas de rádio nem milagres escapam sem ser ouvidos. Alguns ricocheteiam do teto da ionosfera, onde prestativos elétrons livres oscilam em alegre harmonia com eles, antes de empurrá-los de volta para a Terra em novos ângulos. Dessa maneira um sinal pode saltar de Rosarito ou Nogales, bater a cabeça na ionosfera e se ver em Houston ou Denver, mais forte do que nunca. E se ele for transmitido depois do pôr do sol? Muitas coisas nessa vida funcionam melhor sem a atenção intrometida do sol, e este processo é uma delas. À noite, ondas de rádio e milagres podem saltitar tantas vezes que, em alguns casos imprevisíveis, alcançam transmissores e santos a milhares de quilômetros de suas fontes. Dessa maneira, um pequeno milagre na minúscula Bicho Raro pode ser ouvido lá na Filadélfia, ou vice-versa. Isso é ciência? Religião? É difícil até para cientistas e santos apontarem a diferença entre os dois. Talvez não importe.

Quando você cultiva sementes invisíveis, não pode esperar que todos concordem com a forma de suas safras invisíveis. É mais sábio simplesmente reconhecer que elas crescem bem juntas.

Na noite em que esta história começa, tanto um santo quanto um cientista estavam dando ouvidos aos milagres.

༄

Estava escuro, escuro pra valer, como fica no deserto, e os três primos Soria haviam se reunido na carroceria de um caminhão-baú. Acima deles, fazia mais ou menos uma hora, as estrelas maiores vinham empurrando as menores para fora de seu lar celestial em um belo chuviscar. O céu abaixo delas era de um negro absoluto até os arbustos e plantas rasteiras que enchiam o vale.

O silêncio era quase total, exceto pelo rádio e pelos milagres.

O caminhão estava estacionado em uma faixa grande de vegetação cerrada, a vários quilômetros da cidade mais próxima. Não era grande coisa, só um caminhão de mudança Dodge 1958, com uma aparência de certa forma otimista. Uma lanterna traseira estava quebrada. O pneu dianteiro direito, ligeiramente mais baixo que o esquerdo. Havia uma mancha no assento do passageiro que cheiraria eternamente a cherry coke. Uma pequena escultura mexicana de madeira — meio gambá, meio coiote — pendia do retrovisor. O caminhão tinha placa do Michigan, embora ali não fosse o Michigan.

O rádio estava ligado. Não o rádio na boleia — o rádio na carroceria, um aparelho Motorola azul-esverdeado tirado do balcão da cozinha de Antonia Soria. Ele estava sintonizado na estação dos primos Soria. Não a que eles gostavam de ouvir, mas a que tinham criado. O caminhão-baú era o seu estúdio de transmissão sobre rodas.

*Seu, seu.* Na verdade, aqueles eram o caminhão de Beatriz Soria e a rádio de Beatriz Soria. Esta é a história dos Sorias, mas é mais dela do que de qualquer outro. Embora não fosse dela a voz transmitida pelas ondas de rádio AM, era seu coração complicado e infatigável que as propelia. Algumas pessoas têm sorrisos e lágrimas para mostrar como se sentem; já a enigmática Beatriz Soria tinha um caminhão cheio de transmissores no deserto do Colorado. Se ela se cortasse, onde quer que estivesse, os alto-falantes no caminhão-baú sangrariam.

— ... se está cansado de cantar só pra badalar — prometia o DJ —, você vai nos encontrar depois de o sol se pôr, mas antes de o sol nascer.

Essa voz pertencia ao mais jovem dos primos, Joaquin. Ele tinha dezesseis anos, levava-se muito a sério e preferia que você o levasse também. Era cortês e barbeado, com fones de ouvido pressionados contra um único ouvido, para evitar estragar os cabelos, que ele havia untado em um penteado à la Elvis de considerável altura. Duas lanternas o iluminavam como intempestivos holofotes dourados, deixando todo o resto roxo, azul e negro. Joaquin estava usando a mesma camisa havia dois meses: uma camisa no estilo havaiano, vermelha, com mangas curtas e gola levantada. Ele vira uma camisa usada de maneira parecida no único filme a que conseguiu assistir em 1961 e havia prometido recriar o estilo para si. Um jardim de garrafas de refrigerante cheias de água crescia a seus pés. Joaquin tinha fobia de desidratação e, para combatê-la, sempre carregava água suficiente para hidratá-lo por dias.

Após o anoitecer, ele não era mais conhecido pelo nome Joaquin Soria. Na rádio móvel que cruzava o deserto montês elevado, chamava-se Diablo Diablo. Era um nome de DJ que teria escandalizado tanto sua mãe quanto a avó, se elas tivessem conhecimento dele, o que era o cerne da questão. Verdade seja dita, ele escandalizava um pouco o próprio Joaquin. Ele gostava da emoção do perigo cada vez que o dizia, supersticiosamente acreditando que, se sussurrasse um terceiro "Diablo" após o nome, o diabo poderia realmente aparecer.

Eis uma coisa que Joaquin Soria queria: ser famoso. Eis uma coisa que ele temia: morrer sozinho na poeira crestada além dos limites de Bicho Raro.

— ... um pouco mais daqueles sonhos e daquela dança — continuou a voz do Diablo Diablo —, os sons mais quentes de 1962, de Del Norte a Blanca e de Villa Grove a Antonito, a música que vai salvar a sua alma.

Os outros dois primos no caminhão, Beatriz e Daniel, ergueram as sobrancelhas. Tal pretensão de cobrir todo o Vale San Luis com certeza era fraudulenta, mas os interesses de Joaquin tendiam mais para coisas que seriam legais se fossem verdadeiras, do que para coisas que realmente eram verdadeiras. Não, a rádio não cobria o vale, mas que tipo de lugar seria o mundo se ela pudesse?

Daniel mudou de posição. Os primos estavam sentados, com os joelhos encostando uns nos outros, na parte de trás do caminhão e, devido à proximidade confinada, o pé comprido de Daniel não conseguiu deixar de desestabilizar uma das garrafas de água de Joaquin. A tampa de metal estourou pelo chão, deslizando sobre a própria borda como se perseguida. Os cabos no chão esquivaram-se da água. O desastre sussurrou brevemente. E Joaquin arrebatou a garrafa e agitou-a na direção de Daniel.

— Não estrague o caminhão — disse. — Ele é novo.

Não era novo em si, mas como estação de rádio. Antes de o caminhão ter sido colocado em seu papel atual, havia sido usado pela família da irmã da esposa do irmão de Ana Maria Soria, para transportar os irmãos Alonso de seus serviços de pintura para os bares. O caminhão ficara cansado daquele tédio e havia quebrado, e, tendo em vista que os irmãos Alonso preferiam pintar e beber a levantar o moral do caminhão, ele havia sido deixado para o cultivo de ervas daninhas. Na realidade, nessa época, ele havia juntado umidade suficiente para que crescesse uma safra de capim do charco e juncos, rápida e cerrada, sobre o teto e o capô, transformando completamente o caminhão em um pântano no meio do deserto. Animais vieram de quilômetros de distância para viver nesse oásis: primeiro um castor, então doze rãs-leopardo, com seus coaxares de cadeira de balanço rangendo, então trinta trutas cutthroat, tão ansiosas por um novo lar que atravessaram o vale a pé até o caminhão. O golpe final veio quando chegaram quatro dúzias de grous-canadenses, tão altos quanto homens e duas vezes mais ruidosos. O caos desse pântano mantinha todos despertos, todas as horas de todos os dias.

Beatriz fora incumbida de espantar os animais. Foi quando descobriu o caminhão por baixo daquilo tudo. A lenta restauração que fez nele havia expulsado os animais tão gradualmente que o brejo novo mal notou que estava sendo convidado a ir embora, e logo a maior parte da família Soria nem lembrava mais que ele estivera ali. Mesmo o caminhão parecia ter sido praticamente esquecido. Embora as pranchas de madeira do chão ainda estivessem manchadas com círculos vermelhos de ferrugem das latas de tinta, a única lembrança de seu tempo como ecossistema era um ovo que Beatriz tinha encontrado debaixo do pedal do acelerador. Ele era enorme, do tamanho de um punho, mosqueado como a lua e leve como o ar. De uma rede de cabelo, ela fez uma rede de dormir transparente para ele e o pendurou na parte de trás do caminhão, para dar sorte. Agora ele balançava de um lado para o outro sobre transmissores da Guerra da Coreia, toca-fitas de terceira mão, pratos quebrados e tubos catados no ferro-velho, resistências e capacitores.

Diablo Diablo (*Diablo!*) cantarolou:

— Em seguida, vamos tocar um disquinho bem legal dos Drifters. Estamos falando de "Save the Last Dance for Me", mas a dança *não* terminou ainda, então sigam sintonizados.

Na realidade, Joaquin não tinha colocado um disquinho bem legal dos Drifters para tocar, embora a música tivesse começado a soar de um dos toca-fitas. Toda a transmissão fora pré-gravada, caso a rádio tivesse de cair fora apressadamente. A Comissão Federal de Comunicações não era muito chegada à ideia de a juventude dos Estados Unidos criando estações de rádio sem licença, em especial à medida que a juventude dos Estados Unidos parecia ter um gosto musical terrível e um desejo ardente pela revolução. Multas e um tempo na cadeia esperavam os transgressores.

— Você acredita que estejam nos rastreando? — perguntou Joaquin, com esperança. Ele não queria ser perseguido pelo Estado, mas queria ser ouvido, e esse seu desejo era tão grande que sentia que era seu dever presumir que o primeiro fosse inevitável.

Beatriz estava sentada junto ao transmissor, os dedos pairando vagamente sobre ele, imersa na própria imaginação. Quando percebeu que tanto Joaquin quanto Daniel estavam esperando que ela respondesse, disse:

— Não se o alcance não melhorou.

Beatriz era a segunda prima mais velha. Enquanto Joaquin era ruidoso e chamativo, Beatriz era serena e misteriosa. Tinha dezoito anos, uma Madonna com cabelos escuros divididos uniformemente de cada lado do rosto, o nariz na forma de um J e uma boca pequena e enigmática, que os homens provavelmente descreveriam como um botão de rosa, mas que Beatriz descreveria como "minha boca". Ela tinha nove dedos, pois cortara um fora, por acidente, quando tinha doze anos, mas não se importava muito, pois era apenas um mindinho, e da mão direita (ela era canhota). No mínimo, tinha sido uma experiência interessante e, de qualquer forma, Beatriz não poderia tê-lo de volta agora.

Joaquin estava na rádio do caminhão-baú pela glória que isso representava, mas o envolvimento de Beatriz era, inteiramente, pela gratificação intelectual. Tanto a restauração do caminhão quanto a construção da rádio haviam sido quebra-cabeças, e ela gostava de quebra-cabeças. Ela *compreendia* quebra-cabeças. Quando tinha três anos, havia projetado uma ponte secreta retrátil, da janela do seu quarto até o cercado do cavalo, que permitia que ela a atravessasse no meio da noite sem ser fincada pelos espinhos, que eram uma praga na área. Quando Beatriz tinha sete anos, havia projetado um misto de móbile e teatro de fantoches, de de um jeito que podia se deitar na cama e fazer as bonecas da família Soria dançar para ela. Quando tinha nove anos, começou a desenvolver uma língua secreta com o pai, Francisco Soria, e eles ainda a estavam aperfeiçoando agora, nove anos mais tarde. Em sua forma escrita, ela era construída apenas por conjuntos de números; sua forma oral era cantada em notas que correspondiam à fórmula matemática do sentimento desejado.

Eis uma coisa que Beatriz queria: devotar tempo para compreender como uma borboleta era similar a uma galáxia. Eis uma coisa que ela temia: que pedissem que fizesse qualquer outra coisa.

— Você acha que a Mama ou a Nana estão ouvindo? — insistiu Joaquin (Diablo Diablo!). Ele não queria que a mãe ou a avó descobrissem sua identidade alternativa, mas desejava que elas ouvissem o Diablo Diablo e sussurrassem uma para a outra que esse DJ pirata soava bonitão e como Joaquin.

— Não se o alcance não melhorou — repetiu Beatriz.

Era uma questão que ela já tinha colocado para si mesma. O sinal da sua primeira transmissão tinha alcançado apenas algumas centenas de metros, apesar da grande antena de TV que ela acrescentara ao sistema. Agora a mente de Beatriz percorria cada lugar por onde o sinal poderia estar escapando antes de chegar à antena.

Joaquin parecia de mau humor.

— Você não precisa falar assim.

Beatriz não se sentia mal. Ela não tinha falado de nenhum jeito. Apenas falara. Às vezes, no entanto, isso não era o suficiente. Lá em sua Bicho Raro natal, às vezes a chamavam de *la chica sin sentimientos*. Beatriz não se importava de ser considerada uma garota sem sentimentos. A afirmação parecia verdadeira o suficiente para ela.

— De qualquer maneira, como elas poderiam estar ouvindo? Nós levamos o rádio.

Todos espiaram o rádio transistor surrupiado do balcão da cozinha de Antonia Soria.

— Passos pequenos, Joaquin — aconselhou Daniel. — Mesmo uma voz pequena ainda é uma voz.

Este era o terceiro e mais velho primo no caminhão. Seu nome era Daniel Lupe Soria, tinha dezenove anos, e seus pais estavam mortos havia mais tempo do que ele estava vivo. Em cada nó dos dedos das mãos, exceto nos polegares, ele tinha uma tatuagem de um olho, assim Daniel tinha oito olhos, como uma aranha, e ele tinha a constituição de uma aranha, com membros longos, proeminentes quando os dedos se juntavam, além de um corpo leve. Seu cabelo era liso e reto, descendo até os ombros. Daniel era o Santo de Bicho Raro, e era muito bom nisso. Beatriz e Joaquin o amavam muito, e ele os amava também.

Embora Daniel tivesse conhecimento do projeto de rádio de Beatriz e Joaquin, ele não os havia acompanhado antes, uma vez que ele, normalmente, estava ocupado demais com a questão dos milagres. Como Santo, a ida e vinda de milagres ocupava a maior parte de seus pensamentos e ações, uma tarefa que ele tinha grande prazer em fazer, e uma responsabilidade maior ainda. Mas, nesta noite, ele lidava com uma questão de importância pessoal e queria passar um tempo com os primos, para lembrar-se de todas as razões pelas quais era preciso ter cautela.

Eis uma coisa que Daniel queria: ajudar alguém a quem não o deixavam ajudar. Eis uma coisa que ele temia: arruinar sua família inteira por causa deste desejo privado.

— Mesmo uma voz pequena ainda é pequena — contrapôs Joaquin, irritado.

— Um dia você será famoso como Diablo Diablo e *nós* seremos os peregrinos, indo vê-lo em Los Angeles — disse Daniel.

— Ou pelo menos em Durango — reconsiderou Beatriz.

Joaquin preferiu imaginar um futuro em Los Angeles a um futuro em Durango, mas não protestou mais. A fé deles era suficiente por ora.

Em algumas famílias, *primo* não significa nada, mas isso não era verdade para essa geração dos Soria. Mesmo que as relações entre os Soria mais velhos fossem um tanto abrasivas, esses três primos Soria seguiram inseparáveis. Joaquin era fantasioso, mas, naquele caminhão, eles apreciavam sua ambição exagerada. Beatriz era distante, mas naquele caminhão, Daniel e Joaquin não precisavam de nada além do que a prima oferecia facilmente. E todos amavam o Santo de Bicho Raro, mas, no caminhão, Daniel era capaz de ser apenas humano.

— Olha, vou conferir o alcance agora — avisou Beatriz. — Passe o rádio para cá.

— Pegue você mesma — respondeu Joaquin. Mas Beatriz se limitou a ficar sentada em silêncio até que ele passasse o aparelho para ela. Não havia sentido em tentar vencer Beatriz nesse jogo.

— Vou com você — disse Daniel rapidamente.

Lá em Bicho Raro, havia uma dupla de cabras gêmeas chamadas Fea e Moco, que tinha nascido sob circunstâncias notáveis. É comum que cabras tenham gêmeas, mesmo trigêmeas, então não era notável que Fea e Moco fossem gêmeas. O que era extraordinário era que Moco nasceu primeiro e, em seguida, a mãe de Fea decidiu que não tinha energia ou interesse em parir uma segunda vez na mesma noite. Então, embora Fea pudesse ter ficado satisfeita em nascer minutos depois de sua gêmea, ela seguiu no útero da mãe por meses, enquanto esta criava a vontade de parir de novo. Finalmente, Fea nasceu. O tempo adicional no útero, longe do sol, tinha deixado seu pelo todo negro. Embora, para quem visse de fora, Fea e Moco parecessem no máximo um pouco aparentadas, ou mesmo não ter relação alguma entre si, as duas seguiram tão próximas quanto gêmeas, sempre atenciosas e apreciadoras da presença uma da outra.

O mesmo acontecia com Beatriz e Daniel. Por mais próximos que os três primos Soria fossem, Beatriz e Daniel eram mais próximos ainda. Ambos eram serenos por dentro e por fora, e ambos tinham uma curiosidade voraz pelo que fazia o mundo funcionar. Mas havia também a proximidade criada pelos milagres. Todos os Soria eram dotados do dom de realizar milagres; mas, a cada geração, nasciam alguns mais talhados para a tarefa do que outros: eles eram mais estranhos ou divinos do que as outras pessoas, dependendo de a quem você perguntasse. Daniel e Beatriz traziam em si a maior santidade no momento e, como Beatriz queria desesperadamente não ser "a Santa", e Daniel queria um pouco mais do que isso, um equilíbrio foi alcançado.

Do lado de fora do caminhão, o céu frio do deserto empurrava para cima, para fora e para longe, uma história sem fim. Beatriz tremeu; sua mãe, Antonia, dizia que ela tinha o coração de um lagarto — e era verdade que tinha a preferência de um réptil pela claustrofobia do calor. Embora Beatriz tivesse uma lanterna amarrada à bainha da saia, não a pegou. Não estava nem um pouco preocupada com a CFC, mas, mesmo assim, não queria chamar a atenção para sua localização. Ela tinha um forte sentimento, da maneira que um Soria tem às vezes, de que havia milagres a caminho, e haviam dito a ela, da maneira que dizem a todos os Soria, que havia consequências por interferir em milagres.

Então, eles caminharam na quase escuridão. À semiluz da lua, dava para distinguir bem as silhuetas dos arbustos de baionetas-espanholas pontiagudas, manzanitas espigadas e chaparrais hirsutos. Os zimbros liberavam uma fragrância úmida, quente, e os cardos russos prendiam-se à saia de Beatriz. A luz distante de Alamosa dourava o horizonte, parecendo natural de tão longe, como um nascer do sol prematuro. Do rádio, Diablo Diablo disse:

— Olhe, espere, ouça, aqui vai um single que vai deixar você de boca aberta, um sonzinho quente que não foi tocado o suficiente pelos grandões.

Dentro da mente de Beatriz Soria, os pensamentos giravam de forma ativa, como sempre. Enquanto ela e Daniel avançavam noite adentro, ela pensou sobre a engenhosidade casual do rádio portátil que carregavam e também sobre uma época em que as pessoas haviam imaginado o ar da noite como cheio de nada e também sobre a expressão "ar parado". E agora pensava, em vez disso, sobre como ela estava realmente avançando em meio a uma cidade atômica tomada por substâncias químicas invisíveis, microrganismos e ondas, estas detectáveis apenas porque ela segurava uma caixa mágica capaz de recebê-las e cuspi-las de volta para seus ouvidos mortais. Beatriz curvou-se na direção desses sinais de rádio invisíveis, como ela faria contra um vento forte, e, com uma das mãos, apanhou o ar como se pudesse senti-lo. Este impulso ela tinha muitas vezes: o de tocar o invisível. Tinha aprendido, após anos de correção na infância, a reservá-lo para momentos em que ninguém mais a estivesse observando. (Daniel não contava como alguém mais neste sentido.)

Mas Beatriz sentia agora o lento calafrio de um milagre se aproximando. O sinal do rádio começara a falhar; outra rádio estava devorando uma sílaba aqui e outra ali...

— Beatriz? — perguntou Daniel. Sua voz soava um pouco vazia, um copo sem água, um céu sem estrelas. — Você acha que consequências são significativas se não as virmos por nós mesmos?

Quando uma pergunta é sobre um segredo, às vezes as pessoas farão seu questionamento de forma diferente, porém relacionado, esperando conseguir uma resposta que vá funcionar para ambas as perguntas. Beatriz percebeu de imediato que era isso que Daniel estava fazendo agora. Ela não sabia o que fazer a respeito do fato de ele ter segredos, mas respondeu da melhor maneira que pôde:

— Acho que uma consequência não testada é uma hipótese.

— Você acha que eu tenho sido um bom santo?

Esta ainda não era de fato a pergunta em sua mente e, de qualquer modo, nenhuma pessoa que tivesse passado ao menos um minuto em Bicho Raro teria alguma chance de depor contra a devoção de Daniel Lupe.

— Você é melhor do que eu seria.

— Você daria uma boa santa.

— As evidências não concordam com você.

— Onde está sua ciência? — perguntou Daniel. — Uma única prova não é ciência. — O tom dele era mais leve agora, mas Beatriz não se sentia reconfortada. Normalmente, ele não parecia preocupado, e ela não conseguia esquecer o som disso em sua voz.

Beatriz virou um pouquinho o rádio para reduzir os estalidos.

— Alguns experimentos exigem apenas um resultado como prova. Ou, pelo menos, como prova de que não é responsável realizá-los uma segunda vez.

A estática cada vez mais alta pairava entre os dois primos e, por fim, Daniel disse:

— Você já parou para pensar que talvez estejamos agindo errado? Todos nós?

Essa finalmente era uma pergunta real, em vez de uma pergunta oculta, embora não fosse *a* real. Mas era um quebra-cabeça grande demais para ser respondido em apenas uma noite.

Adiante, a conversa foi interrompida por um tremor no arbusto diante deles. Este se contraiu e tremeu de novo, e então uma sombra saiu dele rugindo.

Nem Beatriz nem Daniel recuaram. Isso porque eles eram Soria. Na família deles, se você fosse saltar a cada sombra que aparecesse de repente, seria melhor desenvolver belas panturrilhas.

O rugido revelou-se um grande ruído abafado de asas, e a sombra, uma enorme ave em fuga. Ela bateu as asas tão perto que os cabelos de Beatriz bateram no rosto: uma coruja.

Beatriz sabia muitas coisas sobre corujas. Elas têm olhos enormes e poderosos, mas os extraordinários globos oculares estão fixos no lugar por protuberâncias ósseas chamadas anéis escleróticos. É por isso que as corujas precisam mover a cabeça em todas as direções, em vez de virar rapidamente os olhos de um lado para o outro. Várias espécies têm orelhas assimétricas, o que lhes permite localizar com precisão a origem de um som. Muitas pessoas não se dão conta de que, além de possuir visão e audição poderosas, corujas são muito atraídas por milagres, embora o mecanismo que as atraia em direção a eles seja mal compreendido.

Daniel se inclinou para desligar o rádio. O silêncio apressou-se à volta deles.

Do outro lado de onde a coruja havia aparecido, surgiram faróis distantes. Em um lugar como aquele, você poderia passar a noite inteira sem ver outro veículo e, assim, foi com interesse que Beatriz observou as duas luzinhas se deslocarem da direita para a esquerda. Ele estava distante demais para ser ouvido, mas ela conhecia o ruído de pneus sobre o cascalho, tão bem que seus ouvidos fingiram tê-los pego. Beatriz ergueu a mão para ver se conseguia sentir o som com os dedos.

Daniel fechou os olhos. Sua boca se mexeu. Ele estava rezando.

— Faróis! Vocês estão malucos? — Joaquin tinha cansado de esperar que dessem notícias e, agora, os chamava do baú aberto do caminhão. — *Faróis!* Por que não disseram na hora?! A CFC!

Beatriz fechou os dedos e baixou a mão. Ela disse:

— Eles não estão vindo nessa direção.
— Como você pode saber?!
— Eles estão indo para...

Ela fez um gesto vago com a mão e deixou que este completasse a frase.

Joaquin saltou de volta para dentro, a fim de arrancar os cabos da bateria, então pulou para fora do caminhão e começou a arrancar os cabos no chão, com uma energia intensa e temerosa. Mas Beatriz estava certa, como muitas vezes estava. Os faróis continuaram em seu caminho distante, sem pausa, iluminando antílopes imóveis e moitas de relva. O veículo dirigia-se, com certeza, para Bicho Raro. Ele não estava caçando um sinal de rádio, e sim um milagre.

Daniel abriu os olhos e disse:

— Preciso chegar lá antes deles.

Não haveria um milagre sem um santo.

# 2

Havia duas pessoas no veículo seguindo na direção de Bicho Raro aquela noite: Pete Wyatt e Tony DiRisio.

Pete e Tony haviam se cruzado por acaso na região oeste do Kansas muitas longas horas antes. Não literalmente, mas quase. Pete estivera pedindo carona ao longo da pradaria sem fim, contando, em voz alta e em câmera lenta, os marcadores de quilometragem, quatro ou cinco vezes por hora, quando uma coruja grande voou bem por cima de sua cabeça, fazendo-o dar um salto de alguns centímetros. Um segundo mais tarde, um carro adentrou, derrapando, o espaço que Pete estivera ocupando havia pouco. Tony baixou o vidro, espiou através da nuvem de poeira e cascalho, e indagou:

— Qual é o meu nome?

Quando Pete confessou que não sabia, a expressão de Tony se descontraiu.

— Você terá de dirigir — disse Tony, soltando o cinto de segurança —, porque estou chapado demais.

Foi assim que Pete, um garoto que havia dirigido o sedã do pai apenas algumas dúzias de vezes desde que tirara a carteira de motorista, viu-se pilotando uma perua Mercury agressivamente sem graça, pintada de um tom amarelo-gema exagerado. Tony DiRisio gostava de carros grandes. Ao visitar a concessionária na Filadélfia para comprá-lo, levou apenas uma fita métrica e o talão de cheques. Ele achava que havia um quê de permanência em um carro com mais de cinco metros de comprimento e coberto com um painel de madeira.

O próprio Tony era elegante como um cigarro. No momento, usava um terno branco e costeletas negras. Ambos haviam parecido cheios de estilo em determinado momento, mas, quando Pete o encontrou, pareciam amarrotados. Ele vinha dirigindo a Mercury por cinco dias e estava ao volante mais tempo ainda. Tony tinha apenas trinta e quatro anos, mas vivera todos aqueles anos duas vezes, uma vez como Tony DiRisio e outra como Tony Triunfo. Após sobreviver a uma infância chata demais para repetir na companhia de amigos, ele se tornara DJ em uma rádio ambiente chata demais para tocar na companhia de amigos. Nos últimos anos, havia se transformado, assim como a rádio, em uma atração conhecida nos lares da cidade, por meio do expediente de trazer donas de casa escolhidas ao acaso para tocar sua seleção do momento. Ele havia se tornado um homem caçado; mulheres da Filadélfia agora o procuravam em corredores de supermercados e nas calçadas dos bairros, esperando chamar sua atenção. O jornaleco local publicou artigos analisando o tipo de mulher que ele tinha mais chance de convidar: o que elas estariam usando quando descobertas (sapatos sem saltos, na maioria das vezes), como tinham penteado o cabelo (muitas vezes em rolos) e que idade tinham (normalmente, mais de cinquenta anos). A manchete refletia: "Será que Tony Triunfo quer sua mãe?"

Eis algo que ele queria: parar de ter sonhos em que era motivo de risos por parte de pássaros minúsculos com pernas muito longas. Eis algo que ele temia: pessoas observando-o enquanto comia.

Ele também sentia saudades da mãe.

Pete Wyatt não sabia nada disso sobre Tony. Ele não era fã de música ambiente e jamais havia estado ao leste do rio Mississippi, de qualquer forma. Terminara apenas algumas semanas atrás o segundo grau, um rapaz certinho com cabelo castanho sem graça e olhos castanho-claros e unhas razoavelmente cuidadas. Embora fosse mais de uma década mais jovem que Tony, ele havia nascido velho, já uma boa rocha para se construir uma igreja, desde o momento em que saiu de dentro da mãe.

Pete era um daqueles sujeitos que não conseguia deixar de ajudar. Aos doze anos, havia organizado uma campanha para arrecadar alimentos enlatados e estabeleceu um recorde para a maior quantidade de quilos de milho em lata já doada para os pobres. Aos quinze, atacado pelo tormento não discutido de ser uma criança sem amigos, ele havia poupado dinheiro suficiente para dar a cada aluno da primeira série da sua velha escola um pintinho. Um engano na comunicação com o jornal que cobriu a história havia resultado em três avícolas de Indiana dobrando e, então, triplicando e então quadruplicando as doações. Duas mil aves chegaram à cidade natal de Pete, um para cada estudante da rede de ensino, mais três extras. Ele havia treinado aqueles três para fazerem truques em asilos de idosos.

Pete tinha a intenção de entrar para o exército após o segundo grau, um militar como seu pai, mas os médicos haviam achado um problema congênito em seu coração. Então, no dia seguinte à formatura, ele juntou sua vergonha em uma mochila e começou a pegar carona de Oklahoma até o Colorado.

Eis uma coisa que Pete queria: começar um negócio que o fizesse se sentir tão bem quanto dois mil pintinhos. Eis uma coisa que ele temia: que esse estranho sentimento no coração, uma espécie de vazio que crescia de forma clara, o matasse, ao fim.

O Colorado ficava longe da maioria dos lugares. Isso significava que a viagem de carro seria longa sob quaisquer circunstâncias, mas ela parecia mais longa ainda porque Pete e Tony, como muitas pessoas que estavam destinadas a ser amigas, não suportavam um ao outro.

— Senhor — disse Pete, baixando o vidro da janela várias horas após assumir a direção —, será que não poderia dar um tempo nisso aí?

Tony fumava no banco do passageiro da Mercury enquanto a tarde poeirenta seguia o carro. Pete ficou procurando por placas na estrada, para informá-lo quanto faltava ainda; não havia nenhuma.

— Garoto — disse Tony —, você acha que conseguiria deixar de ser tão bundão?

— Se a questão para que eu dirigisse todos esses quilômetros era que você estava chapado demais, e andei tossindo na sua fumaça por dez horas, não vejo... quero dizer, não vejo qual é o sentido, então.

Algumas pessoas acham os efeitos da maconha calmantes. Algumas acham que ela as acalma, mas sentem-se ofendidas por seu uso. Outras ainda não se sentem ofendidas, mas acham que ela as deixa ansiosas. E, então, algumas sentem-se ofendidas e ansiosas. Pete pertencia a este último grupo.

— Você é sempre tão pedante? Por que não liga o rádio?

Não havia botão. Pete disse:

— Não consigo. Está sem o sintonizador.

Com satisfação, Tony respondeu:

— Pode crer que está sem, porque eu o joguei pela janela em Ohio. Não queria ouvir a lamentação do rádio e não quero ouvir a sua também. Por que você não aponta simplesmente esses seus olhos de filhotinho perdido para fora da janela e contempla o campo de Deus por um tempo?

Aquele tinha sido um conselho confuso. Se Pete tivesse algo para distrai-lo da paisagem que se transformava, talvez não estivesse tão impressionado com ela. Assim como estava, depois de Tony ter terminado de fumar e caído no sono, havia apenas Pete e o campo aberto. Ao longo do dia, a paisagem correu ao lado do carro, mudando de planícies para morros para montanhas para montanhas maiores e então, de repente, tornou-se deserto.

O deserto localizado naquele canto do Colorado é do tipo duro. Não são as rochas coloridas e os elegantes cactos como pilares que você encontra mais a sudoeste, tampouco são os reservados vales e montanhas cobertos de pinheiros do resto do Colorado. São o cerrado árido, a poeira amarela e as montanhas escarpadas, azuladas a distância, que não querem saber de você.

Pete apaixonou-se profundamente por ele.

Esse estranho deserto frio não se importa se você vive ou morre nele, mas Pete apaixonou-se por ele de qualquer jeito. Ele não fazia ideia, até então, que um lugar poderia parecer tão bruto e tão próximo da superfície. Seu coração fraco sentiu o perigo, mas não pôde resistir.

Pete apaixonou-se tão impetuosamente que o próprio deserto notou. O deserto estava acostumado aos eventuais casos de amor de estranhos passando por ele, então testou cruelmente o afeto de Pete gerando uma tempestade de poeira. A areia açoitou o veículo, enfiando-se pelas frestas das janelas e juntando-se nos cantos do painel. Pete teve de parar para remover arbustos e galhos da grade da Mercury e para tirar areia das botas, mas seu amor seguiu intacto. Não convencido, o deserto então encorajou o poder máximo do sol a castigar Pete e Tony. O calor no carro subiu da casa dos trinta para a dos quarenta graus. O painel estalou na luz do sol e o volante ficou quente como ferro derretido sob as mãos de Pete. Mas, enquanto o suor rolava para dentro do colarinho e sua boca secava, ele ainda estava enamorado. Então, à medida que a tarde envelhecia, o deserto esgotado juntou a rala chuva que conseguiu do céu um pouco ao norte da Mercury. Aquela chuva transformou-se em uma inundação repentina, que arrastou um barro lamacento pela rodovia e, na luz fraca do fim de tarde, o deserto deixou a temperatura cair subitamente abaixo de zero. A lama congelou, descongelou e então mudou de ideia e congelou de novo. Toda esta indecisão abriu um buraco no asfalto, dentro do qual a Mercury caiu.

Tony acordou com um sobressalto.

— O que foi que aconteceu?

— O tempo — respondeu Pete.

— Eu gosto do tempo como gosto das minhas notícias — disse Tony. — Acontecendo com outra pessoa.

Pete abriu a porta com alguma dificuldade; o carro estava em um ângulo esquisito.

— Você dirige.

Ele saiu do carro para empurrar, e Tony colocou os sapatos de volta antes de escorregar para o banco do motorista. O deserto observou enquanto Pete lutava para livrar a Mercury da fenda na estrada, apoiando um ombro contra o para-choque traseiro. Os pneus girando em falso borrifaram uma camada fria e úmida de barro dourado nas pernas de Pete.

— Você está empurrando mesmo, garoto? — perguntou Tony.

— Estou, senhor.

— Você tem certeza de que não está puxando?

— Podemos trocar de lugar — ofereceu Pete.

— Há uma diferença enorme entre *podemos* e *devemos* — disse Tony —, e não estou com vontade de acabar com ela.

Finalmente, a Mercury saiu do buraco. Os olhos de Pete não seguiram o veículo enquanto ele rodava para a frente, mas, em vez disso, o horizonte variado e complicado do deserto. O último raio de sol divertiu-se sobre ele, e cada capim escorria com uma luz melífera. Suas costas doíam e os braços estavam arrepiados, mas, enquanto ele saboreava a vista e inalava profundamente o ar perfumado a zimbro, Pete ainda estava apaixonado.

O deserto, que não era dado a simpatias ou sentimentos, mesmo assim comoveu-se e, pela primeira vez em muito tempo, retribuiu o amor a alguém.

※

Só muitas horas mais tarde, após a noite ter caído, foi que Pete reuniu coragem para perguntar a Tony para onde estavam indo. Antes, isso realmente não tinha importância; era óbvio que ambos compartilhariam o mesmo caminho por um tempo, tendo em vista que eles tinham se encontrado na parte do Kansas de que você só sairia se seguisse na direção oeste.

— Colorado — disse Tony.
— Nós estamos no Colorado.
— Perto de Alamosa.
— Nós estamos perto de Alamosa.
— Bicho Raro — disse Tony.

Pete o olhou com tanta intensidade que a Mercury deu uma guinada junto.

— Bicho Raro?
— Eu gaguejei, garoto?
— É só que... é para lá que estou indo também.

Tony apenas meneou as espessas sobrancelhas negras e mirou a densa noite escura pela janela.

— O quê? — disse Pete. — Você não acha que isso é uma coincidência?
— Coincidência que você não queira sair e caminhar no meio do deserto? Sim, é um milagre, filho.

Como Pete era uma alma honesta, ele levou um longo minuto para processar o que Tony queria dizer.

— Veja bem, senhor, tenho a carta da minha tia bem no bolso da camisa. O senhor pode conferi-la por si mesmo... eu estou indo para Bicho Raro.

Ele remexeu o bolso enquanto a Mercury dava mais uma guinada. Tony deu uma olhadela.

— Isso provavelmente é o seu dever de matemática.

No fim das contas, o suor de vários dias de caminhada junto à rodovia tinha manchado a última carta que a tia Josefa escrevera para Pete. Na realidade, Tony não se importava, de qualquer maneira, mas, para Pete, a implicação de que ele fosse qualquer coisa que não um sujeito confiável, que fosse um *cara de pau*, era quase insuportável.

— Estou indo para lá para trabalhar no verão. Minha tia visitou a cidade alguns anos atrás. Ela vive perto de Fort Collins agora, mas, na época, ela estava, bem... Não sei porque estou lhe contando isso, mas ela estava bem mal, e eles a ajudaram a sair dessa. Ela me escreveu e disse que eles têm um caminhão-baú com o qual eu poderia ficar, e estão dispostos a me deixar pagar por ele com meu trabalho pesado.

Tony soprou mais fumaça.

— Que diabos você quer com um caminhão-baú?

— Vou começar uma empresa de mudanças. — Enquanto Pete dizia isso, ele viu de relance o logotipo, em sua imaginação: MUDANÇAS WYATT, com um simpático boi azul fazendo força contra uma parelha.

— Vocês, jovens, têm cada ideia hoje em dia...

— É uma boa ideia.

— Uma empresa de mudanças é o que você quer da vida?

— É uma boa ideia — repetiu Pete. Ele segurou firme a direção e seguiu em silêncio por vários minutos. A estrada era reta como uma flecha, o céu sonhadoramente negro e cada ponto de referência era o mesmo poste com arame farpado preso em torno. Pete não conseguia ver o deserto, mas sabia que ainda estava ali. Ele podia sentir vivamente aquele sopro em seu coração. — Por que *você* está indo para Bicho Raro, então?

Eis a verdade: todas as manhãs, antes de criar coragem para ir à WZIZ, para outra transmissão — Divertida! Diferente! Amistosa! — Tony atravessava a Filadélfia de carro até Juanita e rodava lentamente em torno do parque ali, onde poderia ser cercado por pessoas que, ele tinha certeza, não faziam ideia de quem ele era. Muita gente não gosta dessa sensação, mas, para Tony, que sentia que vivia a vida debaixo de um microscópio, era um alívio. Por alguns minutos, era Tony DiRisio e não Tony Triunfo. Então ele engatava a primeira e ia para o trabalho.

Uma manhã, várias semanas antes, uma mulher batera em sua janela. Estava chovendo na rua, e ela vinha com uma sacola de supermercado sobre o cabelo para preservar os cachos. Ela tinha cerca de cinquenta anos. Era o tipo de dama que Tony normalmente pediria para estar em seu programa, mas não era uma ávida dona de casa. Em vez disso, contou a Tony que sua família havia conversado a respeito, e eles haviam decidido que ele precisava encontrar a família Soria. Tony podia ver que estavam todos parados a vários metros atrás dela, tendo-a enviado como a chefe da família para passar o comunicado. Eles sabiam quem ele era, ela disse, e não gostavam de vê-lo assim. Os Soria não estavam mais no México, então ele não precisaria se preocupar nem em atravessar a fronteira. Só precisava começar a dirigir seu carro na direção oeste e ouvir o som de um milagre em seu coração. Os Soria proporcionariam a Tony a mudança da qual ele precisava.

Tony dissera à mulher que ele estava bem. Balançando a cabeça, ela havia dado a ele um lenço e um tapinha no rosto, antes de partir. Os olhos de Tony estavam secos, mas, quando ele virou o lenço, escritas nele em caneta de feltro estavam as palavras "Bicho Raro, Colorado".

O que, então, Tony perguntou a Pete foi:

— Você é supersticioso, garoto?

— Eu sou cristão — disse Pete zelosamente.

Tony riu.

— Eu conhecia um cara que costumava contar todo tipo de histórias de arrepiar sobre andar por aqui nesse vale. Disse que sempre havia luzes estranhas... discos voadores, talvez. Disse que havia homens-mariposas, metamorfose, toda sorte de criaturas caminhando por aqui à noite. Pterodátilos.

— Caminhões.

— Você é realmente sem graça.

— Não, ali. — Pete apontou. — Aquilo não parece um caminhão estacionado ali?

Embora Pete não soubesse disso, ele estava apontando exatamente para o caminhão-baú pelo qual viera por todo aquele caminho, a fim de consegui-lo com seu trabalho, o caminhão-baú onde, no momento, estavam os primos Soria, incluindo a prima por quem ele iria se apaixonar. Enquanto semicerrava os olhos para ver mais, a porta de trás do caminhão fechou e a luz sumiu. Na escuridão resultante, Pete não tinha certeza de ter visto alguma coisa.

— Homens-lagartos — disse Tony. — Provavelmente.

Mas Tony tinha visto algo de relance também. Não fora de si, mas, em vez disso, por dentro. Um curioso puxão. Ele se lembrou, de repente, do que a mulher havia dito sobre dar ouvidos aos milagres. Mas *dar ouvidos* não era exatamente o que ele estava fazendo agora. Ele não *ouviu* nada. Tony não estava interceptando um som ou uma canção. Seus ouvidos não estavam fazendo trabalho algum. Era uma parte misteriosa dele, que não havia usado antes dessa noite e jamais usaria novamente depois.

Tony disse:

— Acho que estamos quase lá.

# 3

Bicho Raro era um lugar de milagres estranhos.
Quando a Mercury se arrastou vilarejo adentro, a poeira subiu e morreu em torno do para-choque, enquanto ela guinava até parar. A perua cor de ovo encontrava-se em meio a uma coleção esquisita de cabanas, tendas, celeiros, casas e estábulos caídos em um círculo, próximos uns dos outros, carros abandonados a esmo no arame farpado e aparelhos domésticos que enferrujavam, afundando nas margens do débil riacho que abastecia a comunidade. Grande parte disso tornava-se pouco a pouco invisível à noite. Uma única luz de varanda brilhava de uma das casas; sombras esvoaçavam e se agitavam em torno dela, parecendo mariposas, ou pássaros. Não eram mariposas nem pássaros.

Antes dos Soria, Bicho Raro mal tinha sido alguma coisa, apenas uma extremidade em cotovelo de uma enorme fazenda de gado que tinha bem mais campo do que gado. Isso foi antes de os Soria terem deixado o México, antes da Revolução, na época em que eles eram chamados de *Los Santos de Abejones*. Quando se tornaram *Los Santos de Abejones*, centenas de peregrinos tinham ido até eles em busca de bênçãos e curas, acampando nas cercanias da minúscula Abejones por quilômetros, até as montanhas. Mercadores tinham vendido santinhos e amuletos na estrada para aqueles que esperavam. Lendas haviam escapado da cidade, levadas no lombo de cavalos, enfiadas nas sacolas e escritas nas baladas tocadas, tarde da noite, em bares. Transformações incríveis e feitos aterrorizantes — não parecia importar se as histórias eram boas ou ruins. Desde que elas fossem interessantes, atraíam uma plateia. A multidão apaixonada havia batizado bebês em homenagem aos *Los Santos* e havia reunido tropas em seu nome. O governo mexicano, à época, não tinha tanto apreço por isso, e disse aos Soria que eles tinham a opção de parar de realizar milagres ou começar a rezar por um para salvá-los. Os Soria haviam se voltado para a Igreja em busca de apoio, mas a Igreja Católica da época não tinha tanto apreço pelos milagres obscuros e também havia dito aos Soria que eles tinham a opção de parar de realizar milagres ou começar a rezar por um para salvá-los.

Mas os Soria tinham nascido para ser santos.

Eles tinham deixado o México a pé, sob a cobertura da escuridão, e tinham seguido caminhando até encontrar outro lugar cercado de montanhas, silencioso o suficiente para que os milagres fossem ouvidos.

Esta era a história de Bicho Raro.

— Chegamos, garoto — disse Tony, e saiu da Mercury com um pouco de sua insolência costumeira recuperada. A chegada ao fim de uma jornada de três mil quilômetros de estrada gera uma certa confiança, por mais incerto que o próximo começo possa ser.

Pete seguiu atrás da direção, o vidro da janela baixado. Estava reticente por duas razões. Para começo de conversa, sua experiência em Oklahoma tinha lhe ensinado que lugares como esse são povoados, muitas vezes, por cães soltos e, embora não tivesse verdadeiramente medo de cães, ele havia sido mordido por um quando era pequeno e tinha, desde então, preferido evitar situações onde grandes mamíferos corressem diretamente em sua direção. E, também, ele viu agora que Bicho Raro não era uma cidade realmente, como achara que seria. Não haveria um hotelzinho para passar a noite, tampouco um telefone de fácil acesso, com o qual pudesse contatar a tia.

— Você vai ter de sair desse carro em algum momento — disse Tony para ele. — Achei que era para cá que você vinha. *Os dois indo para o mesmo lugar*, você disse! *Acredite em mim, minha tia me disse para seguir caminhando até encontrar uma Mercury*, você disse! *Está me chamando de mentiroso?* Este é o lugar!

Foi nesse momento que os cães irromperam na rua.

Às vezes, quando cães aparecem em fazendas, as pessoas saem atrás com declarações tranquilizadoras sobre como os latidos dos cães são piores do que suas mordidas, como eles parecem selvagens, mas são filhotinhos no coração. "Não machucariam uma mosca. Membros da família, mesmo." As visitas sentem-se confortadas pelo conhecimento, então, de que se trata de cães mantidos sobretudo por seus fins como alarmes, e para afugentar grandes predadores.

Ninguém diria isso sobre os cães em Bicho Raro. Havia seis deles e, embora fossem da mesma ninhada, eles apresentavam seis cores, tamanhos e formas diferentes, todas elas feias. Era para ser doze deles, mas esses seis tinham um gênio tão ruim que, no útero, eles haviam comido os outros seis. Tinham um gênio tão ruim que, ao nascerem, a mãe havia perdido a paciência com eles e os abandonado debaixo de um carro alegórico, em Farmington. Lá, um caminhoneiro de longo curso, de bom coração, juntou todos em uma caixa e os criou até estarem desmamados. Tinham um gênio tão ruim que ele passou a beber antes de abandoná-los em uma vala perto de Pagosa Springs. Uma matilha de coiotes tentou comê-los ali, mas os filhotes aprenderam a caminhar e, então, a correr e se voltaram contra os coiotes, perseguindo-os quase até Bicho Raro.

Foi quando Antonia Soria, a mãe de Beatriz, os havia encontrado e levado para casa. Eles ainda tinham um gênio ruim, mas ela também, e eles a amavam.

Tony defendeu seu espaço por um tenso minuto. Pete subiu o vidro da janela. Os seis cães de Antonia Soria rosnavam e o rodeavam, os pelos eriçados na nuca e os dentes à mostra. Eles ainda não haviam matado um homem, mas o *ainda* estava visível na expressão dos cães.

Foi assim que Tony terminou no teto da Mercury quando as luzes de Bicho Raro começaram a bruxulear. Agora que as luzes estavam começando a acender, ficou patente que havia corujas por toda parte. Havia corujões e corujas-elfo, corujas-orelhudas e corujas-do-campo. Corujas-de-igreja, com seu rosto fantasmagórico de damas, e corujas-das-torres, com seus cenhos felpudos. Corujas-listradas de olhos escuros e corujas-pintadas. Corujas-diabo, com olhos que ficavam vermelhos sob as luzes da noite — estas não eram originárias do Colorado, mas, como a família Soria, tinham vindo de Oaxaca para Bicho Raro e decidido ficar.

Os cães estavam tentando subir no capô do carro para alcançar Tony; Pete ativou o borrifo de água do limpador de para-brisa para repeli-los.

— Você é um herói de guerra de verdade — rosnou Tony. Um dos cães tinham comido o seu sapato esquerdo.

— Eu podia simplesmente nos tirar daqui — disse Pete. — Você podia se segurar.

— Garoto, nem *pense* em virar esta chave.

— Você tem certeza de que estamos no lugar certo? — perguntou Pete.

— Malditos *pelicanos* — disse Tony. A promessa de um milagre exsudava espessa dele agora, e as corujas redemoinhavam baixo sobre o topo da Mercury. Do ponto de observação de Tony no teto, ele podia ver uma fileira de pequenas corujas-elfo sentadas sobre o telhado de uma das garagens de metal. Elas tinham olhos grandes e pernas compridas e, embora elas não estivessem rindo dele, aquilo era próximo o suficiente para que a pele de Tony se arrepiasse.

Da segurança do assento do motorista, Pete procurava por sinais de vida humana. Ele se viu olhando para alguém que estava olhando de volta.

Uma garota o observava da varanda de uma pequena cabana. Ela exibia um belo vestido de casamento e um rosto muito triste. Seu cabelo escuro estava penteado para trás em um coque suave na base da nuca. O vestido estava molhado, assim como a pele. Isso porque, apesar do telhado da varanda, estava chovendo nela. A chuva se originava de parte alguma e respingava sobre seus cabelos, rosto, ombros e roupas, e então escorria pelos degraus abaixo e formava um regato de corrente rápida que adentrava o cerrado. Todas as partes de seu vestido estavam cobertas por borboletas-monarcas, suas asas vítreas laranja e preto encharcadas da mesma forma. Elas se apegavam a ela, incapazes de qualquer coisa além de mover lentamente as asas ou escalar pelo tecido. Borboletas são voadoras frágeis e não conseguem voar na chuva, ou mesmo no sereno. Água demais torna suas asas muito pesadas para voar.

Aquela era Marisita Lopez, uma das peregrinas. Havia caído uma tempestade em torno dela desde que experimentara seu primeiro milagre, e agora a chuva desabava constante sobre sua cabeça e seus olhos. Não era tão beatífico como você poderia imaginar viver em um deserto sob a contínua precipitação. O chão, em vez de apreciar o influxo súbito de umidade, estava mal preparado para recebê-lo. A água formava poças e escorria, derrubando as mudas pelo caminho. Enchentes, não flores, seguiam a passagem de Marisita.

Eis uma coisa que ela queria: provar baunilha sem chorar. Eis uma coisa que ela temia: que a coisa mais bela a seu respeito fosse seu exterior.

Pete não sabia disso ao olhar para ela, mas Marisita estivera se preparando para tomar uma decisão terrível um instante antes de eles chegarem. Agora ela não poderia agir até a noite ter-se acalmado novamente.

Baixando o vidro da janela, ele chamou:

— Você poderia nos ajudar?

Mas Marisita, absorta em sua própria noite sombria, retirou-se para a casa atrás de si.

Ele chamou mais uma vez:

— Tem *alguém* aí?

Havia alguém. Havia tias e tios e avós e primos e bebês, mas nenhum deles queria receber os peregrinos. A questão não era que quisessem recusar um milagre a esses recém-chegados; a questão era que, simplesmente, todas as camas já estavam ocupadas. Bicho Raro estava transbordando de peregrinos que não conseguiam seguir em frente. E, como os Soria não tinham como oferecer um quarto, havia apenas o milagre para ser atendido. Daniel cuidaria disso, e o resto deles não precisaria deixar seus lares quentes ou arriscar qualquer contato com os peregrinos.

Naquele momento, no entanto, Daniel estava voltando furtivamente para o Santuário, enquanto Beatriz e Joaquin permaneciam no caminhão com o rádio, tentando acertar o próprio retorno de tal maneira que ele não suscitasse questionamentos.

Por causa disso, Tony e Pete poderiam ter passado um bom tempo em cima e dentro da Mercury, se não fosse a chegada casual de outro veículo.

Os socorristas foram Judith, a irmã mais velha de Beatriz, e o novo marido dela, Eduardo Costa, vindo de Colorado Springs. Eduardo estava dirigindo sua picape Chevy de caçamba baixa, novinha em folha. A opinião geral era de que Eduardo amava mais a picape do que Judith, mas cuidava bem de ambas. Os dois — três, se você contasse Judith — não eram esperados em Bicho Raro até o dia seguinte, mas haviam decidido aproveitar as temperaturas frias para dirigir depois do pôr do sol.

Judith costumava ser a mais bela mulher em Bicho Raro, mas então havia se mudado e, agora, era a mais bela mulher em Colorado Springs.

Ela era tão bela que as pessoas a parariam na rua e a agradeceriam. Fora para a escola para aprender como fazer com que os cabelos azul-escuros fizessem qualquer coisa que ela quisesse fazer, e agora ela fazia os cabelos de outras mulheres fazerem qualquer coisa que ela quisesse fazer, em um pequeno salão de beleza onde trabalhava com várias outras mulheres. Seus lábios eram o mesmo botão de rosa que os de sua irmã mais nova, Beatriz, apenas Judith pintava os seus com um tom vermelho-sangue que destacava a pele morena perfeita e os cabelos escuros reluzentes. Ela tinha usado cílios artificiais no útero e, quando eles tinham caído no canal de nascimento, não perdera tempo em substituí-los. Enquanto Beatriz puxou ao pai delas, Francisco, Judith lembrava mais a volátil Antonia.

Eis uma coisa que ela queria: ter dois dentes de ouro onde ninguém pudesse vê-los, mas ela saberia que estavam ali. Eis uma coisa que temia: ter de preencher formulários antes de consultas médicas de qualquer tipo.

Eduardo era o mais belo dos Costa, o que já é dizer bastante, mas não era tão belo a ponto de as pessoas o pararem na rua para agradecê-lo. Os Costa eram cowboys e criavam cavalos quarto de milha para rodeios. Os Costa e seus cavalos eram todos rápidos e encantadores, e podiam manobrar em um espaço menor, e mais rápido do que você conseguiria dizer *¿Qué onda?* Eles também eram muito bons no que faziam, e nem os Costa nem seus cavalos jamais chutariam uma criança. Eduardo usava roupas mais elegantes ainda do que as da esposa: camisa de cowboy vermelho-claro para combinar com os lábios de Judith, calças pretas justas para combinar com os cabelos dela e casaco de couro pesado com colarinho de lã para enfatizar suas curvas.

Eis uma coisa que ele queria: que os cantores fizessem uma pausa na cantoria para rir durante um verso. Eis uma coisa que ele temia: gatos deitados sobre seu rosto e o asfixiando enquanto dormia.

Judith e Eduardo avaliaram a cena enquanto adentravam o vilarejo. A enorme Mercury coberta de madeira, o ítalo-americano empoleirado em cima dela, a silhueta quadrada de Pete do lado de dentro, a baba dos cães desenhando arcos pitorescos através do diorama.

— Ed, você reconhece aquele carro? — perguntou Judith.

Eduardo removeu o cigarro para dizer:

— É a Mercury Colony Park do ano passado, em amarelo-sol irradiante.

— Eu quis dizer, você reconhece o homem em cima dela? — disse Judith.

— Então você deveria ter dito: "Você reconhece o homem em cima do carro?"

— Você reconhece o homem em cima do carro?

Eduardo enquadrou Tony DiRisio com os faróis enquanto se aproximava — Tony protegeu os olhos — e espiou de perto.

— Não, mas gosto daquele terno.

Um dos cães tinha acabado de abocanhar a manga esquerda do terno branco mencionado acima, e Tony, aceitando a discrição como a parte mais digna da bravura, permitiu que o cão ficasse com o paletó inteiro, em lugar do braço esquerdo.

— É típico da Mama deixá-los aqui fora — disse Judith com irritação.

— Aposto que ela está fazendo uma daquelas flores.

— Não fale dela — disse Judith, embora ela própria estivesse prestes a dizer o mesmo.

O Chevy encostou ao lado da Mercury. Ele era alto o suficiente para que Eduardo Costa e Tony DiRisio ficassem cara a cara agora. Eduardo acionou a buzina para assustar um dos cães do capô da Mercury. Então removeu o cigarro dos lábios e deu-o para Tony.

— *Hola*, viajante — disse Eduardo.

Judith ajeitou o cabelo e inclinou-se em direção à conversa.

— Você está aqui em busca de um milagre?

Tony tragou o cigarro, e lançou-o com um piparote contra um dos cães.

— Seria um milagre sair do teto do meu carro, senhora.

Eduardo inclinou-se para fora da janela e chamou para dentro da Mercury:

— Você está em busca de um milagre, *mi hijo*?

Pete sobressaltou-se.

— Eu estou aqui por causa de um caminhão.

— Ele está aqui por causa de um caminhão — Eduardo disse para a esposa.

— O Papa deveria dar um tiro nesses cães — respondeu Judith.

— Balas têm medo demais para acertá-los — observou Eduardo.

Ele demorou-se para acender outro cigarro e fumá-lo, enquanto todos o observavam. Então, beijou a esposa, acariciou o bigode, abriu a porta da picape e saltou com agilidade para fora, as botas de cowboy elegantes levantando poeira enquanto ele tocava o chão. Os cães de Antonia voltaram-se para Eduardo. Uma coruja piou. Uma criatura uivou de dentro de uma das cabanas distantes. A lua sorriu sutilmente. Então, ele jogou fora a bituca do cigarro e começou a correr. Homem e cães voaram pelo pátio escuridão adentro.

Os Costa eram conhecidos por sua bravura e por fumarem.

No silêncio deixado para trás, Judith desceu da picape. Ela estava muito nervosa, mas não o demonstrou conforme caminhava até a Mercury com um gingado que combinava com sua beleza.

— Vamos ver um lugar para vocês, homens, dormirem e podemos ver sobre... Beatriz! O que você está fazendo se escondendo por aí?

Beatriz não estava se escondendo. Ela estava parada, imóvel e observadora, na mais profunda das sombras ao lado da casa de sua mãe, tão silenciosa que mesmo os cães de Antonia não haviam percebido que ela estava ali. Estivera esperando por sua oportunidade para escalar de volta para o quarto, mas Judith, com a intuição incomum que as irmãs têm às vezes, a tinha visto ali.

— Não há camas — Beatriz disse a Judith. — Nenhum dos peregrinos partiu desde que você se foi.

— Não há camas! Impossível! — Fazia meses desde a última vez em que Judith estivera em Bicho Raro.

— É verdade — disse uma voz de dentro da casa comprida de estuque. Era um dos peregrinos. Eles estavam sempre bisbilhotando, uma vez que as vidas proibidas dos Soria eram muito interessantes para eles. Estiveram escutando a conversa na rua tanto quanto os outros Soria, e agora aquela voz flutuava para fora da casa de uma maneira que pareceu fantasmagórica a Pete e Tony. Ela acrescentou: — O chão tem lugar, no entanto.

— Não fale comigo! — disparou Judith em direção ao peregrino invisível. Embora essa frase parecesse hostil para Pete e Tony, sua exortação era, na realidade, tingida pelo medo. Todos os Soria tratavam os peregrinos com cautela, mas Judith era mais do que cautelosa — eles a assustavam. Essa era uma das razões pelas quais Judith havia se mudado tão logo se casara e não tinha voltado até então. Ela não conseguia lidar com a tensão de viver ao lado deles durante todos os dias e todas as noites.

— A casa de Michael é uma pousada, mas não está pronta — disse Beatriz.

— *Uma pousada?* — Judith quase não suportou imaginar uma pousada inteira cheia de peregrinos. — Não somos um hotel. Está bem, está bem! Esses homens podem ter o milagre e seguir o seu caminho ou dormir no chão! Qual de vocês quer ser o primeiro? O pai ou o filho?

— Senhora, mas quantos anos eu pareço ter? — perguntou Tony. — Só conheci esse garoto hoje.

— Eu só estou aqui atrás de trabalho, dona — disse Pete rapidamente. Ele estivera ouvindo esta conversa com a certeza crescente de que Tony tinha ido para lá por uma razão bem diferente da dele. Ele sentia que precisava distanciar-se dela, caso fosse ilegal.

— Trabalho? — ecoou Judith, com considerável confusão. — Nenhum milagre?

— Não para mim, dona.

Isso chamou a atenção de Beatriz. As pessoas que chegavam a Bicho Raro na escuridão da noite eram sempre ou um membro da família Soria ou alguém que estava em busca de um milagre. Ali estava aquele estranho, no entanto, e ele não era nenhum dos dois. Ela interpôs-se:

— Você não é um peregrino?

— Não mais do que nenhum de nós é, imagino.

Esta troca de palavras foi quando Pete e Beatriz, verdadeiramente, repararam um no outro pela primeira vez. Eles usaram esse momento de observação de duas maneiras diferentes, mas relacionadas.

Beatriz observou Pete, com o braço curvo no canto da janela aberta da Mercury e perguntou-se como seria pressionar o dedão, suavemente, na pele dele, do lado de dentro do cotovelo. De onde estava, ela podia ver a curva do braço dele, e parecia que seria algo suave e agradável de se fazer. Beatriz nunca tivera esse impulso antes e sentia-se, de certa forma, surpresa com ele. Sentia-se também surpresa pela maneira como o sentimento, uma vez notado, não fora embora, mas em vez disso se estendera para o outro cotovelo também. Como ela era Beatriz, tomou nota, para considerar esse impulso logo mais, a fim de determinar de onde ele poderia ter vindo. No entanto, ela não considerou essa sensação como uma sugestão de ação futura.

Pete, por sua vez, observou Beatriz na meia sombra com seu jeito imóvel, misterioso, sem piscar os olhos, sua expressão não parecendo mais calorosa do que aquelas das corujas-de-igreja de olhos escuros, sentadas no telhado acima dela. Embora eles tivessem trocado apenas um punhado de palavras, Pete sentiu o choque mais perigoso em seu coração até aquele momento, superando até o que ele havia sentido quando se apaixonara pelo deserto, apenas umas horas antes. Não sabia a razão para esse acesso de intensa curiosidade, apenas que a escala dele dava a impressão de ser mortal. Parecia que não deveria repeti-lo, se isso fosse de alguma maneira possível. Pete pressionou a mão contra o peito e jurou manter distância de Beatriz enquanto ele trabalhasse ali.

— Vou esperar no carro — disse apressadamente, e tornou a subir o vidro da janela.

— No *meu* carro? — demandou Tony.

Não havia mais tempo para discussão, uma vez que o som dos cães de Antonia ecoava de volta através de Bicho Raro. Eduardo Costa tinha feito um belo trabalho em levá-los para longe, mas tinha ficado sem fôlego em um celeiro de gado caído perto da rodovia e tivera de subir nele para salvar a própria vida. Os cães o haviam deixado abandonado sobre a coluna em ruínas do prédio e, agora, estavam voltando para fazer uma refeição do outro sapato de Tony.

— Nós deveríamos ir antes que os cães nos peguem — disse Judith. Ela olhou para Beatriz, mas a irmã já tinha sumido — não havia como persuadi-la a conversar com estranhos se houvesse qualquer outra pessoa para fazer isso em seu lugar, e ela com certeza não gostava de ser voluntariada para realizar o milagre. (Também, algo de que Judith não tinha conhecimento, ela queria estudar o sentimento que teve por Pete havia pouco e estava preocupada com que outro sentimento pudesse aparecer e torná-lo mais complicado de ser analisado.)

— *Beatriz* — sibilou Judith. Então, para Tony: — Vamos, siga-me.

O som dos cães emprestou velocidade a Tony. Ele mancou atrás dela sobre o pé com sapato, então o pé com meia.
— Para onde estamos indo?
— Onde você acha? — respondeu Judith, irritada. — Conseguir o seu milagre!

# 4

O Santo de Bicho Raro estava no Santuário e ouviu a aproximação de Tony DiRisio.

O Santuário era o prédio mais antigo de Bicho Raro. Fora projetado e construído por Felipe Soria, um membro da família, mencionado hoje em dia apenas em tons sussurrados. Ele havia chegado em Bicho Raro em um grande cavalo cor de mel e usando um grande chapéu da mesma cor e, de pronto, começou a trabalhar em um altar junto à estrada após alegar que a Virgem aparecera para ele com algumas instruções.

No primeiro dia, havia completado as paredes de estuque para uma pequena estrutura do tamanho da baia de seu garanhão, e os outros Soria tinham ficado satisfeitos. No segundo dia, havia arrancado uma parte da ferrovia abandonada e a fundido em um belo e intrincado portão metálico, e os outros Soria tinham ficado satisfeitos. No terceiro dia, havia queimado mil telhas de cerâmica com o calor da própria crença e instalado um telhado feito delas, e os outros Soria tinham ficado satisfeitos. No quarto dia, a Virgem tinha aparecido de novo, desta vez cercada por corujas; ele havia entalhado uma estátua dela nesta postura, para colocar dentro do Santuário, e os outros Soria tinham ficado satisfeitos. No quinto dia, havia feito um pigmento rico de algum céu que se aproximara demais dele e o usado para pintar o exterior do Santuário de turquesa, e os outros Soria tinham ficado satisfeitos. No sexto dia, havia rendido um trem de passageiros, roubado as pessoas dentro dele, matado o xerife a bordo, e usado os fêmures do xerife para fazer uma cruz para o topo do santuário. Os Soria não tinham ficado satisfeitos.

No sétimo dia, Felipe Soria desapareceu para sempre, razão pela qual os Soria falavam dele agora somente aos sussurros.

Quando jovem, Joaquin contara uma vez para a mãe, Rosa, que ele vira Felipe Soria perambulando pelo deserto, nos arredores de Bicho Raro, mas Felipe teria cento e trinta anos de idade, então ninguém acreditou nele. Os Soria tinham vida longa (exceto quando subitamente não tinham), mas uma idade dessas teria sido excepcional até para um Soria.

Enquanto Judith Soria Costa acompanhava Tony até o Santuário, o atual Santo de Bicho Raro se ajoelhou dentro de seu estreito interior. Ele tinha vindo correndo desde o caminhão-baú, a fim de ter tempo para se preparar (espiritualmente) para realizar o milagre e se preparar (fisicamente) para se parecer com o Santo. Não precisava fazer isso, à medida que mesmo os Soria que deviam para Deus continuavam milagrosos, mas ele acreditava que, quanto mais preparado espiritualmente estivesse durante o ritual, maior a chance de o peregrino ser completamente curado. Os milagres, ele sentia, diziam respeito tanto à cura de seu próprio espírito mortal quanto à dos peregrinos.

Daniel Lupe Soria nem sempre estivera no caminho da santidade.

Quando criança, ele fora tão terrível que Rosa Soria o mandara duas vezes para ser exorcizado. Ele fora tão terrível que tinha feito alguns estábulos irem parar na estrada em uma semana e queimado um rebanho de gado na outra. Ele fora tão terrível que os cowboys no rancho vizinho ainda usavam seu nome como uma praga. Na adolescência, ele e seus amigos de escola tinham decidido roubar uma pintura do santo Niño de Atocha de uma igreja nos arredores de Alamosa. Enquanto o garoto Jesus disfarçado espiava de maneira reprovadora de dentro da armação, Daniel tinha carregado o ícone para a rua, onde os amigos esperavam em sua picape. Enquanto ele descia os poucos degraus, no entanto, a pintura ficou cada vez mais pesada até que se sentiu compelido a colocá-la no chão. Seus amigos zombaram, mas eles não conseguiam removê-la também. Enquanto Daniel tentava decidir se deveria simplesmente deixar a pintura onde ela estava na calçada, ele viu uma inscrição atrás dela: "Doada por um benfeitor anônimo, para todos os santos malditos".

Sentindo-se súbita e surpreendentemente deprimido tanto pelo peso da pintura religiosa quanto pelo remorso, Daniel não conseguia decidir-se a abandonar a pintura aos elementos aos quais seu crime a havia exposto. Decidiu esperar com ela até o padre retornar de manhã, mesmo se isso significasse confessar o roubo. Seus amigos o abandonaram, mas ainda assim Daniel esperou. O vento começou a jogar poeira, e ainda assim Daniel esperou. Uma tempestade surgiu e granizo começou a cair, e ele cobriu a pintura com o corpo para protegê-la, e ainda assim esperou. Enquanto as pedras de granizo o acertavam, a natureza frívola e egoísta de suas proezas de infância o atingiram com a mesma dor. A cada golpe do granizo, ele arrependia-se de outra maldade. Então o céu limpou, e Daniel viu que podia levantar com facilidade a pintura: um milagre.

Daniel voltou para o seu lugar na igreja e foi o Santo de Bicho Raro desde então. Ele ainda tinha uma cicatriz no ombro, da primeira pedra de granizo que o atingira aquela noite, um lembrete físico de que o arrependimento dói.

Agora, enquanto esperava que Tony viesse até ele, Daniel prostrou-se mais uma vez em oração. Estivera rezando o dia inteiro, parando apenas para sair com Beatriz e Joaquin. O dia de reza não era incomum, já que Daniel começava a rezar quando o sol nascia e, muitas vezes, continuava rezando após o sol se pôr, dispensando palavras e acendendo velas para sua família e para cada um dos peregrinos que já tinha vindo e para cada um dos peregrinos que ainda estavam indo até ele.

Era incomum para o Santo rezar para si mesmo.

Agora, a voz de Judith chegava até ele de fora do Santuário. Ela estava perguntando ao peregrino:

— Você está preparado para mudar a vida?

— Sim, sim — respondeu o peregrino.

O Santo retornou a suas orações. Alguns santos tinham uma relação profunda com Deus ou o Menino Jesus ou um santo em particular, mas Daniel preferia dirigir suas orações à *Mãe*. Em sua mente, essa figura era tanto a Virgem Maria quanto a própria mãe, a mãe que ele jamais conheceu, tendo sido parido com vida de seu corpo morto. Então agora ele rezava *Mãe, ajude-me a ajudar esse homem*. E ele também rezava *Mãe, ajude-me*.

Os milagres em Bicho Raro sempre vinham em dois.

O primeiro milagre era esse: tornar a escuridão visível.

A tristeza é um pouco como a escuridão. Ambas começam do mesmo jeito. Uma pocinha rasa de apreensão se estabelece no fundo de nossas entranhas. A tristeza cozinha rápido e ferve para valer e então se derrama para fora, enchendo primeiro o estômago, então o coração, então os pulmões, então as pernas, então sobe pela garganta, então pressionando os tímpanos, então inchando contra o crânio e, finalmente, vazando para fora dos olhos em uma libertação sibilante. A escuridão, no entanto, cresce como uma formação cavernosa. Lentas gotas de apreensão endurecem sobre a superfície de uma saliência lisa de dor. Com o tempo, a escuridão se incrusta em camadas invisíveis, crescendo em um ritmo tão rápido que a pessoa não nota que ela preencheu cada espaço debaixo da pele até o movimento tornar-se difícil ou mesmo impossível.

A escuridão jamais ferve. A escuridão segue dentro.

Mas um Soria podia atraí-la para fora e lhe dar forma. Eles sentiriam uma agitação da escuridão do peregrino à medida que ela se aproximava, como as corujas, e a promessa de seu dom em sua boca, como a canção cujas palavras conheciam. Havia uma pausa mínima entre o momento em que eles escolhiam atrair a escuridão para fora e o momento em que a escuridão começava a emergir.

A cabeça de Daniel ainda estava inclinada e seus olhos, fechados quando Tony adentrou o Santuário. Por causa disso, e da luz obscura gerada por uma centena de velas minúsculas, Tony não viu o jovem Daniel Lupe Soria quando seus olhos se acostumaram. Ele viu apenas o Santo.

O Santo tinha longos cabelos negros, repartidos de modo uniforme até os ombros. Seu rosto tinha um tom pálido desigual, sua pele morena pintada com uma pasta esbranquiçada feita com a poeira da área circundante. As órbitas dos olhos estavam untadas de preto como um crânio. Os nós dos dedos traziam os oito olhos arregalados de uma aranha. Sob esta luz, ele parecia menos com um humano que você encontraria e mais com uma coisa que você descobriria. Tony notou os artefatos católicos no Santuário, as contas do rosário em torno do pescoço do Santo, mas eles pareciam pertencer a um catolicismo diferente daquela forma mecânica e ímpia que ele havia praticado lá na Filadélfia.

Tony percebeu subitamente como estava frio ali na noite do altiplano desértico. As corujas entalhadas ao lado de Maria pareciam estar olhando para ele.

— Você tem escuridão dentro de si? — perguntou o Santo, os olhos ainda fechados.

O coração de Tony fraquejou dentro dele. Sentiu que já tinha ouvido essa história antes, e ela havia terminado mal para o DJ de rádio que dirigira sua Mercury deserto adentro.

Ele pensou que poderia simplesmente ir embora. Deixar o garoto ali, correndo atrás de um caminhão, e seguir dirigindo para a Califórnia, bem até o mar.

O Santo de Bicho Raro abriu os olhos.

Tony olhou para eles.

Havia muitas razões pelas quais Daniel Lupe era o melhor santo que Bicho Raro tinha experimentado em gerações, mas seus olhos estavam no topo da lista. Olhos como os seus não tinham sido vistos por cem anos. Poderia ter sido possível que outra pessoa tivesse parecido tão bondosa e santa quanto Daniel Lupe Soria, mas só se ela tivesse as sobrancelhas certas. Sobrancelhas são extraordinariamente importantes para a expressão. Dizem que, se você raspá-las, os bebês não conseguem reconhecê-lo. Daniel, no entanto, não exigia que suas sobrancelhas conseguissem atingir com êxito sua expressão mística. Apenas os olhos eram suficientes. Eles eram largos, marrom-escuros e cheios de uma bondade de outro mundo, que diziam que não somente ele amava você como qualquer outra entidade de outro mundo possível em que você acreditasse estava olhando através deles e também o amava. Se a Igreja Católica tivesse olhado nos olhos de Daniel Lupe Soria no século dezenove, eles teriam se oferecido para lutar contra o governo mexicano em prol da família Soria. Se o governo mexicano tivesse olhado nos olhos de Daniel Lupe Soria no século dezenove, eles imediatamente teriam se tornado católicos melhores.

— Ah — disse Tony.

Ele se ajoelhou.

Daniel estendeu a mão e fechou os olhos de Tony com a palma. Então, fechou os seus novamente.

Ambos sentaram deste jeito na escuridão complicada que existe por detrás de pálpebras fechadas. Tony imaginou o ruído de estática tocando em sua rádio. Daniel imaginou a chuva caindo sobre Marisita Lopez e as borboletas presas em seu vestido.

O segundo milagre era esse: livrar-se da escuridão para sempre.

Ninguém queria ver a escuridão tornar-se manifesta, mas a realidade era que ela podia ser combatida até você ter visto seu formato. Infelizmente, os peregrinos tinham de combater sozinhos e, apenas então, uma vez que tivessem visto a sua escuridão e aprendido como bani-la, eles poderiam deixar Bicho Raro curados e radiantes. Havia uma lei posta entre os Soria de não interferir. Se um Soria levantasse uma mão ou suspirasse uma palavra de ajuda, uma escuridão cairia sobre o Soria também, e a escuridão de um Santo era uma coisa mais terrível e poderosa ainda.

— Responda-me agora — disse Daniel. — Você tem escuridão dentro de si?

— Sim — disse Tony.

— E quer se livrar dela?

Esta é uma pergunta mais difícil de se responder do que você acharia em um primeiro momento. Quase ninguém acha que seja correto responder a essa pergunta com um *não*, mas a verdade é que nós, homens e mulheres, muitas vezes odiamos nos livrar do que é familiar, e às vezes nossa escuridão é o que melhor conhecemos.

— Sim.

Na rua, corujas começaram a bater asas e a chamar. Corujões piavam. Corujas-das-torres gorjeavam. Corujas-de-igreja soltavam seu sibilar metálico. Corujas-listradas miavam. Corujas-de-óculos ladravam abafado. Corujas-pigmeus chiavam. As corujas-elfos riam nervosamente. O ruído aumentou para uma cacofonia à medida que a atmosfera se tornava cada vez mais milagrosa.

Daniel abriu os olhos novamente.

A escuridão começou a aparecer.

# 5

As corujas normalmente se recolhiam assim que o milagre acontecia. Aquela noite, elas só partiram quando o Santo pediu que fossem embora.

# 6

A manhã após um milagre é sempre radiante.
Isso acontece porque quase toda manhã em Bicho Raro é radiante. Há muito que o Colorado se gaba de que goza de trezentos dias de sol por ano, o que não é totalmente verdade, mas está perto o suficiente da verdade para parecer como tal. A manhã seguinte ao milagre de Tony DiRisio não ajudou em nada para invalidar a pretensão. O sol vinha escalando há várias horas pelo azul seco do Colorado, e Bicho Raro estava começando a se aquecer.

Beatriz Soria havia acordado antes de todos os outros, apesar de ter dormido tarde na noite anterior. Sua mente era muito ativa enquanto ela estava desperta e não parava quando ela dormia, então Beatriz normalmente não passava muito tempo fazendo a segunda atividade. Aquele dia, antes do amanhecer, ela tinha usado sua escada secreta retrátil para descer da janela sem acordar a mãe no quarto ao lado do dela. Dali, perambulou pelo vilarejo até o telescópio.

O telescópio era um aparelho com antena parabólica, com vinte metros de largura e em torno de vinte e cinco de altura. Sua sombra esquelética movia-se em torno de sua base como um relógio do sol gigante. Com a cooperação dos Soria mais entendidos em como sonegar impostos, o telescópio havia sido construído durante os anos 1950 — ostensivamente para monitorar o tempo, mas, na prática, para espionar os russos — e fora desativado depois de apenas um uso. O engenheiro-chefe do projeto não diria o que sua equipe havia capturado com o rastreador, apenas que todos dormiriam melhor à noite sem o ver. Mais tarde, todos na equipe se mudaram, sem chamar a atenção, para climas mais frios em países distantes.

Beatriz agora o usava como um lugar para pensar. Às vezes, ela subia a escada de quinze metros e observava Bicho Raro lá de cima da plataforma de malha metálica. E às vezes ela removia os tênis e escalava acima disso ainda, os pés pressionados contra barras de metal e as pernas enganchadas sobre apoios do lado de trás do prato, às vezes balançando, às vezes segurando, até conseguir se lançar sobre a borda do prato e para dentro dele. Então ela se deitava dentro do ninho metálico do prato e olhava fixo para o céu, se imaginando — quer dizer, sua mente, a parte que importava de si — sendo projetada o mais longe no céu que sua vista podia alcançar. Segurava os pensamentos lá em cima por horas de cada vez, assoprando-os de volta para a altitude se eles começavam a derivar para baixo, e então, finalmente, ela trazia esses pensamentos distantes de volta para Bicho Raro e observava sua casa a partir daquela altura enorme, em vez de junto a ela. As coisas se encaixavam em uma perspectiva melhor, achava, quando vistas a trezentos metros de distância.

Às vezes, Daniel se juntava a ela, a única outra pessoa com quem Beatriz até o momento considerava poder compartilhar o Santuário. Embora fossem muito diferentes, eles compartilhavam um traço importante: não tentavam mudar as pessoas e raramente as julgavam, a não ser que os valores da outra pessoa influenciassem diretamente a vida deles. Para Daniel, significava que ele tinha, antes do incidente com a pintura, andado com rapazes que os outros consideravam de caráter duvidoso. Para Beatriz, isso significava que ela muitas vezes frustrava Judith ao se recusar a assumir um lado em discussões ou discordâncias morais.

Esse traço também tornava Daniel e Beatriz bons parceiros de conversa. Um debate sem uma meta de interferência filosófica podia continuar por um longo tempo, sem drama. Uma de suas primeiras discussões no prato do telescópio havia girado em torno de quem poderia receber um milagre. Um peregrino abandonara havia pouco um garanhão irascível em Bicho Raro, e o temperamento notoriamente hostil do cavalo era o tópico de todas as conversas dos Soria. Beatriz e Daniel, então com dez e doze anos, haviam observado o pasto daquela grande altura e especulado se eles, enquanto Soria, poderiam infligir seu milagre sobre um animal.

Daniel argumentou que a falta de humanidade de um cavalo apresentava um problema insuperável para o segundo milagre. Mesmo se o Santo conseguisse manifestar a escuridão do animal, certamente o cavalo não tinha convicção moral para chegar a uma compreensão de como bani-lo. O segundo milagre jamais ocorreria, e o cavalo, portanto, viveria o resto dos seus dias afligido pela mesma escuridão que tinha vivido antes dentro dele, agora tornada pior por ter recebido uma forma concreta.

Beatriz concordou que a falta de humanidade do cavalo era realmente o obstáculo, mas ela acreditava que o Santo não seria capaz de realizar nem o primeiro milagre. A humanidade, ela sustentava, era necessária para que a escuridão existisse. Sem uma compreensão do conceito de escuridão, moralidade, ou outras questões existenciais, a desavença dentro do indivíduo não poderia ser escuridão, mas, em vez disso, simplesmente a natureza e, deste modo, não poderia ser curada com um milagre, ou talvez de forma alguma.

— Então aquele cavalo será terrível para sempre? — Daniel havia perguntado.

— Não creio que a escuridão diga respeito a ser "terrível". — Fora necessário um pouco mais de tempo para a Beatriz de dez anos encontrar as palavras de que precisava. Ela ainda estava aprendendo como conviver com a dura realidade de que as partes mais interessantes de seus pensamentos, normalmente, eram deixadas para trás quando tentava colocá-las em palavras. Muitas vezes, havia pausas muito longas enquanto ela lutava por uma tradução perfeita. — Acho que a escuridão diz respeito à vergonha.

Daniel tinha contemplado os peregrinos que já havia visto em seus doze anos.

— Acho que você está certa.

— Nós estávamos quase concordando no início — havia acrescentado Beatriz, a fim de ser uma vencedora cortês. Daniel abrira um largo sorriso.

— Quase.

No dia seguinte ao milagre de Tony, Beatriz estava sozinha enquanto subia até a plataforma acima da camada de poeira escura. Então, à medida que o sol começava a aquecer lentamente o seu sangue frio em movimento, ela acompanhou a sua casa voltar a si. Ela podia ver a maior parte dela de seu ponto de observação, pois Bicho Raro ocupava um espaço relativamente pequeno. Havia uma área de estacionamento empoeirada e sem vegetação no centro do vilarejo. Prédios reuniam-se em torno disso como mãos em torno de um fogo. Por ali, apenas uma dúzia ainda estava em pé: três casas, três celeiros, a estufa de seu pai Francisco, o trailer de sua tia Rosa, três galpões e o Santuário. O caminho de terra seguia por entre eles, passava por uma caixa d'água e então saía em direção à Rodovia 160, a única estrada pavimentada por quilômetros. Tanto o caminho quanto a rodovia não eram muito melhores que o cerrado que os cercava, sobre o qual você poderia dirigir também, se o seu veículo tivesse disposição. Você poderia até terminar fazendo isso com um veículo pouco disposto se a noite estivesse escura o suficiente, pois não havia muita diferença entre o asfalto rachado e a vastidão poeirenta que ele cortava. Era fácil se desorientar sem faróis (o que é verdade a respeito de grande parte da vida).

Cercando tudo isso, havia o deserto no altiplano pelo qual Pete se apaixonara, e que havia se apaixonado por Pete. Ele era interrompido apenas por tamariscos e artemísias esfoliadas e quase invisíveis volteios de arame farpado até alcançar a montanha.

Beatriz olhava tudo isso de seu ponto de observação, prestando menos atenção à natureza e mais aos pequenos humanos movimentando-se abaixo dela. Ela não gostava particularmente do trabalho braçal, mas Beatriz sentia-se satisfeita em observar outras pessoas engajadas nele. Gostava de ver as coisas que eles faziam que eram desnecessárias. Não são, no fim das contas, as tarefas que as pessoas fazem, mas as coisas que fazem em torno delas que revelam quem elas são.

Por exemplo, da plataforma do prato, ela podia ver seu primo em segundo grau, Luis, reparando alguns arames farpados que as vacas haviam derrubado durante a última grande tempestade. Ele estava cortando alguns trechos e esticando novamente outros. De vez em quando, no entanto, movia os dedos no ar, e ela sabia que ele estava dedilhando mentalmente a guitarra. Ela também podia ver Nana trabalhando nos tomates atrás da casa. Ela estava apoiada em suas velhas mãos e joelhos, capinando, mas duas vezes Beatriz viu-a sentar-se sobre o traseiro e colocar um tomate cru, fresco, na boca, para saboreá-lo. Beatriz também viu sua tia Rosa (mãe de Joaquin) de volta para casa, carregando pimentas e a bebê Lidia para cozinhar — as pimentas, não a bebê. Os passos de Rosa eram retardados pelas pausas para cantar e dar beijos no topo da cabeça de Lidia; Beatriz sabia, por experiência própria, que a relação aumentava ao longo do dia até que nenhum trabalho mais fosse feito e só beijos fossem dados.

Um chamado trêmulo desviou a atenção de Beatriz do chão para o céu logo acima dela. Semicerrando os olhos contra a claridade, descobriu que várias corujas tinham se reunido sobre a borda acima de sua cabeça, suas garras fazendo ruídos de arranhões familiares contra o metal. O grupo era formado por múltiplas espécies: duas corujas-de-igreja, uma coruja-listrada e uma pequena coruja de um tipo que Beatriz nunca vira antes. A maioria das pessoas, na realidade, não tinha visto esse tipo de coruja antes, pois ela era uma rara coruja-acanelada, nativa do distante Peru. Devido à certeza com a qual os milagres atraíam as corujas, Beatriz, assim como todos os Soria, estava acostumada com a presença delas, embora, diferente da maioria dos outros Soria, houvesse passado muitas longas horas perguntando-se se a atração das corujas pelos milagres era benéfica ou danosa. Havia, afinal de contas, uma grande diferença entre a maneira com a qual flores atraíam colibris e a maneira com a qual a luz artificial compelia as mariposas.

Uma pena listrada passou caindo. Beatriz tentou pegá-la, mas a ação de sua mão deslocou o ar e a pena, e ela continuou em sua queda lenta até o chão.

— Por que vocês ainda estão aqui? — assoviou, em sua língua inventada.

As corujas não se sobressaltaram com a voz dela. Em vez disso, elas continuaram a encará-la de seu jeito arregalado. A coruja-acanelada que tinha vindo de tão longe virou a cabeça de lado para estudá-la melhor. Beatriz não tinha certeza se elas eram as mesmas corujas da noite passada, no fim das contas, embora, se isso fosse verdade, ela não estivesse certa sobre o que poderia estar as atraindo.

— Não há escuridão aqui — ela assoviou. — Não há milagres, de qualquer forma.

Seus olhares continuaram tão intencionais que Beatriz olhou de volta para o chão para ver se outro peregrino tinha chegado sem o seu conhecimento. Mas a única pessoa que ela viu foi Michael, marido de Rosa, enfiando uma pá em um canteiro de terra. Desde que Beatriz o conhecia, ele não fizera nada a não ser trabalhar e dormir. Para compreender Michael, você precisava apenas entender o projeto em andamento, que, neste caso, era a pousada de madeira que Beatriz havia mencionado na noite anterior. No momento, a pousada não passava de quatro tábuas de madeira enfiadas no chão. Era apenas a promessa de um prédio, e não havia se desenvolvido mais, não pela indisposição de Michael de fazer o trabalho, mas, em vez disso, porque era um ponto de controvérsia, questionado em cada estágio. Judith não era a única que argumentava que a pousada não precisava ser construída.

A construção não era realmente o problema. Os peregrinos eram o problema.

Há uma planta, que ainda cresce no Colorado hoje em dia, chamada tamarisco. Na década de 1930, uma tempestade de poeira havia chegado na região central dos Estados Unidos e assolado o país por anos. Para evitar que todos os estados entre o Colorado e o Tennessee fossem soprados para longe, produtores rurais plantaram milhões de arbustos de tamarisco para segurar o chão no lugar. Assim que o trabalho estava completo, o empreendedor tamarisco fez as malas e mudou-se para o canto sudoeste dos Estados Unidos, para ficar. Quando floresce, o tamarisco é muito adorável, com minúsculas flores róseas, belas por sua combinação incomum de cor delicada e durabilidade física. Quando não está florescendo, o tamarisco é uma planta enorme de extremo vigor, tão adaptada para crescer no Colorado que, quando está presente, nenhuma outra planta pode competir com ela. Raízes enormes e pesadas penetram profundamente no solo, bebendo toda a água e usando todo o sal, porventura tornando o único vizinho apto para o tamarisco ainda mais tamarisco.

Isso era o que os peregrinos haviam se tornado em Bicho Raro.

Eles iam chegando no mesmo ritmo, mas partindo em um ritmo muito mais lento. Por alguma razão, não pareciam realizar o segundo milagre em si mesmos com a mesma eficiência que as gerações passadas. Então, vagavam por ali em seus estados parcialmente mudados, drenando com benevolência os recursos de Bicho Raro. Os Soria não ousavam ajudar. Todos tinham ouvido a respeito do perigo de interferir nos milagres, e ninguém queria ser a pessoa a arriscar trazer a escuridão para si e o resto de sua família.

A solução mais simples teria sido jogar esses peregrinos excedentes no deserto, para que se virassem sozinhos. Mas, mesmo que Daniel não estivesse por perto para protestar a respeito da questão ética disso, a memória de Elizabeth Pantazopoulus deteve o restante dos Soria. Elizabeth Pantazopoulus havia aparecido em Bicho Raro em algum ponto dos anos de 1920, usando um uniforme de prisioneiro listrado e trazendo um ferimento a bala no braço esquerdo. Na dobra do braço bom, ela estava carregando um gato de pelos longos que também tinha um ferimento a bala em uma das pernas. Ela não tinha contado espontaneamente as circunstâncias que a tinham levado a este ponto; apenas havia recebido o primeiro milagre e permanecido em Bicho Raro até que o ferimento a bala se curou e o gato não se encolhia mais com barulhos de batidas. Então ela havia conseguido realizar o segundo milagre sobre si mesma e havia partido na manhã seguinte. Os Soria não ouviram notícias dela até quatro anos mais tarde, quando um pacote chegou de Nova York contendo três coisas: (1) um pedaço de papel dizendo apenas "Obrigada. Atenciosamente, Elizabeth Pantazopoulus"; (2) uma bala, talvez de seu braço ou da pata do gato; e (3) uma pilha de dinheiro grande o suficiente para sustentar Bicho Raro durante os anos mais difíceis da Depressão.

Você não pode simplesmente adivinhar quem vai tirar a sorte grande. Então os peregrinos ficaram, e os Soria, ressentidos, construíram uma pousada.

Beatriz desviara a atenção para além de Michael e a pousada, até a enorme perua Mercury com painéis de madeira ainda estacionada na poeira mais adiante. Fazendo binóculos com as mãos para proteger os olhos do sol, ela concentrou-se no interior. Beatriz podia ver as botas de Pete Wyatt através da janela de trás; ele estava dormindo ou morto. Para sua persistente surpresa, o impulso de colocar o polegar sobre a pele dele não havia diminuído, embora ela não pudesse ver seus cotovelos de onde estava sentada. Em um esforço para estudar esse sentimento de forma objetiva, Beatriz imaginou Pete se elevando de sua mente até o ar acima do telescópio, esperando desvencilhar a emoção de seu corpo inconfiável. Para sua irritação, no entanto, ele recusava-se a flutuar acima dela. Alguns sentimentos estão enraizados de maneira forte demais no corpo para existir sem ele, e este desejo é um deles. Beatriz tinha consciência dessa forma de atração por observação, mas não por experiência pessoal. Ela contemplou a ausência de lógica na sensação e, então, considerou os membros mais emotivos da família, perguntando-se se era assim que eles se sentiam o tempo todo.

Beatriz observou as botas de Pete e refletiu sobre seu sentimento confuso por tanto tempo e com tal intensidade que não notou a partida das corujas acima dela, tampouco a chegada de Marisita Lopez abaixo de si.

Marisita estava na base do telescópio, uma mão erguida para proteger os olhos contra a chuva que sempre caía sobre ela. A poeira em torno de Marisita fazia bolhas e respingava sob o assalto da precipitação. As borboletas em seu vestido moviam as asas lerdas, mas não voavam.

Ela olhou de relance para Beatriz. Sua saída era urgente o suficiente para encorajá-la a quebrar a regra de não falar com os Soria, mas ainda assim ela hesitou. Isso acontecia porque Beatriz podia ser bastante assustadora, vista de fora. Agora mesmo, *la chica sin sentimientos* criava uma imagem drástica e assustadora lá em cima, sobre a plataforma do telescópio. Era, de muitas maneiras, como as corujas que estavam empoleiradas acima dela, particularmente as corujas-de-igreja, com seus rostos fantasmagóricos e expressões inescrutáveis.

Marisita viera do Texas para Bicho Raro e, na fronteira onde vivia, as corujas eram vistas com desconfiança. O problema não se encontrava nas corujas em si, mas sim nas *lechuzas*, bruxas que podiam se transformar em corujas com rostos humanos. Embora Marisita confiasse nas intenções dos Soria, não havia como fingir que eles não tivessem aptidões de outro mundo. E, embora ela não acreditasse que a Igreja estivesse correta em expulsá-los de Abejones, não era difícil para Marisita ver como ela, como uma das peregrinas problemáticas, também não pertencia a uma Igreja.

Era apenas que Marisita não tinha certeza de que, afinal, santos e bruxas fossem muito diferentes.

E Beatriz era a mais santa dos Soria, exceto por Daniel.

O que significava que Marisita não sentia coragem suficiente para gritar para ela que Daniel Soria tinha lhe dado uma carta endereçada a Beatriz. Simplesmente prendeu o papel entre o degrau metálico da escada e o elevador de metal e certificou-se de que não cairia sozinho, agindo rapidamente, de maneira que suas mãos úmidas da chuva não o estragassem.

Ela não sabia o que a carta dizia. Tinham lhe dito para não ler, então Marisita não a havia lido. Não tinha como saber como o seu conteúdo impactaria a todos eles.

— Beatriz! Beatriz Soria! Eu tenho algo para você! — ela gritou, mas apenas mentalmente. Muitas vezes Marisita dizia coisas somente em sua cabeça. Geralmente, esta não é uma maneira eficiente de falar, uma vez que muito poucas pessoas são leitores da mente, com exceção de Delecta Marsh, que tinha recebido a leitura da mente como resultado do primeiro milagre, lá em 1899. Mas Delecta estava morta havia muito tempo, por um tiro dado por um abade imediatamente excomungado e agora também morto, e, sendo assim, na realidade, Marisita apenas apertava as mãos e esperava que Beatriz pudesse notá-la e viesse buscar a carta.

Ela não buscou, e Marisita não criou mais coragem.

Marisita começou a chorar, só um pouco. Suas lágrimas não eram somente de ansiedade. Eram o tipo de lágrimas que vinha com facilidade, porque lágrimas anteriores já haviam suavizado o caminho para elas. A noite anterior, quando Tony e Pete tinham chegado, ela estivera considerando uma decisão terrível. A decisão era essa: se sairia caminhando deserto adentro ou não, sem comida alguma, e prosseguiria até que não conseguisse mais se lembrar de quem era. Se você acha que isso soa como uma maneira dolorosa de morrer, saiba que Marisita também havia considerado isso e decidido a seu favor, por esta mesmíssima razão; era o que ela merecia, pensara. Mas agora Daniel tinha dado a ela essa carta misteriosa para entregar, e havia dito a Marisita que era importante. Ela não podia ir para o deserto até saber o que a carta dizia.

Marisita sentia-se presa entre uma opção e outra. Não quisera verdadeiramente partir na noite anterior, mas não quisera ficar também. Era isso, além do seu medo de Beatriz, que arrancava dela ainda mais lágrimas.

As lágrimas não a tornaram nem um pouco mais corajosa, no entanto; então Marisita deixou a carta presa à escada, esperando para ser descoberta.

"Beatriz", ela começava. "Estou apaixonado por Marisita Lopez."

# 7

Pete Wyatt acordou como um estranho no mundo dos milagres. Ele não era nenhum santo, tampouco um peregrino. Era apenas um garoto acordando tarde demais de manhã no banco traseiro de uma Mercury amarelo-ovo de um estranho.

Secando o suor da testa, deslizou para o sol orgulhoso na rua. A aparência do vilarejo o surpreendeu. Não era de maneira alguma o que ele tinha imaginado na escuridão da noite anterior. Bicho Raro, à noite, era um deus; Bicho Raro durante o dia era um homem. Na luz crua do dia, era um lugar onde as pessoas viviam; um lugar onde um jovem podia trabalhar por um caminhão-baú.

Você pensaria que esta verdade revelada seria encorajadora, mas ela teve o efeito oposto sobre Pete. Sua jornada até aquele ponto havia parecido um sonho, e um sonho sempre pode ser modificado em algo mais. Mas, quando você está desperto, a verdade é clara e inflexível, não tão disposta a submeter-se à vontade da mente. Então, agora, Pete encarava verdadeiramente a realidade do plano que havia formulado. Ele pressionou uma mão contra o coração e perguntou a si mesmo se tinha cometido um erro. Talvez, pensou, houvesse superestimado a si mesmo. Talvez um lugar tão vasto e uma aventura tão curiosa fossem somente para aqueles sem sopro no coração.

Fechando os olhos, ele pensou no pai.

George Wyatt era um homem de ação. George Wyatt deveria ter morrido no útero, pois seu cordão umbilical tinha se enrolado em torno do pescoço, mas decidiu que a morte não era para ele e se libertou mastigando. Nasceu duas semanas mais cedo, as mãos de bebê ainda agarrando a ponta rasgada do cordão umbilical, a boca de bebê já cheia de dentes. Ele foi o mais fraco dos oito irmãos, mas começou a levantar pesos enquanto aprendia a andar e, aos quinze anos, George conseguia levantar todos os irmãos de uma só vez. Sua família havia sido miserável e seu destino era o mesmo também, mas George havia se alistado no exército e trabalhado duro. Ele salvou um coronel de verdade de se sufocar com a ração em campanha, socando-o no rosto e mandando que saísse daquela de uma vez, e foi promovido a oficial.

George Wyatt não se deixaria abater em um estágio tão inicial...

Pete abriu os olhos. A determinação endireitou sua espinha. Ele procuraria por alguém que soubesse a respeito de seu acordo para trabalhar pelo caminhão-baú.

Lá em Oklahoma, alguns anos antes, vivera uma breve passagem como angariador de fundos do corpo de bombeiros. Após um inverno particularmente difícil, o único caminhão de bombeiros da cidade havia sido desativado; um excesso de incêndios em chaminés e pobreza haviam entupido a mangueira do caminhão com orações e desespero, e ela havia partido de uma ponta à outra. Pete havia assumido uma bem-sucedida coleta para substituí-la, indo de porta em porta com um sorriso e uma planilha de adesão.

Agora, ele batia em portas com o mesmo vigor, mas teve uma resposta bem diferente. Embora estivesse certo de que haveria pessoas dentro das casas, todas as portas seguiram fechadas para Pete. Ele teve a sensação de que estava sendo observado, também, de que havia olhos mirando-o através das janelas, olhos que desapareciam tão logo ele se esforçava para vê-los. Em determinado momento, Pete chegou a ouvir o choro de um bebê, apressadamente calado enquanto batia na porta do trailer de Rosa Soria.

O problema era que ele parecia com um peregrino. Todos os Soria sabiam que os peregrinos tinham chegado na noite anterior, e todos os Soria sabiam que um milagre havia ocorrido. Eles presumiram que Pete tinha recebido o milagre junto com Tony e, portanto, não se arriscariam a falar com ele. Normalmente, Daniel poderia ter se arriscado, mas hoje ele estava tão ausente quanto os outros.

Pete não fazia ideia do motivo de estar sendo evitado, apenas de que estava. E então ele fez a única coisa na qual conseguia pensar: começou a trabalhar.

Ele escolheu a obra da pousada de madeira para dedicar sua atenção. Michael sumira tão logo Pete começou a perambular por Bicho Raro, e é difícil entrar sem instruções, subitamente, de maneira útil, no meio das tarefas de outra pessoa, mas Pete tinha bastante prática em ajudar. Uma boa ajuda geralmente diz respeito a avaliar rápida e precisamente as necessidades do outro, e foi isso que ele fez. Pete viu que as dimensões para a pousada haviam sido demarcadas, e também viu que alguns buracos haviam sido começados, e que seu avanço era lento por causa do solo rochoso. Pensou sobre o que a arquitetura invisível desse projeto poderia precisar e, então, começou a mover todas as pedras que estavam dentro das dimensões da pousada para o lado de fora.

Os ocupantes de Bicho Raro observaram-no trabalhar. Eles o observaram remover um número suficiente de pedras para encher o carrinho de mão estacionado ao lado da obra. Eles o observaram remover pedras suficientes para fazer um monte de pedras, então dois montes, então três. Eles o observaram remover pedras suficientes para começar a construir uma pequena estrutura ao lado da obra. Pete não tinha o material para construir um telhado ou colocar janelas de vidro ou prender uma porta de madeira, mas construiu quatro paredes e uma lareira no canto, e havia acabado de começar a trabalhar nos peitoris das janelas quando ficou sem pedras.

Foi quando Antonia Soria se deu conta de que sabia quem era ele.

Tinha sido Antonia quem propôs originalmente a ideia do caminhão por trabalho para a tia de Pete, algum tempo depois de Josefa ter sido curada com seu segundo milagre, mas algum tempo antes de ela ter partido de Bicho Raro. Eles estavam sempre carentes de mão de obra, e esta parecia uma solução ideal para Antonia, para se livrar do caminhão-baú quebrado.

Antonia largou a tesoura.

Sempre que tinha um momento livre, ela fazia flores de papel elaboradas, tão realistas que às vezes até mesmo as flores esqueciam que não eram reais e murchavam por falta d'água. Era um processo trabalhoso que exigia horas de concentração, e ter de parar no meio a deixava terrivelmente brava. Seu desejo de contratar Pete oficialmente brigou com seu ódio de ser interrompida. O primeiro ganhou, mas foi uma vitória amarga.

Eis uma coisa que Antonia queria: sugar mel do dedo de um homem. Eis uma coisa que ela temia: que esqueceria de gritar para um dos familiares e a falta de cuidado desse familiar levaria sua casa a pegar fogo.

Com um bufar furioso, ela levantou-se de suas rosas de papel. Prendendo o cabelo em um coque uniforme, Antonia beliscou as bochechas algumas vezes antes de marchar porta afora até Pete.

— Você é o garoto da Josefa? — ela perguntou.

Pete tinha uma pedra ainda na mão, a qual ele colocou no chão apressadamente. Podia ver que ela estava brava e achou que ele era a razão.

— Sobrinho dela, senhora. Pete Wyatt.
— Watt?
— Wyatt.

A irritação de Antonia por ter sido interrompida passou enquanto ela olhava para a estrutura que ele havia começado.

— Aperte a minha mão — ela disse a Pete, e ele apertou. — Antonia Soria.

— Sora, senhora?

— Soria. — Naquele momento ela o estudou com atenção. — Tem certeza de que não tem uma escuridão em você?

— Não, senhora, só tenho um sopro em meu coração.

— Esse sopro no coração não vai lhe matar se você trabalhar duro demais?

O médico que havia diagnosticado Pete, um homem também chamado Pete, havia explicado que seu sopro no coração era vulnerável a extremos de emoção, como choque, medo e os sentimentos complicados que você vivencia ao descobrir que outras pessoas querem vê-lo morto, e, geralmente, todas as coisas que você esperaria encontrar no exército. Pete, o médico, disse para Pete, o paciente, que, enquanto ele vivesse em moderação e evitasse situações onde extremos inesperados de sentimento pudessem vir a ele, jamais notaria a deficiência. Enquanto seus pais e irmão mais novo, Dexter, o observavam, Pete, o paciente, havia perguntado se ele podia simplesmente treinar a mente e entrar para o exército de qualquer forma. Pete, o médico, havia dito que ele temia que não; Pete, o paciente, sempre seria o elo mais fraco. Então ele escreveu: "Inapto para servir".

Pete pensou sobre isso novamente, e pensou sobre Beatriz e o deserto. Então ele disse:

— Não, creio que não, senhora. Só um choque é arriscado.

— Bom. Muito bom — repetiu Antonia. — Vamos lá. Vou lhe mostrar onde você colocará suas botas à noite.

Enquanto Pete pegava seu saco de viagem do carro, Antonia lançou um olhar amargo para a estufa do marido, Francisco. Ele era visível através do vidro. Ao passo que a esposa passava suas noites fazendo flores de papel tão belas que elas pareciam reais, Francisco passava seus dias cultivando flores reais tão belas que pareciam falsas. Embora o vale de San Luis fosse um bom lugar para cultivar batatas robustas, feno e tomates, Francisco, em vez disso, havia voltado a atenção para cultivar rosas. Havia muitos impedimentos para se cultivar rosas de exposição em Bicho Raro: granizo que arrancava as pétalas, alces que comiam as folhas, e sol abrasador que manchava a cor de todas elas; mas, quando era garoto, ele ficara impressionado com a beleza perfeita de uma espiral de Fibonacci na cavidade de uma rosa e jamais esfriara a paixão. Desde então, tentava criar o impossível: uma rosa negra. Ele estava na estufa agora e, como de costume, registrava notas em seu pequeno diário. Eram números, embora não fosse aritmética, mas sim uma frase escrita na língua que ele e Beatriz tinham inventado. Traduzida, ela significava: *Acredito que os cães de Antonia mataram alguns homens noite passada.*

Eis uma coisa que Francisco queria: encontrar um botão todo negro em uma de suas rosas. Eis uma coisa que ele temia: pedirem que fizesse qualquer outra coisa.

Antonia escarneceu novamente diante da figura do marido, seu mau humor voltando mais uma vez, e então desviou o olhar. Ela apontou para além da caixa d'água:

— Aquilo lá é o caminhão.

Pete sentiu uma onda de gratidão para com a realidade do veículo. Se ele fizesse um esforço suficiente, poderia imaginar o seu logo pintado sobre a lateral manchada do caminhão.

— Obrigado, senhora, por essa oportunidade.

— Não me agradeça ainda. Não acho que ele esteja funcionando. — Ela parou na frente de uma estrutura de adobe longa e utilitária. — É aqui que você vai ficar. Estamos com peregrinos saindo pelo ladrão, então você terá um colega de quarto.

— Não me importo, senhora.

— Talvez venha a se importar — disse Antonia.

༺☙༻

A casa onde Pete ficaria havia abrigado originariamente a família de Daniel Lupe Soria, embora pudesse ser difícil identificá-la como uma casa de família agora, pois desde então ela havia sido dividida em aposentos minúsculos. Dentro, era escuro e fresco, cheirando a comidas estranhas e anos de fumaça de lenha.

— Cozinha — disse Antonia apresentando a casa. — Deixe-a limpa depois de usá-la.

— Sim, senhora.

— Sanitário — disse Antonia, abrindo uma porta. — Deixe-o limpo depois de usá-lo.

— Sim, senhora.

— Esses quartos têm peregrinos neles, então obviamente não entre sem ser convidado — avisou Antonia, gesticulando para as quatro portas ao longo do corredor que percorria toda a extensão da casa.

— Sim, senhora.

Para evitar o abafamento na casa, todas essas portas estavam abertas, e, assim, Pete conheceu os peregrinos que compartilhavam a casa com ele.

No primeiro quarto, estava Jennie Fitzgerald, uma jovem franzina e morena que acenou quando passaram.

— Olá — disse Pete.

— Olá — disse Jennie.

Ele não sabia disso, mas Pete acabara de ouvir o resultado do primeiro milagre de Jennie. O milagre a havia deixado com a incapacidade de dizer qualquer coisa, a não ser o que outras pessoas já houvessem dito. Era a peregrina de determinação mais evidente, dentre os peregrinos, para remover a escuridão de si mesma. Desde o seu primeiro milagre, havia passado seus dias ativamente buscando conversar com os outros. O seu parceiro de conversa falaria primeiro, e então Jennie tentaria responder com suas próprias palavras, executando técnicas invisíveis em uma tentativa de fazer mais do que simplesmente ecoar. Até o momento, o único sucesso que ela tivera fora em fazer com que os outros peregrinos temessem conversar com ela, o que era muito ruim, pois Jennie era uma jovem simpática.

Pete quase não viu o peregrino no segundo quarto pelo qual passaram, já que ele se fundia muito bem com as sombras do seu quarto... Era Theldon Bunch. O primeiro milagre o havia deixado com musgo cobrindo o corpo inteiro, e agora ele passava seus dias na cadeira de balanço no canto do quarto ou sob o pátio sombreado ao lado da casa, lendo livros grossos que o carteiro trouxera de Alamosa. Tinha a mesma quantidade de musgo cobrindo a pele do dia em que o milagre o havia criado, e não parecia estar fazendo nada para combatê-lo.

— Olá — disse Pete para ele, mas Theldon Bunch não tirou os olhos do livro até Pete e Antonia já terem passado.

O terceiro quarto continha as glamorosas gêmeas da Califórnia, Robbie e Betsy, que, após o milagre, estavam amarradas por uma enorme cobra negra com uma cabeça em cada extremidade. Ela entrelaçava seus pés se elas se afastassem demais uma da outra, mas também as abocanhava se sentassem próximas demais uma da outra por muito tempo. Se um lado era atacado, o outro lado vinha salvá-lo. Se ela fosse alimentada constantemente e mantida em uma tensão continuamente aceitável, elas poderiam viver sem notá-la. As gêmeas tinham chegado a Bicho Raro alternadamente brigando e se aferrando uma à outra, e assim seguiam. Beatriz tivera a ideia de que, no mínimo, a solução era uma gêmea segurar uma das cabeças da cobra enquanto a outra matava a segunda cabeça, mas é claro que ela não poderia sugerir algo dessa natureza. Então, elas continuavam a reclamar que a cobra era forte demais para elas a combaterem sozinhas, e viviam com ela enrolada em torno das duas.

— Olá — disse Pete para elas.

Ele estava voltado um pouco mais na direção de Robbie, então a cabeça da cobra mais próxima de Betsy mordeu-o. O coração de Pete deu um salto primeiro, e então seu corpo saltou depois. Suas costas acertaram a parede do corredor e sua mão deu um tapa no próprio coração, perigosamente chocado. Betsy puxou a cobra para si.

— Sinto muito — ela lamentou, mas estava olhando para Robbie como se isso tivesse sido culpa dela.

— Claro, está tudo bem, senhorita — disse Pete, embora não tivesse certeza de que realmente estava. — Eu sou o Pete.

— Pete — repetiu Betsy, mas ela estava olhando para Robbie como se isso, também, fosse culpa de sua gêmea. A irmã recusou-se a olhar para ela; elas estavam brigando.

— Wyatt — chamou Antonia mais adiante, no corredor.

— Até mais — disse Pete para as gêmeas, e a alcançou.

Antonia não havia falado com nenhum dos peregrinos pelos quais tinham passado. Pete estava se lembrando de como os Soria o haviam ignorado enquanto ele batia em suas portas e estava pensando agora sobre como ela estava ignorando essas pessoas, e ele achou isso bastante grosseiro. Pete era educado demais para dizer qualquer coisa a esse respeito, no entanto; então ele apenas seguiu olhando por sobre o ombro para os três quartos pelos quais tinham passado.

Antonia não era boba, então ela parou antes do último quarto e colocou uma mão sobre o ombro de Pete.

— Você está pensando que sou uma grossa.

— Não, senhora.

— Está. Posso ver em seu rosto.

— Não, senhora.

— Agora você está sendo um mentiroso e pensando que sou uma grossa, mas está tudo bem. Eu entendo. Nós temos regras aqui, Pete, mas elas não dizem respeito a você. Nós, Soria, temos de ser cuidadosos com os peregrinos; se interferirmos com eles após o primeiro milagre, nossa própria escuridão cairá sobre nós, e isso é uma coisa terrível que ninguém gostaria de ver, pior do que qualquer escuridão deles. Então essa é a primeira regra: apenas cama e mesa para os peregrinos, nenhuma outra conversa, pois você não sabe o que vai ajudá-los. Regra dois, se você quiser uma esposa ou marido, procure fora de Bicho Raro. O amor já é uma coisa perigosa sem um peregrino nele. Regra três, apenas um santo realiza o milagre, e ninguém mais à volta dele, porque você não sabe quando a escuridão vai morder como aquela cobra que você acabou de ver. Essas são as regras.

— Sim, senhora — disse Pete. Ele não tinha certeza sobre o que esperavam que dissesse, à medida que não era um Soria e as regras não se aplicavam a ele, mas Pete também podia ver que esta era uma questão grave e queria que Antonia visse que ele percebia isso.

— É por isso que não estou falando com os peregrinos — disse Antonia.
— Sim, senhora.
— Não é porque sou uma grossa.
— Não, senhora.
— É por isso que ninguém veio falar com você, pois achamos que fosse um peregrino.
— Sim, senhora.
— Estou lhe dizendo, porque todos os peregrinos sabem, e você deve saber também, assim você tem conhecimento do que um Soria vai ou não fazer, e você sabe que não estamos sendo rudes.
— Sim, senhora.
— Bom. Este é o seu quarto — disse Antonia, encurtando a distância até o último vão de porta. — Deixe-o limpo depois de usá-lo.
— Sim, senhora — disse Pete.
Antonia inclinou-se na direção do quarto, mas não olhou para dentro dele.
— Padre, esse garoto será o seu colega de quarto. Ele pode ficar com o chão.
Ela estava indo embora antes mesmo de terminar de falar.
— Procure o Michael ou eu mesma, quando estiver pronto para trabalhar, Wyatt.
O quarto final no corredor pertencia ao padre Jiminez, um padre da região norte do Colorado. Ele era tão benevolente, amável e virtuoso quanto você esperaria de um padre, desde que sua saia não voasse ao vento. O primeiro milagre o havia deixado com a cabeça de um coiote, mas as mãos de um homem. Ele usava a primeira para devorar coelhos e as mãos para firmar o colarinho branco, a cada manhã. Tentava subjugar a escuridão, mas não conseguia impedir que suas orelhas de coiote se erguessem quando uma bela garota chegava em Bicho Raro.
Quando Pete adentrou o vão da porta, o padre Jiminez estava sentado na ponta de um colchão estreito. A cama estava feita, tão arrumada quanto um envelope administrativo, e não havia nada mais no quarto fora uma mesa pequena, com uma lâmpada sobre ela, e uma cruz afixada à parede. Com essa visão — a decoração frugal, o homem com cabeça de coiote, a cama sinistramente feita —, Pete sentiu subitamente um segundo choque

através de si. Esse choque não foi de surpresa, mas de saudades de casa, uma compreensão do quanto estava longe de Oklahoma em todos os sentidos, um medo de que o seu plano não passasse de uma cortina de fumaça para enganar a si mesmo e se sentir melhor. A ferocidade desta emoção provocou mais uma onda através de seu coração, e, pela primeira vez, Pete realmente acreditou que Pete, o médico, talvez tivesse razão, e isso não era algo nem um pouco reconfortante.

E, assim, foi uma versão de certa forma mais frágil de Pete que o padre viu primeiro — uns poderiam argumentar: uma versão mais verdadeira, se você for um daqueles que acredita que somos somente tão fortes quanto nossos momentos mais fracos. Por sorte, para Pete e para muitas pessoas, o padre Jiminez não era uma delas.

O padre pôs-se de pé de um salto e atravessou o quarto a passos largos até Pete.

— Bem-vindo, jovem — disse. Ele tinha uma pronúncia muito clara, pois tinha de se esforçar bastante para emitir as palavras através dos caninos afiados e da língua pendente. — Bem-vindo, bem-vindo, bem-vindo!

Pete, assim como muitos jovens protestantes de zonas rurais, titubeou primeiro diante do colarinho de padre e, então, por causa da cabeça de coiote.

— Ah... senhor... obrigado.

Padre Jiminez esperou até que o silêncio tivesse se tornado ligeiramente desconfortável, e então o devorou com seus dentes cintilantes.

— Ah! Então, você já teve o seu milagre?

— Estou aqui apenas por causa de um caminhão — explicou Pete. — Só para trabalhar.

— Quem diria!

— Só um caminhão.

— Nenhuma escuridão secreta escondendo-se dentro de você?

Pete se viu mais uma vez contando a história da tia Josefa.

— É claro, é claro, é claro — disse o padre Jiminez. — Josefa. Uma dama maravilhosa, embora um pouco progressista. Nós cortejamos a escuridão quando nadamos nus.

— Cortejamos? — perguntou Pete.

— Você não?

Pete pôs fim à conversa e a recomeçou.

— O senhor ainda... trabalha ainda... o senhor está como padre aqui?

— Eu sou sempre um padre em meu coração. Você é católico?

— Sou cristão.

— Sorte sua — disse o padre Jiminez. — Também sou. Diga, você veio com o homem da noite passada, não foi?

Pete não tinha pensado em Tony desde que acordara em seu carro. Mas o choque de saudades de casa que acabara de sentir tivera o efeito de suavizar a memória da viagem com Tony. Sua mente pulou todos os aspectos negativos e destacou apenas a parceria das horas compartilhadas.

Apenas uma década antes, um cientista chamado Harry Harlow tinha estudado a ciência do apego realizando experimentos em macacos. Os pobres macacos bebês haviam sido privados de suas mães reais, mas lhes haviam oferecido dois substitutos: um macaco artificial coberto de veludo e um macaco artificial feito de arame. Uma mãe de veludo não é grande coisa, mas todos os macacos bebês concordaram que ela era melhor do que a mãe de arame. Harlow não tinha estudado rapazes de Oklahoma nesse experimento, mas os resultados ainda se mantinham verdadeiros para Pete. O padre e os outros peregrinos estranhos pareciam a mãe de arame para Pete, e o espectro de Tony, embora apenas uma mãe de veludo rabugenta, parecia ao menos oferecer uma ilusão de conforto.

— Sim, eu vim com ele! — respondeu Pete. — Onde ele está? Ainda está aqui?

— Ah, sim, sim. — O padre Jiminez gesticulou para além da janela minúscula.

Juntos, eles espiaram pela janela, mas Pete não viu Tony. Viu apenas o dia brilhante e uma faixa de sombra sobre parte dele. Os olhos de Pete seguiram aquela longa sombra que se estendia, de um azul profundo, na luz do fim da manhã. Protegendo os olhos contra o sol, ele inclinou a cabeça para trás e então mais para trás ainda, tentando ver qual era a estrutura enorme que a projetava. Ele viu uma superfície branca lisa que se estendia dois andares para cima, com costuras como enormes pontos. Não compreendeu o topo dela, que era escuro e tão negro a ponto de ser violeta. Foi só quando baixou os olhos para examinar a base da estrutura e viu um único pé, enorme e descalço, que Pete se deu conta do que estava vendo, pois se lembrou claramente dos cães de Antonia Soria comendo o sapato dentro dos quais ele estivera. Agora ele compreendia que a superfície branca eram metros de terno branco e que o negro no alto era um fundo de cabelo reluzente, tudo o mesmo que ele vira na noite anterior, só que três vezes maior.

— Deus do céu — disse Pete. — Aquilo é o Tony?

# 8

Enquanto Pete olhava de olhos arregalados para a nova estatura de Tony, Beatriz finalmente estava descobrindo a carta de Daniel.

Daniel não era um grande escritor de cartas. Era um leitor lento e um escritor mais lento ainda, muitas vezes invertendo letras dentro de uma palavra e às vezes transcrevendo números virados para o lado errado. Seus ouvidos eram mais capazes que as mãos, então ele era facilmente distraído por quaisquer ruídos enquanto trabalhava. Daniel não podia escrever enquanto qualquer pessoa estivesse falando com ele, senão anotaria acidentalmente as palavras que ouvira. Na realidade, antes de ser o Santo de Bicho Raro, ele e seus amigos haviam dirigido até a cidade após escurecer, para pintar a lateral do mercado local. Eles estavam pintando o mercado porque o filho do proprietário tinha falado coisas desfavoráveis a respeito da família Soria, durante o dia, na escola, e eles estavam chegando depois de escurecer porque presumiam, corretamente, que o dono do mercado não queria que seu prédio fosse pintado. Daniel, o mais corajoso, havia sido incumbido da pintura, e então ele começou lentamente a aplicar as palavras (em espanhol, para seus amigos, que não eram bilíngues como os filhos dos Soria), enquanto os outros ficavam de guarda, tomando cuidado para não formar a letra *e* de trás para frente. Ele tinha a intenção de pintar o provérbio ¡*Vivir con miedo es cómo vivir a medias!* — "Viver com medo é como viver pela metade!"—, mas seus parceiros, bêbados e animados demais para se manterem fiéis àquele nobre sentimento, começaram a cantarolar baixinho enquanto Daniel pintava, sabendo como as suas letras os obedeceriam em vez de a ele próprio. Ele terminou decorando o prédio, em vez disso, com ¡*Vivir con mierda es cómo vivir a medias!*, que tem um significado diferente, já que a mudança de apenas duas letras transforma *miedo* de "medo" em "merda".

Essa dificuldade em escrever havia perseguido Daniel até a juventude, então, quando Beatriz recebeu uma carta dele, ela sabia imediatamente que algo estava errado. Ele não teria escrito se não tivesse qualquer outra forma de transmitir seu significado.

Beatriz tinha pisado sobre a carta enquanto descia a escada. O papel proporcionara menos aderência que o degrau e, então, seu pé escorregou e ela quase caiu. Saltou para o chão para evitar torcer o tornozelo — e daí a carta ficou diante de seus olhos. Beatriz a abriu, viu a letra de Daniel e fechou-a de novo, rápido. A visão de tanta caligrafia de Daniel era tão perturbadora quanto o som de sua voz, na noite anterior.

Beatriz preferia pensar profundamente sozinha sempre que possível, então ela se afastou, em silêncio do radiotelescópio, seguiu por trás das casas de Bicho Raro e foi até o caminhão-baú. Não havia muito espaço debaixo do caminhão, mas ela mesmo assim conseguiu deslizar por baixo dele, com algum menear primeiro dos quadris e depois dos ombros. Então, na segurança daquele espaço pequeno e obscurecido, suspirou e abriu a carta mais uma vez.

Ela a leu. Leu de novo, porque a carta pedia que o fizesse. Leu uma terceira vez. A carta não pedia isso, mas duas vezes não tinha sido o suficiente.

*Beatriz,*

    *estou apaixonado por Marisita Lopez. Foi um acidente.*
    *Noite passada após eu ter terminado com Tony, eu a ajudei. Isso não foi um acidente. Eu não podia ser um covarde e vê-la sofrer mais.*
    *A escuridão já começou a vir para mim.*
    *Vou me afastar de Bicho Raro para a vastidão do deserto, onde ela não pode prejudicar ninguém fora eu mesmo. Estou preocupado que se eu ficar, a família se sentirá tentada a me ajudar, e trazer a escuridão para si mesmos, também.* <u>*Não*</u> *posso viver com isso.*

*Estou dizendo a ela para dar essa carta para você e ninguém mais porque você é a única pessoa que eu posso confiar que seja razoável e não caridosa. Estou confiando em você que os faça compreender que eles não podem tentar me encontrar. É melhor você esperar várias horas antes de contar para qualquer pessoa a fim de que eu tenha uma vantagem inicial, caso seja necessário. Por favor. É o que eu quero. Leia isso mais uma vez para que você veja o quanto eu falo sério. A culpa é apenas minha e <u>ninguém mais</u> deve se machucar. Talvez eu seja capaz de superá-la e vocês me verão novamente.*

*Sinto muito, mas estou levando o rádio da cozinha. Talvez eu seja capaz de captar o Diablo Diablo à noite, e será como se vocês dois estivessem comigo.*

*Por favor não conte para Marisita que eu a amo. Não quero magoá-la mais do que ela já está.*

*Daniel*

Várias das palavras estavam escritas incorretamente, e ele tinha deixado algumas de fora, e o seu destaque enfático, porém confuso, havia quase encoberto algumas sílabas, mas Beatriz conseguira decifrá-las.

Por vários longos minutos, ela permaneceu debaixo do caminhão, olhando para a ferrugem rendilhada próxima das rodas. Normalmente, o caminhão não teria enferrujado tão cedo, não ali no calor seco de Bicho Raro, mas, naquele ano, ele havia sido estacionado próximo demais do quarto de Marisita e fora inundado com a água salgada de suas lágrimas.

Beatriz sempre carregava uma caneta e um ou dois pedaços de papel de caderno dobrados em quatro, e agora ela os removeu do bolso. Antes, ela levava um toco de lápis em vez da caneta, pois preferia o sentimento do rabiscar — parecia trepidante e vivo enquanto ele estremecia através do papel —, mas uma vez Beatriz fora derrubada pelas vacas quando elas escaparam do curral, e o lápis empalou seu braço. Agora, ela carregava uma caneta. Ela era mais inanimada, mas também mais facilmente tampada.

Rolando sobre o estômago, Beatriz começou a anotar pensamentos nos números de sua linguagem secreta. *Há quanto tempo*, ela refletiu, *Daniel estava apaixonado por Marisita Lopez, e como isso chegou a acontecer?* Eles haviam sido instruídos durante a vida inteira para manter a distância dos peregrinos, e você não tinha como se apaixonar sem se aproximar da pessoa. *Talvez*, ela escreveu, *Daniel estivesse enganado. Talvez ele apenas achasse que estava apaixonado por Marisita.*

Mas Beatriz imediatamente riscou isso. Daniel conhecia a si mesmo e às suas emoções de uma maneira que ninguém mais conhecia em Bicho Raro. Se ele dizia que estava apaixonado, ele estava apaixonado. Indo mais direto ao ponto ainda, ela escreveu para si mesma, usando números progressivamente menores para poupar papel, o amor não seria a causa de sua morte. Ele precisaria de água no deserto e alimento. Precisaria de abrigo do frio implacável da noite e do sol rigoroso da tarde. Não parecia possível levar alimento ou água para ele sem violar o tabu. Também havia a questão da sua escuridão. A escuridão vinha em todos os formatos e tamanhos, e era difícil e desagradável imaginar o que poderia estar se escondendo dentro de Daniel. Todos tinham sido alertados de que a escuridão de um Soria era mais perigosa do que a escuridão de um peregrino comum, e Beatriz tinha visto algumas manifestações bastante sinistras. *Havia a possibilidade de que a escuridão de Daniel fosse fatal*, escreveu Beatriz.

Após registrar esse pensamento, ela teve de largar a caneta na poeira.

Com um muxoxo, pegou-a de volta. O que a preocupava era que se ela, a garota sem sentimentos, estava tentada a ignorar a advertência de Daniel e procurá-lo no altiplano do deserto, com o risco de atrair a escuridão sobre todos eles, então o mais apaixonado dos Soria se sentiria ainda mais tentado. Uma preocupação pragmática também incomodava Beatriz: se Daniel não voltasse, caberia a ela ser a Santa. Como todos os Soria, ela conseguia realizar o milagre. Mas, quando um santo de verdade o realizava, era importante. Espiritual. Para Beatriz, era algo que podia fazer, como escovar os dentes ou trocar o óleo no caminhão.

Não parecia suficiente.

Se apenas o processo fosse mais fácil para os peregrinos... Muitas vezes, eles viajavam centenas de quilômetros até Bicho Raro e já estavam perdendo as esperanças quando chegavam ao vilarejo. Então, quando o Santo realizava o primeiro milagre, muitos peregrinos achavam sua recém-visível escuridão tão assustadora quanto a escuridão invisível — possivelmente até mais. A desesperança, aquela companheira oportunista, furtiva, os invadia, impedindo que os peregrinos examinassem a si mesmos para realizar o segundo milagre, necessário para a cura completa. E era claro que o Santo não podia interferir. Era importante, então, que a cura emocional do peregrino estivesse em andamento bem antes de o primeiro milagre ter ocorrido, com orações, aconselhamento e ambiente. Com santidade, diria Daniel. A lenda contava que a maior santa de todos os tempos entre os Soria, Catalina de Luna Soria, era tão virtuosa que o primeiro e o segundo milagres sempre aconteciam um em cima do outro, a escuridão aparecendo apenas para ser quase imediatamente subjugada pelo peregrino eufórico. Era difícil imaginar isso agora, com Bicho Raro transbordando de peregrinos não curados.

Estava começando a ficar desconfortável debaixo do caminhão. As omoplatas de Beatriz estavam pressionadas contra o cano de escapamento. Seus cabelos se prenderam em um componente do eixo de transmissão. O mundo do lado de fora do caminhão estava ficando mais barulhento também. Uma pá raspou contra uma pedra, e a voz de Antonia se elevou. Ela tinha colocado Pete Wyatt para trabalhar, e os ruídos do seu empreendimento se intrometiam nos pensamentos dela.

Beatriz tentou registrar um cenário onde ela ocupasse de maneira bem-sucedida o papel de Daniel, mas não era um exercício agradável de se fazer nem para ela, quanto mais para os futuros peregrinos. Beatriz havia atuado como a Santa apenas uma vez, durante o breve tempo anterior a Daniel ter-se arrependido de seus pecados, e após Michael ter deixado de ser o Santo para se dedicar ao trabalho mundano. Embora não estivesse ansiosa para assumir o papel, ela havia sido universalmente sugerida como a substituta de Michael devido a sua espiritualidade. Pouco tempo depois, um investidor elegante chegou em um carro luxuoso com placas de Nova York. Tudo a respeito dele estava em ordem; não parecia ter escuridão dentro de si. Mas ele estava ali em busca de um milagre e, assim, ela o realizou. Por causa do pragmatismo de Beatriz, não houve cerimônia ou mistério, mas, devido ao seu sangue Soria, o milagre funcionou de qualquer jeito. O cabelo sobre a cabeça do investidor cresceu e se encrespou rapidamente, caindo longo e escorrido em torno do rosto, e, ao mesmo tempo, sua barba logo cresceu e se eriçou, caindo longa e escorrida pelo peito. Suas roupas sumiram, deixando-o nu como no dia em que nasceu.

— Isso é inaceitável — disse o investidor, estendendo a mão para o tapete em que estava sentado para cobrir-se. Mas o tapete, também, sumiu quando tocou a sua pele, deixando-o mais uma vez nu e barbado diante de Beatriz. Ele tentou pegar uma imagem de Maria afixada à parede, mas, quando a Virgem também desapareceu em suas mãos (uma pena, pois era uma herança da família), ele caiu em si a respeito da verdade de seu milagre. O milagre o havia reduzido a um homem primitivo, pelado e desgrenhado.

Com uma ira venenosa, o investidor voltou-se para Beatriz. Aquilo não era um milagre, ele disse. Aquilo era meramente bruxaria, e não chegava nem a ser uma bruxaria tão boa assim. Em gerações anteriores, ele continuou, ela teria sido queimada, apedrejada, ou pior. Continuou dizendo que não conseguia imaginar qual prazer sádico ela tinha em arruinar homens bem-sucedidos, mas ele certamente esperava que ela não estivesse em busca dinheiro, pois suas finanças tinham sido guardadas nos bolsos que a maldição dela havia feito desaparecer. Beatriz só podia ouvir em silêncio enquanto ele a repreendia friamente. Ela não podia nem o lembrar do próprio papel no segundo milagre, temendo trazer a escuridão para si mesma.

Finalmente, ele parou, despido de sua dignidade, a barba ainda crescendo, a cobrir suas partes. Com um último rosnado na direção de Beatriz, o investidor partiu do Santuário violentamente noite adentro, deixando seu carro elegante para trás. Ele jamais voltou para buscá-lo; depois, Luis o vendeu para um homem que conhecia, do outro lado da fronteira. Rumores a respeito dele vagando pelo deserto haviam se juntado aos rumores sobre Felipe Soria. Juntos, eles eram os homens selvagens do Colorado.

Beatriz jamais realizara um milagre novamente.

— Beatriz, Judith está procurando você — disse Joaquin, apoiando-se em um joelho, ao lado do caminhão.

A maioria das pessoas passa por caminhões-baú sem conferir se debaixo deles há alguma pessoa, então pode parecer surpreendente que Joaquin tenha encontrado Beatriz ali. Mas Joaquin tinha muitos anos de prática em procurar por Beatriz, e ele sabia procurar por ela em todos os lugares em que você esperaria encontrar um gato, ou lagarto venenoso — sobre telhados, dependurada a galhos de árvores, deitada na poeira debaixo de caminhões.

— Oi. Estou vendo você aí embaixo. Eu disse que a Judith está procurando por você.

Beatriz não tinha chegado a uma conclusão satisfatória em seu papel rascunho e, assim sendo, não emergiu dali.

Joaquin pegou um galho para cutucá-la e, então, derramou um pouco de água de sua garrafa para que um rio lento e empoeirado começasse a se deslocar na direção dela.

— Sua mãe está gritando com seu pai, e a Judith está gritando agora também.

Beatriz não fez movimento algum para sair, e a água parou antes de alcançá-la, de maneira que Joaquin desabotoou a camisa havaiana e dependurou-a no espelho do caminhão, para poupá-la da poeira e sujeira. Então, ele também se apertou para debaixo do caminhão, para se deitar ao lado da prima. Ao fundo, ouvia-se o ruído da pá acertando o solo duro e galinhas brigando umas com as outras. Joaquin tinha convencido Luis a adquirir uma loção pós-barba, e havia se banhado nela. Esse almíscar falou mais alto que os dois primos por vários minutos, até que Joaquin disse:

— O quê?

Beatriz passou-lhe suas notas.

— Não consigo ler as suas... as suas... receitas de matemática.

Beatriz passou-lhe a carta de Daniel.

Joaquin a leu, e então a leu uma segunda vez, como Daniel tinha aconselhado, e então, assim como Beatriz, ele a leu uma terceira vez. Deixou-a cair voejando sobre o peito, para que pudesse segurar os cabelos com as mãos. A teatralidade do gesto poderia ter convencido um estranho de que os sentimentos dele eram falsos, mas qualquer um que soubesse dos sentimentos de Joaquin a respeito do seu penteado teria percebido que o oposto era verdadeiro.

— Eu os odeio — ele disse por fim.

Beatriz respondeu a isso da mesma maneira como respondia a todas as inverdades de Joaquin:

— Não, você não os odeia.

— Está bem. Não é culpa deles, eles são todos filhos de Deus e Maria, *el alma generosa será prosperada, y el que riega será tambіén regado*, eu sei, eu sei — disse Joaquin numa voz trêmula como a de Nana. Então, com sua própria voz: — Nós temos de encontrar uma maneira de levar água para ele.

— Você chegou a ler o que ele escreveu?

— Sim, mas é estúpido.

— Não faça com que me arrependa de tê-la mostrado para você.

— Nós poderíamos pedir a um peregrino que levasse água para ele — disse Joaquin, mas quase imediatamente compreendeu a impossibilidade da própria sugestão — ... se ao menos pudéssemos falar com os peregrinos.

Beatriz mirou os buracos de ferrugem até eles se tornarem uma folha avermelhada comida por insetos, e então concentrou-se novamente em um buraco de ferrugem. Para sua aflição, sua mente derivou para Pete Wyatt e seus cotovelos, mas sua irritação dissipou-se quando este pensamento se solidificou em uma ideia.

— O que você sabe sobre aquele homem que veio para trabalhar noite passada?

— Homem? Que homem? Ah — disse Joaquin com menosprezo. — Aquele garoto, você quer dizer.

Beatriz ignorou o rebaixamento.

— Ele não é um peregrino. Poderia levar alimento e água para o Daniel.

Houve um silêncio enquanto os dois primos examinavam essa ideia em busca de uma falha. Quando nenhuma foi encontrada, Joaquin passou a carta para Beatriz e ela a dobrou novamente com cuidado. Ambos rolaram para fora do caminhão. Joaquin pegou sua camisa, mas não a vestiu; sua pele estava empoeirada demais para arriscar manchar o tecido.

Os dois primos olharam na direção da estufa de Francisco Soria. Ainda brigavam lá dentro.

— Nós poderíamos esperar até eles terem terminado — ele disse.

Mas Beatriz partiu sem hesitar. Se Daniel podia encarar a sua escuridão de cabeça erguida, ela poderia encarar uma das discussões de seus pais.

# 9

A certa altura, a fábula de Francisco e Antonia Soria fora a maior história de amor a ter agraciado Bicho Raro, o que era dizer bastante. O amor no altiplano do deserto é uma coisa estranha. Tem algo a respeito do clima — o caráter remoto, a severidade das estações, a aridez do ar, a beleza extrema — que faz as pessoas sentirem mais profundamente. Talvez pela ausência de árvores ou cidades para amortecer os sentimentos, estes se propagavam com facilidade. Talvez a poeira concentrada do vale San Luis os amplificasse, como um grito em um cânion. O que quer que fosse, as pessoas de Bicho Raro não eram exceção. Tudo era maior: raiva, humor, terror, júbilo, amor. Talvez essa fosse a razão de a escuridão dos Soria ser considerada algo mais perigoso também. Ela, como todo o resto, era mais profunda e mais intransigente.

Antonia e Francisco tinham nascido no mesmo minuto do mesmo dia, a cem quilômetros um do outro. Eles poderiam não ter se encontrado, se não fosse pelo tempo. Nos poeirentos anos 30, a seca atingira Bicho Raro, e a atmosfera do lugar era alaranjada e pesada do amanhecer ao pôr do sol. Raramente havia vento e, quando havia, também era alaranjado e pesado. As temperaturas disparavam. Os bois viravam estátuas nos campos e os pássaros caíam do céu.

Um dia, entretanto, uma brisa fria, límpida, pegou o cabelo de Francisco enquanto ele tirava com uma pá o cão ovelheiro da família que havia sido pego por uma duna de areia formada durante a noite. Era uma brisa estranha — vinda do norte, diferentemente do tempo sudoeste de sempre —, e, quando ele ergueu a cabeça, Francisco pôde ver que a brisa estava carregando o céu azul com ela: ar azul e límpido que um homem podia respirar sem se engasgar. Largou a pá, e ele e o cão seguiram a brisa para fora de Bicho Raro, através de San Luis, sobre a fronteira do Novo México, passando Costilla, passando Questa e até Taos, sem dúvida alguma, onde estava tendo uma *fiesta*.

Francisco, que vivera sua vida inteira no vale de San Luis, e sob a seca por metade dessa vida, mal podia compreender tais festividades. Garotinhas em vestidos de festa andavam nos cavalos de um carrossel, impulsionado por homens virando uma enorme engrenagem de madeira. Garotos com um terço da sua altura usavam sombreiros limpos e sem poeira. A dança era tão vigorosa que ele sentiu as pernas se divertindo sem sua permissão, o corpo, um espelho involuntário. A música substituiu o sangue de Francisco, e ele sentiu que poderia fazer qualquer coisa. Foi quando o céu azul parou bem em cima de Antonia Alamilla, que dançava em um vestido branco. Ele viu então que não era o céu azul, mas sim um balão azul cujo barbante estava amarrado em torno do pulso dela. Quando ela viu Francisco em seu macacão coberto de poeira, imediatamente parou de dançar e declarou, em espanhol fluente:

— Eu amo cães.

O restante da população do vilarejo olhou, em choque. Ninguém tinha ouvido Antonia falar desde que ela nascera, e, assim que conheceu Francisco, ela não parou mais. Ele a pediu em casamento e, quando eles casaram em Bicho Raro, dois meses mais tarde, as lágrimas de alegria de Antonia induziram a chuva do céu e terminaram com a seca de dez anos.

Mas isso foi *antes*.

No dia em que Beatriz foi para debaixo do caminhão-baú para pensar, faltava precisamente uma semana para os aniversários de cinquenta anos de Francisco e Antonia. Para homenagear uma ocasião tão importante, Judith tinha proposto uma grande celebração; esta era a razão pela qual ela e Eduardo tinham voltado na noite anterior, para ajudar com a festa. Mas a união de Francisco e Antonia estava se tornando cada vez mais difícil; sem o conhecimento de Judith, eles tinham parado de falar um com o outro quase inteiramente.

Ou melhor, Francisco tinha parado de falar com Antonia. Mas já que Antonia tinha começado a falar com Francisco, ela decidira não parar mais, mesmo ele não a estando ouvindo.

A gritaria que Joaquin ouvira era porque Antonia e Judith estavam confrontando Francisco na estufa. A estufa era um laboratório para plantas, pois Francisco acreditava ser científico em sua busca pela arte da rosa negra. Um sistema de canos metálicos estreitos levava a água precisamente aonde ele queria que ela fosse, e refletores estavam presos às persianas, para que ele pudesse direcionar o sol de maneira similar. Não havia apenas rosas, mas também alfaces delicadas, que cresciam em uma grade vertical arranjada acima de uma velha banheira com pés, e cogumelos reservados que floresciam em um velho conjunto de gavetas de gravuras. Francisco estava parado em meio a eles, as mãos cobertas de terra, as roupas cobertas de terra, mas os cabelos impecavelmente esticados para trás. Ele tinha apenas pouquíssimas coisas que exigia que estivessem no lugar, mas essas coisas não eram negociáveis.

— As pessoas farão toda essa viagem para você ficar aqui com suas rosas! — Antonia disse a ele. — E não diga que há gente suficiente por aqui!

— Ninguém está nem pedindo que você ajude com as preparações! — acrescentou Judith.

— Embora ela tivesse todo o direito — continuou Antonia. — Ela e Eduardo voltaram para cá só para isso. Nós apenas pedimos que você prometa aparecer por um dia no ano. Isso não é muito para uma esposa pedir!

— E não diga que suas rosas não vão suportar! — disse Judith. — *Nós* somos as suas rosas!

Judith estava quase chorando a esta altura. O terror havia acompanhado seus sonhos aquela noite, embora ela tivesse dormido entrelaçada ao corpo quente de Eduardo. Não conseguia parar de pensar nos peregrinos movendo-se furtivamente, tão próximos da casa de sua mãe. Toda sua vida, Antonia a tinha advertido, insistente sobre os perigos do peregrino não curado, e Judith havia esquecido como era passar cada minuto ao lado deles. Ela não sabia como a sua irmã, Beatriz, conseguia suportar isso — mas então, novamente, sua irmã não tinha sentimentos, e o medo é um sentimento.

— Nós *éramos* as suas rosas — replicou Antonia, exaltada.

Beatriz e Joaquin chegaram neste momento, e, pela primeira vez, Francisco emitiu um ruído. Ele disse:

— Feche a porta! A umidade!

— O que foi isso? — perguntou Antonia de maneira estridente. — Você acha que isso é uma brincadeira? — Porque, para ela, não parecera que Francisco havia falado. Soara como se ele estivesse fazendo graça da situação, assoviando. Era assim que a língua inventada de Beatriz soava quando ela era articulada em voz alta. Tendo em vista que a língua era matemática, era muito mais prática na forma musical do que com palavras.

Beatriz fechou a porta.

— Beatriz! — disse Judith, animada. — *Faça* com que ele recobre o juízo.

— Como estão as suas rosas? — sussurrou Beatriz para Francisco. — Alguma sorte?

— Cedo demais para dizer — respondeu Francisco. Pai e filha tinham uma relação fácil que vinha de possuírem necessidades complementares. Rosas e tomates não são precisamente a mesma coisa, mas ambos florescem no mesmo solo. Ele percebeu o tom dissonante, irritado, na frase dela e perguntou: — Está tudo bem?

— O que foi isso? — intercedeu Antonia novamente. — Não compreendo porque eu devo ser deliberadamente excluída!

A chegada de Beatriz deu mais força a Judith, que disse:

— O que o pai está fazendo é desprezível. Ele a está ignorando deliberadamente. Eu cheguei em casa noite passada, e ela me disse que o Ed e eu podíamos ficar no quarto dela enquanto ela ficava no meu! "Mama, como que você e o Papa vão caber naquele quarto?", perguntei. E ela me diz que o Papa fica na estufa o tempo inteiro e não dorme nunca, então ela está dormindo sozinha agora! Prefere ficar no meu quarto porque a solidão ali é menor! Como você acha que me senti voltando para casa com essa notícia, Beatriz?

Beatriz não achava que precisava pensar sobre a resposta, pois parecia claramente telegrafada no tom da irmã. Judith seguiu em frente.

— Não me importo com o motivo de estarem brigando. O Papa não pode chantagear a Mama desse jeito! Não é justo, e não é como um marido de quarenta anos se comporta!

— Meu Deus, quarenta anos? — disse Joaquin.

— Eu estava estimando — disparou Judith.

— Você acha que somos tão velhos assim? — demandou Antonia. Judith disse a Francisco:

— Esse castigo não pode continuar assim. Você tem de voltar para casa. Não pode virar as costas para ela desse jeito! Se não gosta dos maus humores dela, você tem de saber que sua ausência vai apenas piorá-los!

Alguns achariam que ela estava sendo injusta ou leviana. Mas, para a recém-casada Judith, a festa representava algo mais — uma promessa de que um amor puro e apaixonado ainda seria puro e apaixonado anos depois, apesar de tragédias e diferenças de personalidades. Ela também representava segurança. Judith permanecera segura em Bicho Raro todos aqueles anos somente porque tivera sua mãe e seu pai fazendo guarda para sua irmã e ela. Mas agora, se eles se separassem, qualquer coisa poderia acontecer. A escuridão poderia engolir a todos. Se não haveria uma festa, ela queria fugir de novo imediatamente. Ela *teria* fugido de novo imediatamente, se Judith não amasse tanto sua família para deixá-la ao sabor da própria sorte.

Francisco não respondeu. Quando ele não gostava do ruído de algo, simplesmente sumia dentro da própria cabeça, onde era mais silencioso.

Beatriz juntou-se ao pai e inspecionou as plantas diante dele. Estas não eram rosas, nem cogumelos, tampouco alfaces, mas, em vez disso, delicadas cabeças de alho, abertas para investigação. Ele lhe ofereceu duas para cheirar, e Beatriz as cheirou, experimentalmente, uma após a outra.

— Faça-o compreender, Beatriz, que realmente tudo o que eu quero é ter certeza de que ele festejará o seu aniversário conosco! — disse Antonia. Quando Judith ainda vivia em casa, tanto ela quanto Antonia, muitas vezes, haviam exortado Beatriz ou Francisco desse jeito, como se os sentimentos de Beatriz e Francisco fossem uma segunda língua e alguém que falasse lógica fluente era necessário para transmitir precisamente o seu significado. Na realidade, pai e filha eram capazes de sentimentos profundos, mas ambos eram vítimas daquele velho ditado de "acreditar na própria propaganda". Após anos ouvindo que não tinham sentimentos, eles começaram a dar crédito à opinião sobre si mesmos, primeira razão pela qual Beatriz estava tendo a crise a respeito da carta de Daniel. Se tivesse se reconhecido capaz de tamanha aflição, talvez ela fosse capaz de melhor lidar com isso. Quando Beatriz não respondeu, Antonia disse, claramente magoada:

— Você sempre fica do lado dele.

— Isso *não* é verdade — disse Beatriz. Ela não ficava do lado de ninguém.

— Não é — concordou Joaquin. — A Beatriz é sempre justa.

Tal declaração lembrou Beatriz, de forma bastante nítida, de uma declaração feita por Daniel em sua carta. Percebendo que não haveria um bom momento para lidar com a tarefa em mãos, ela então apresentou a carta, sem desdobrá-la.

— Preciso contar algo para vocês. Tenho uma carta de Daniel — disse.

— Uma carta? — perguntou Antonia, confusa, incapaz de imaginar o que faria com que Daniel fizesse algo dessa natureza. Beatriz seguiu em frente.

— Ele ajudou uma das peregrinas.

Essa notícia viajou pelo interior dos cérebros no aposento em velocidades diferentes. Francisco largou a cabeça de alho que estivera segurando. Judith piscou os olhos, então os arregalou.

A ira tomou conta de Antonia.

Eis o que acontece quando a ira toma conta de você: primeiro, sua pressão sanguínea começa a subir, cada batida mais forte do seu coração socando raivosamente contra as paredes que o contêm. Os músculos ficam tensos, esmurrando para entrar em ação. A adrenalina e a testosterona saltam de suas glândulas, cavalos gêmeos puxando uma carruagem avermelhada de ira através de seus pensamentos. Não deixa de ser uma peculiaridade interessante e singular da raiva que ela seja iniciada na parte de nosso cérebro responsável pelas emoções, e é apenas após o processo de fervura do sangue ter ocorrido que o nosso bom e velho córtex, a parte do cérebro com que contamos para o pensamento e a lógica, tem uma chance de alcançá-lo. É por isso que dizemos coisas estúpidas quando estamos bravos.

Antonia estava quase sempre brava. Andando de um lado para o outro, ela discursou, inflamada:

— Que idiota! Ele estava cansado de saber! Nós dissemos para todos vocês!

— Ele disse que forma sua escuridão assumiu? — perguntou Francisco calmamente. Seu tom deixou Antonia mais irada ainda.

Beatriz balançou a cabeça.

— Escuridão de um Soria? — sussurrou Judith. O medo aumentou dentro dela como a ira havia crescido em Antonia, só que mais leve, uma estrutura mais plúmea, rebatendo-se em sua caixa torácica. Joaquin intercedeu:

— Mas nós temos uma ideia. Mesmo se não pudermos ajudá-lo com sua escuridão, ele não precisa ficar desamparado.

Francisco, Antonia e Judith encararam os dois, tão atentos como as corujas que haviam mirado Beatriz anteriormente. Beatriz acrescentou sua opinião:

— Aquele garoto da noite passada poderia levar alimento e água para ele. Pete Wyatt. Um Soria não pode ajudar, mas não há razão para ele não interferir.

Imediatamente, Antonia disse:

— Absolutamente, não!

— Não — concordou Francisco. Todos o encararam, chocados pela concordância e pela firme negação de uma solução tão simples.

— Mas por que não? — demandou Joaquin. Antonia disse:

— Nós não temos como saber se ajudá-lo de qualquer maneira contaria como interferir com o seu milagre, mesmo que seja através de Pete Wyatt. Se isso contasse contra nós como interferência... onde estaríamos? No mesmo lugar descabido em que ele está! E qual o bem que isso nos traria? — Ela abriu a porta — a umidade escapou — e gritou: — Rosa! Rosa! Rosa! Venha cá! Ah, venha cá. — E desfaleceu contra a porta. Judith arfou como se estivesse soluçando, mas não chorou.

— Ah, Mama, Judith, vocês estão sendo dramáticas — começou Beatriz.

— Você é que nem o seu pai — rosnou Antonia.

Nem Francisco, nem Beatriz reagiram à observação; eles jamais reagiam.

— Não vejo por que motivo usar aquele cara seja um risco — insistiu Joaquin. — Não evitamos os peregrinos que vivem aqui nem um pouco mais do que isso.

— Não podemos fazer nada — disse Beatriz.

— Olhem, todos vocês. A escuridão de um Soria se espalha como nada que vocês já tenham visto na vida. — A voz de Antonia era férrea. — Proíbo todos vocês de irem encontrar Daniel. Só por cima do meu cadáver!

# 10

Para compreender a resposta de Antonia à sugestão de Beatriz, você tem de conhecer a história da última vez que a escuridão veio a Bicho Raro. Nenhum dos primos, exceto Judith, tinha nascido; fora apenas alguns anos depois de Antonia ter vindo viver com Francisco. Havia mais Soria e menos peregrinos em Bicho Raro até então; os peregrinos, à época, pareciam ser mais rápidos em subjugar a própria escuridão e voltar para o lugar de onde tinham vindo. Os irmãos Soria, nesse tempo, eram tão próximos quanto Daniel, Beatriz e Joaquin.

Era 1944, e o mundo estava em guerra. Mesmo se você não tivesse ido para território inimigo, o inimigo poderia vir até você. Em Colorado Springs, doze mil prisioneiros de guerra alemães colhiam beterrabas nos campos de trabalhos forçados. Trinidad abrigava outros dois mil alemães. A minúscula Saguache mantinha duzentos prisioneiros de guerra dentro da escola de segundo grau. Mesmo Bicho Raro não ficou de fora: a extensão de um campo de trabalhos forçados era operada na plantação de beterrabas, a dezesseis quilômetros de distância do vilarejo, e, em um dia claro, o som dos alemães cantando enquanto trabalhavam podia ser ouvido nas pastagens acima das casas.

Os prisioneiros, separados como viviam da vida costumeira, eram fonte de grande curiosidade e controvérsia. O governo achava que esses jovens alemães seriam a resposta para a escassez de mão de obra no Colorado, mas os alemães não pareciam pertencer ao lugar, com sua pele clara, que queimava facilmente, e seus cabelos loiros; tampouco soavam como se pertencessem ao lugar, com suas sílabas marciais e decididas. Não se vestiam como se pertencessem ao lugar: aos prisioneiros de guerra, era permitido usar seus uniformes, se quisessem, e a maioria queria, embora suas bermudas cáqui se tornassem cada vez mais improváveis à medida que o ano avançava para o inverno.

E o inverno foi escuro aquele ano.

O inverno naquela parte do país era um lugar congelado. As temperaturas caíam rapidamente no deserto, e a neve se acumulava sobre a memória do cerrado. Nada se mexia. A sobrevivência acontecia por meio de um abrigo quente para ficar; se você não tivesse construído ou encontrado um a tempo da chegada das nevascas, o povo passava adiante o fim da sua história, em meio a lágrimas e uma cerveja.

Diferentemente de grande parte do mundo, Bicho Raro estava vivendo um período de prosperidade devido à sorte inesperada, previamente mencionada, de Elizabeth Pantazopoulus. Então, embora estivesse cortante na rua e claustrofóbico dentro de casa, havia comida e conforto de sobra.

Era uma noite severa quando um peregrino estranho chegou a Bicho Raro. Nevara a semana inteira, e ainda estava nevando, a precipitação de neve tediosa de um céu que não consegue pensar em nada melhor para fazer. Não estava claro nem escuro — apenas cinzento. Todos estavam dentro de casa quando as corujas começaram a fazer um alvoroço. Elas levantaram voo dos telhados, derrubando ruidosamente a neve sobre o chão, e se lançaram na direção do recém-chegado. Ele ainda caminhava penosamente a um quilômetro do vilarejo, mas as corujas foram diretamente até ele e deram meia-volta para Bicho Raro, e então voltaram até ele de novo, meio enlouquecidas com a promessa da escuridão e do milagre.

Antonia Soria fora a primeira a sair para a rua para recebê-lo quando ele chegou casualmente a Bicho Raro. Ela tinha avançado apenas alguns metros na neve, na altura dos joelhos, quando parou; havia ficado claro para Antonia que ele era um dos alemães. Não tinha visto muito mais do que seu uniforme antes de voltar para a casa, em busca de Francisco e uma arma. Antonia passou a ter a companhia de outros: o irmão mais velho, José, e também Michael e Rosa Soria e sua irmã curiosa, Loyola, que era a mãe de Daniel, e o tranquilo Benjamin, que era o pai de Daniel (e o Santo do momento). Loyola estava bem grávida de Daniel naquela época e não deveria estar na rua, no frio, mas ela não dava muitos passos sem Antonia; as duas haviam se tornado amicíssimas desde que Antonia fora viver em Bicho Raro.

— *Bitte* — disse o alemão. Seus joelhos se chocavam de frio, e estavam muito vermelhos. Usava a bermuda do uniforme, e a neve havia encharcado suas meias e grudado nos joelhos nus por quilômetros.

Antonia ergueu a espingarda como advertência.

— *Bitte* — disse o alemão de novo. Isso era porque em seus braços havia uma criança. O rosto da criança tinha a mesma cor dos joelhos do alemão, o vermelho ameaçador do frio em excesso. Como ele falava muito pouco inglês e nenhum espanhol, não havia uma maneira para o alemão contar para os Soria como ele acabara segurando a criança. Ele mesmo mal passava de uma criança.

— De onde você escapou? — perguntou Francisco, mas é claro que o alemão não entendeu isso também. As corujas voavam baixo e desesperadas em torno dele enquanto se aproximava, trôpego, sem olhar para a espingarda, e oferecia a criança para Michael.

Agora, deve ser dito que é uma coisa esquisita ser capaz de realizar milagres. Ter a capacidade de ajudar alguém não anda de mãos dadas com a capacidade de saber quando é o momento certo para ajudar alguém. Você se vê olhando para estranhos que estão claramente necessitando de ajuda e se perguntando se o Santo pode meramente atender suas necessidades, ou se é preciso que o Santo interrogue primeiro o futuro beneficiário.

O alemão claramente precisava de um milagre.

Não que eles pudessem interrogá-lo, no entanto. Ninguém ali falava uma palavra de alemão.

Benjamin ponderou a sua responsabilidade na questão e o nível de seriedade no rosto do alemão, e tomou a decisão de que, como o alemão havia sido bondoso com essa criança, Benjamin devia a ele bondade também. Ele realizou o milagre.

Imediatamente, o alemão soltou um breve grito de surpresa, colocou a criança em seus braços e transformou-se em uma raposa anã de orelhas grandes. Benjamin tinha previsto aquilo, ou algo dessa natureza. O que ele não previu era que o milagre também se operaria na criança que o alemão trouxera — Benjamin não havia considerado que fosse possível que uma criança tão pequena tivesse escuridão em si. Mas as mãos dela começaram a transformar-se em escamas de dragão, e, à medida que isso acontecia, a criança despertou do seu estupor e começou a chorar de medo.

O que significa interferir em um milagre? Não se sabe ao certo o que conta ao ajudar os peregrinos a se curar. Não é a ajuda indireta de prover um telhado sobre sua cabeça, como eles fizeram em Bicho Raro, ou o cuidado direto de fornecer comida para suas tigelas. Mas era, às vezes, a bondade indireta de permitir que um peregrino jogasse cartas com você, ou a bondade direta de oferecer conselhos. Melhor manter a sua distância, haviam decidido os Soria, do que prever o que poderia contar como interferência.

Mas Benjamin não pensou sobre isso enquanto oferecia conforto para a criança que chorava. Ele não estava pensando sobre o milagre da criança mesmo, de verdade, uma vez que quisera apenas ajudar o alemão. E para ele, como para a maioria, a cabeça não tinha muito a ver com dar atenção para uma criança chorando; isso era só com o coração.

Não demorou nada para que a escuridão Soria se manifestasse em Benjamin. A escuridão Soria, como já dito antes, é mais rápida e terrível do que a escuridão de um peregrino comum. Benjamin mal havia falado com a criança quando soltou um grito abafado. Suas pernas tinham se aberto, bizarras, as pernas de um potro lutando para firmar-se em pé na neve. Ele não podia ver, mas suas pernas estavam começando a se transformar em madeira. Loyola, inocentemente, perguntou a ele o que estava errado. Ela puxou para cima a perna das calças dele, cobertas de neve, e revelou uma madeira cinza e fina, como a lenha seca que você encontraria largada na areia.

— Ah, Benjamin, eu vou amar você de qualquer jeito! — Loyola disse a ele, e mesmo essa frase, esse pequeno conforto, contou contra ela, e então a escuridão caiu sobre Loyola também. Ela virou madeira de cima a baixo, o oposto de Benjamin; enquanto o peito e braços de Benjamin tornavam-se madeira, a cabeça, pescoço e ombros dela tornavam-se madeira.

— ¡El niño! — exclamou José. Ele não se referia à criança com escamas de dragão, mas, em vez disso, ao garoto que Loyola, agora de madeira, estivera carregando. Enquanto Antonia começou a gritar o nome de Loyola, o som redemoinhando para longe na neve, José pegou uma pá e deu um salto para a frente para arrancar o corpinho de Daniel de dentro de Loyola, agora de madeira, antes que ele ficasse trancado para sempre. Mesmo enquanto José golpeava a forma sem vida de Loyola, suas próprias pernas tornaram-se de madeira devido a essa interferência. Ele gritou aos irmãos que o deixassem.

Francisco, Michael e Rosa arrastaram Antonia para dentro da casa e bateram a porta.

A raposa fugiu, assim como o garotinho de escamas de dragão.

Foi só depois de os ruídos de destruição terem cessado que Antonia, Francisco, Michael e Rosa reemergiram. O sacrifício de José tinha funcionado: o bebê Daniel havia sido talhado de sua mãe de madeira e agora soluçava na serragem ao lado de seu pai de madeira e tio de madeira. Ele era inteiramente de carne e sangue, e intocado pela escuridão. Sendo um recém-nascido desamparado, não tinha como interferir acidentalmente no milagre dos seus pais ou tio, e além disso, sendo um bebê inocente, ele não tinha escuridão dentro de si ainda para ser provocada por tal desastre.

Rosa ergueu Daniel dos restos de madeira de sua família. Antonia tocou o lugar onde o corpo de madeira de Loyola havia sido talhado, para removê-lo. Francisco pegou a pá de onde ela tinha caído ao lado de José e encostou-a em pé de novo contra a casa. Ele não disse nada.

Foi quando Antonia ficou brava, e desde então, ela jamais deixou de ser brava. Foi quando Francisco começou a usar cada vez menos palavras, ano a ano. Michael parou de cortar os cabelos. Rosa continuou sendo Rosa.

☙❧

Antonia terminou de contar essa história enquanto levava os primos na direção de um abrigo pequeno junto às galinhas. A porta estava trancada e nunca fora aberta, mas ela a abriu agora. A luz espalhou-se sobre a serragem no interior.

Antonia gesticulou com a palma da mão para cima, para demonstrar o conteúdo do abrigo. Ela disse:

— E até hoje eles estão ali!

— Isso parece só com madeira — disse Joaquin.

— Exatamente — respondeu Antonia.

— Mas a Loyola não era uma Soria — salientou Beatriz. — Por que não lhe foi permitido ajudar Benjamin?

— Se você ama um Soria, a escuridão deles é sua também — disse Antonia.

— Hum — fez Beatriz.

Todos espiaram para a pilha de madeira cinza dentro do abrigo por vários longos minutos. Beatriz estava pensando que fora uma sorte ela não ter aberto a porta antes, pois teria queimado seus parentes como lenha sem nem pensar a respeito. Antonia estava pensando que ela estava mais brava ainda agora do que no dia em que perdera sua melhor amiga. Joaquin estava pensando que Daniel só estava vivo por causa da bravura rápida e generosa de José... E agora Daniel havia sido derrubado exatamente pela mesma coisa que havia levado seus pais. Judith estava pensando sobre como ela jamais considerara que Eduardo corria o mesmo perigo do tabu Soria agora, em virtude de seu amor por ela. Francisco estava pensando em quanto tempo levara para eles escolherem um nome para o bebê de sua irmã morta, uma vez que o tinham removido da cena da história.

Todos eles estavam pensando sobre a que se assemelharia a escuridão de Daniel.

— Se ao menos nós pudéssemos treinar os cães a levar comida para ele — disse Beatriz.

— Sem matá-lo diretamente depois — murmurou Joaquin.

Antonia rosnou.

— De qualquer maneira, isso encerra a questão da festa de aniversário por ora — disse Francisco finalmente. — Não a celebrarei até Daniel voltar para nós.

# 11

Pete trabalhava.

Ele começara a trabalhar tão logo jogou seus sacos de viagem no quarto que compartilharia com o padre Jiminez, e trabalhou sem pausa o dia inteiro. Trabalhou direto por seis horas, parando apenas para desviar seu caminho ao ver Beatriz Soria, esperando até não haver mais ninguém à vista e seu coração estar seguro antes de começar a trabalhar de novo.

— Garoto novo! — chamou Robbie, um dos gêmeos, que não conseguia se lembrar de seu nome. — Venha falar conosco.

— Não posso. Estou trabalhando — disse Pete.

— Pete? — chamou Marisita, enquanto ele caminhava por Bicho Raro com os braços cheios de caixas. — Você vai parar para o *almuerzo*?

— Não posso. Estou trabalhando — disse Pete.

— Você está me deixando cansado só de assistir — comentou o musgoso Theldon, da sua cadeira na varanda. — Dê um tempo.

— Não posso. Estou trabalhando — disse Pete.

Antonia tinha colocado Pete a fazer tarefas que exigiam pouca habilidade, mas muito suor. Pete se viu cavando valas de irrigação desmoronadas e catando pregos um por um do acesso de entrada, varrendo ninhos de vespas desocupados (e às vezes ocupados) das calhas e arrancando larvas malignamente vermelhas de besouros-da-batata do Colorado das plantações de tomates e batatas.

A última dessas tarefas quase acabou com ele. Por mais determinado que Pete fosse, o besouro-da-batata do Colorado era mais ainda. Por mais rápido que ele pudesse destruí-los, eles faziam mais de si mesmos. Ele não sabia que o besouro-da-batata do Colorado, também conhecido como o besouro-da-batata de dez linhas, também estava perseguindo os alemães orientais. As pragas de besouros-da-batata eram atribuídas a aviões norte-americanos. A propaganda comunista gritava que os *Sechsbeiniger Botschafterdel* Wall Street (os embaixadores de seis pernas de Wall Street) devorariam sua casa e lar e os jogariam capitalismo adentro. Estudantes alemães orientais foram mandados para os campos para arrancar larvas, bem como Pete estava fazendo, e eles, também, aprenderam a odiar as criaturinhas escarlates carnudas.

Era possível que esse jogo particularmente impossível de ser vencido pudesse ter dobrado a vontade de Pete de trabalhar, mas, afortunadamente para ele, uma tempestade entrou, rápida e trovejante. O deserto chamou a atenção deles com um sopro de poeira e ervas daninhas, então ele teve tempo de buscar abrigo no estábulo de seis baias antes de a chuva começar a cair realmente. Dentro do estábulo, Pete começou a tirar o esterco com uma pá e varrer o corredor. Era um trabalho duro, mas melhor do que a infindável chatice de catar besouros.

Dentro, estava escuro e aconchegante, fosse devido a ou apesar de Pete não ter sido criado em meio a cavalos. Havia apenas dois cavalos no estábulo no momento — três, se você contasse o cavalo que a égua estava carregando dentro de si —, mas eram todos cavalos terríveis. A égua era uma criatura selvagem, mantida antes por ser a mais rápida corredora de barril a surgir no Colorado em uma geração. Ela era tão má que havia chegado a matar o próprio nome, e agora as pessoas simplesmente apontavam para ela. Continuavam cuidando dela na esperança de que parisse uma cria com toda a velocidade e nenhuma maldade, mas, até o momento, nada... Eles tinham grandes esperanças na cria que ela estava carregando agora, mas a verdade era que a potranca minúscula dentro dela jogaria, em seis anos, a atual campeã de corridas de barril para fora de uma competição e através da vitrine de uma loja de móveis local.

O outro cavalo no estábulo era Salto, um garanhão de montaria que um dos peregrinos chegara cavalgando cinco anos atrás. No fim das contas, era um cavalo muito elegante, um dos últimos de uma linhagem muito rara, e então, embora os Soria não estivessem particularmente interessados em cavalos de montaria, mesmo assim ele era valioso por sua descendência. De tempos em tempos, pessoas vinham de muito longe para que cobrissem suas éguas e pagavam uma soma enorme por esse privilégio. E assim Salto continuava por ali. O único problema com ele era que era extremamente nervoso e não respeitaria uma cerca. Tinha de ficar sempre na sua baia e, como era tão ansioso e excitável, tinha de usar uma pequena proteção almofadada entre as orelhas para evitar que, ao empinar, viesse a se matar no teto da própria baia. Michael tinha colocado um rádio no estábulo para acalmar Salto e evitar que ele tentasse escapar.

Pete estava olhando para Salto quando se deu conta de que não era o único ser humano no estábulo. Havia outro homem escovando baldes em uma das baias vazias. Para romper o silêncio e ser amigável, Pete disse:

— Tempo maluco, não é?

Pete não sabia disso, mas ele estava falando com Luis, o de uma mão só, que na realidade não era uma pessoa de uma mão só, mas era chamado assim porque a sua mão esquerda era uns bons três centímetros mais larga do que a direita. Luis usava a extensão daqueles dedos esquerdos para obter uma grande vantagem: ele era o melhor violonista em um raio de oitenta quilômetros, e ninguém conseguia apanhar uma bola de beisebol como ele. Havia duas coisas que as pessoas não sabiam sobre Luis: primeiro, que ele era um colecionador de luvas. Comprava dois pares de luvas de cada vez, pois precisava de dois tamanhos diferentes, e mantinha as luvas esquerdas pequenas demais em uma caixa que guardava entre seu colchão e a parede. Segundo, Luis, o de uma mão só, era um grande romântico, e ele fantasiava que existia um amor de sua vida que também tinha mãos de tamanhos diferentes e que as suas luvas esquerdas sem utilidade, um dia, caberiam nela. Então, mantinha essas luvas em uma caixa como uma pilha de cartas de amor pré-escritas, esperando pelo coração desejoso de lê-las.

— É uma grande diferença de Oklahoma — tentou Pete.

— *Llueve a cántaros* — disse Luis.

Esse diálogo foi pouco produtivo, já que Luis, o de uma mão só, não falava um inglês muito bom, e Pete era de Oklahoma, e tinha apenas a solidão como segunda língua.

Ambos deram de ombros e, com sua escovação de baldes terminada, Luis foi para o palheiro tirar uma sesta até a chuva passar.

Então, Pete trabalhou com apenas a chuva galopante no telhado como companhia. Ele estava mais feliz do que estivera em um bom tempo. Embora as saudades de casa ainda o perturbassem, seu humor, em geral, estava tão ruim nos dias que antecederam seu êxodo de Oklahoma que tudo parecia mais animado agora.

Seria fácil pensar que a razão para que o fracasso de Pete em se alistar o tivesse atingido tão duramente e fora por sua família não ser compreensiva. Mas a verdade era o oposto. Se você vive com uma família de ogros, não é nem um pouco difícil desapontá-los. Você pode até achar, talvez, que os ogros mereciam — eles eram ogros, no fim das contas. Mas os Wyatt não eram ogros. George Wyatt era um homem brusco e realista, mas não era cruel. Ele olhava a situação em mãos e tomava os passos necessários para corrigi-la. Quando Pete, o médico, devolveu Pete, o filho, com o veredito de *inapto para servir*, ele estudou a situação e disse a Pete, factualmente, que Pete encontraria outra coisa para fazer e, de qualquer maneira, ele tinha certeza de que Dexter continuaria o legado militar da família, então Pete não precisava sentir que estava deixando a pátria na mão. Flor Wyatt, a mãe de Pete, era casada com um militar, e sua mãe havia sido casada com um militar, e a mãe de sua mãe havia sido casada com um militar, e mesmo lá na Espanha, a mãe da mãe de sua mãe havia sido casada com um militar, e assim por diante, até o começo tanto das mulheres quanto dos militares, mas ela não criticou a incapacidade de Pete em alistar-se. Em vez disso, disse:

— Tenho certeza que você encontrará outra maneira de servir o seu país.

E Dexter Wyatt, o irmão ligeiramente mais jovem de Pete, que era o mais próximo de um ogro que a família Wyatt tinha, disse:

— Vou atirar neles por você, Pete.

Esta generosidade, no entanto, apenas tornou a situação pior para Pete. Ela enfatizou que a pessoa que estava sendo mais cruel com Pete era, na realidade, ele mesmo.

Ele sabia que partir não mudaria a maneira como se sentia. Não tinha pretensões de fugir de si mesmo. Mas achava que poderia encontrar algo para alimentar aquela sensação voraz de dever dentro de si, a não ser que aquele sentimento esfaimado fosse apenas o sopro em seu coração.

*O caminhão-baú*, pensou Pete, *tinha de ser a resposta.*

Pete espiou o veículo enquanto trabalhava no celeiro, olhando para fora das janelas para onde ele estava estacionado, a cada oportunidade. Era uma referência, lembrando pelo que todas as suas bolhas novas seriam trocadas eventualmente. Ele achou que vira a parte de trás do caminhão aberta em determinado momento, mas, quando olhou de volta pela janela, ela estava fechada de novo.

Após algumas horas de trabalho, Pete percebeu ruídos vindo de dentro do celeiro que não podiam ser atribuídos à tempestade, aos cavalos ou aos roncos de Luis. Seguindo os ruídos até sua fonte, ele descobriu um longo vão com uma porta. Do outro lado da porta, parado na chuva, estava Michael Soria, pai de Joaquin.

Michael estava trabalhando. Ainda não tinham lhe contado sobre Daniel; mas, mesmo se tivessem, ele ainda estaria trabalhando. Desde que perdera uma parcela tão significativa de sua família para o incidente com o alemão e a criança, tudo o que fazia era trabalhar, do momento em que abria os olhos até o momento de fechá-los, fazendo suas refeições em pé e guardando todas as funções corpóreas não negociáveis para os dois minutos antes de se retirar para a cama. Ele era uma pessoa muito antiquada. Muitos achavam que Michael era o avô de Joaquin. Ele já era bem velho quando tivera filhos, e parecia mais velho ainda do que a sua idade por causa da barba. Desde o incidente com o alemão e a criança, havia parado de cortar os cabelos e a barba e, em vez disso, deixara que crescessem quanto quisessem. Agora, ambos estavam tão longos que ele tinha de enrolá-los em nós presos com fitas, um na nuca e outro no queixo. Como seus ossos o incomodavam tanto, por toda a idade e todo o trabalho, Michael soltava a barba e os cabelos quando subia na cama e, espalhando-os, deitava sobre eles e percebia que isso era a única coisa que aliviava suas dores e aflições.

Eis uma coisa que ele queria: trabalhar. Eis uma coisa que ele temia: ficar fraco demais para trabalhar.

Quando Pete ouviu Michael, ele estava reparando a fundação do celeiro sob a chuva. Um tormento de esquilos havia chegado no início do ano com somente dois propósitos: fazer mais esquilos e cavar sua toca diretamente abaixo do celeiro. Eles tinham sido tão bem-sucedidos em sua primeira ocupação que os cães de Antonia podiam agora subsistir inteiramente de uma dieta de esquilos lentos, e haviam sido tão bem-sucedidos em sua segunda ocupação que a fundação do celeiro se inclinava precariamente, enfraquecida pela rede de salas de estar dos esquilos. Michael tinha realizado um reparo temporário enchendo os buracos com as fracassadas tortas de leite, duras como pedras, de Rosa, mas os buracos haviam superado o costume de fazer tortas de Rosa, e agora ele não tinha escolha, fora reconstruí-la direito.

Pete examinou a situação e formou uma opinião.

— Precisa de ajuda?

Michael examinou Pete e formou uma opinião.

— Está chovendo.

— Sim, senhor — concordou Pete. Ele passou a fazer companhia a Michael na chuva, e, juntos, trabalharam lado a lado até suas roupas estarem tão encharcadas quanto as roupas de Marisita. Chegaram ao fim da parte que Michael esperava terminar aquele dia e, sem dizer uma palavra, começaram a próxima. Terminaram a parte do dia seguinte e começaram a próxima. E assim por diante, até que haviam reparado toda a fundação do celeiro, e havia parado de chover e o sol voltara de novo, e ambos pararam para descansar as mãos nos joelhos e olhar para o que tinham feito.

— Você é o garoto da Josefa — disse Michael por fim.

— Sobrinho, senhor.

— Você está aqui por causa do caminhão.

— Sim, senhor.

— Bom — disse Michael, o que poderia não parecer uma grande resposta, mas, juntando tudo, era mais do que ele havia dito para a maioria das pessoas por anos.

— O senhor se importaria se eu fizesse uma pergunta? — começou Pete. — As pessoas vêm aqui mais pelos milagres?

— Por que outra razão elas viriam até aqui? — A declaração não era tão melancólica quanto soava; Beatriz não era a única em Bicho Raro que podia ser estritamente pragmática. Pete gesticulou para a terra à volta deles.

— Porque é bonito.

O deserto se envaideceu, e Michael observou Pete com outros olhos. Você elogia um homem quando elogia o lar que ele escolheu, e Michael sentiu-se quase tão satisfeito quanto o deserto com as palavras de Pete. Gentilmente, ele disse:

— É melhor você colocar algumas roupas secas agora.

Endireitando-se, Pete penteou com os dedos os cabelos emplastados de chuva em seu estilo costumeiro.

— Depois. Preciso catar uns besouros antes. Até mais, senhor!

Ele deixou Michael parado ali ao lado do celeiro, deu uma guinada à esquerda para evitar uma sombra que achou que poderia ser Beatriz, e então se jogou de volta à caça de besouros. Normalmente, Michael também teria se jogado diretamente de volta ao trabalho, mas, pela primeira vez em muito tempo, Michael ficou parado ali por uns bons cinco minutos antes de começar a próxima tarefa, apenas observando Pete começar seu próximo projeto. Seres humanos sempre foram fascinados por espelhos, no fim das contas. Michael nunca vira por fora como parecia trabalhar constantemente para evitar os sentimentos, e agora não conseguia mais desviar os olhos.

# 12

Aquela noite, Beatriz e Joaquin saíram do caminhão-baú com um propósito renovado. Antes, a identidade de seu público desejado havia sido nebulosa, distante. Agora, diante dos eventos do dia, todo o público estava contido em uma única pessoa. Daniel Lupe Soria, seu primo querido. Daniel Lupe Soria, seu Santo estimado. Daniel Lupe Soria, perdido na escuridão.

— Essa vai para o Daniel, se ele estiver ouvindo — disse Diablo Diablo. — Alguma luz para a sua escuridão: aí vai "There's a Moon Out Tonight", dos The Capris.

"There's a moon out tonight...", começou a cantarolar, embora fosse uma noite sem lua. A voz pré-gravada de Diablo Diablo seguiu dentro da parte de trás do caminhão-baú, enquanto Joaquin, o corpo de Diablo Diablo, estava sentado na cabine do caminhão com Beatriz, ouvindo.

Joaquin estava absolutamente dividido. Era uma pessoa que se envolvia para valer com as coisas, mas não era bom em se envolver com mais de uma coisa de cada vez. Por um lado, ele estava pensando sobre o apuro de Daniel. Joaquin sempre admirara Daniel. Não queria *ser* ele, pois toda aquela oração e santidade davam a impressão que entrariam em conflito com o sentido de orgulho de Joaquin, mas apreciava profundamente tudo o que seu primo defendia e todas as bondades que Daniel já demonstrara por ele. De maneira vaga e falha, retrospectivamente, parecia a Joaquin agora que Daniel era frágil e vulnerável, bom demais para proteger a si mesmo, um santo feito para o martírio. Ele não conseguia imaginar como os Soria mais velhos conseguiam viver consigo mesmos sabendo que Daniel estava sozinho no deserto. Onde estava a sua coragem?

Mas isso não era tudo que Joaquin estava pensando a respeito. Parecia injusto com seu primo estar consumido em pensamentos por qualquer coisa que não fosse ele, mas, no entanto, Joaquin também estava pensando, com culpa, sobre a rádio. Havia muito Joaquin era obcecado por personalidades do rádio e música moderna. Ele ouvia à KLZ-FM de Denver com ressentimento e esperança, comparando-se às personalidades locais e mensurando se poderia fazer melhor. Ele ouvia o uivo selvagem dos DJs fulminadores de fronteiras — aqueles cowboys das estações potentes que berravam a partir do território mexicano bem ao lado, driblando as normas norte-americanas através da força bruta do poder. E, se o sinal deixasse, ele ouvia o tagarelar doce das personalidades mais famosas da época, como Jocko Henderson e Hy Lit. Ele era um seguidor ardoroso do *American Bandstand*, aquele programa de televisão diurno baseado na Filadélfia, que apresentava adolescentes dançando os últimos sucessos. Os Soria não tinham uma televisão; então, duas vezes por semana, Joaquin ia para a cidade com Luis e assistia ao programa na televisão de Elemer Farkas. Depois voltava para casa de carona, um arranjo que havia sido estabelecido durante o ano escolar e ainda não havia expirado. Esse programa formava a base para a maior parte das decisões de Joaquin quanto a cabelos e roupas. Ele estudava a tela diligentemente, em busca de indícios de modas que ainda não tinham chegado ao Colorado (a maioria jamais chegaria), e fazia o melhor que podia para reproduzi-las. Por essa atitude progressista, Joaquin era consideravelmente ridicularizado por sua família, o que ele jamais parecia perceber (embora percebesse). Sonhava com o dia em que seria famoso por detrás do microfone, Diablo Diablo, o diabo das ondas sonoras, e os adolescentes estariam olhando para *ele* para estabelecer as tendências.

Joaquin tentou se forçar a pensar somente em Daniel, mas ali, no caminhão-baú, o rádio não podia ajudar, somente se intrometer.

Beatriz, no entanto, tinha somente um pensamento na cabeça. Isso era incomum, pois, normalmente, era mais provável que ela tivesse muitos pensamentos na cabeça, e, diferentemente de Joaquin, era boa nisso.

O único pensamento era Pete Wyatt.

Durante o curso do dia, Beatriz ficara sabendo que Pete — ele, da atraente pele do cotovelo — estava em Bicho Raro para trabalhar pelo mesmíssimo caminhão em que eles estavam sentados agora. Sua primeira impressão fora que esse negócio não era justo, pensamento que ela rejeitou imediatamente pois considerou ser preconceito da sua parte, mas revisitou a ideia e considerou que, na verdade, após consultar os fatos, realmente *não* era um negócio justo. O caminhão, afinal de contas, estivera um desastre antes desse verão, tomado pelo mato e inoperante, e Beatriz passara muitas longas horas restaurando-o de volta à vida. Certamente isso lhe concedia alguma propriedade sobre ele. Ela não culpava Pete por esse dilema; ele não poderia ter sabido, antes de acertar o acordo de trabalho, que Beatriz recuperaria o caminhão. Mas isso não acabava com o conflito.

Isso não teria importado se o caminhão não fosse a sua única maneira de se comunicar com Daniel.

Incomodada com o impasse, ela abriu a porta do passageiro.

— Onde você está indo? — perguntou Joaquin.

— Estou conferindo o alcance. — Durante o curso da tarde, Beatriz havia conferido duas vezes a solda que ela havia feito em cada conexão — foi quando Pete a vira de relance, antes. Embora não tivesse como saber se Daniel e o rádio da cozinha estavam em qualquer parte dentro do raio de escuta, ela podia ao menos fazer o seu melhor para lançar o sinal o mais longe possível. Os dois primos estavam desesperados para se comunicar com ele, com certeza.

Eles tinham as próprias ideias do que ele poderia estar fazendo naquele momento. Embora isso desafiasse seu sentido de nobreza, Joaquin imaginava Daniel encolhido em uma gruta como um homem das cavernas, roendo a perna dessecada de um rato-canguru, suas roupas já esfarrapadas. Embora isso desafiasse o sentido de probabilidade de Beatriz, ela imaginava Daniel andando silenciosamente pelo deserto poeirento, sua forma o oposto do padre Jiminez: o corpo de um coiote, a cabeça de um homem.

Com um calafrio, Joaquin removeu as chaves da ignição. Ele não queria ficar sozinho no caminhão; havia algo mais sinistro a respeito de estar em um veículo escuro sozinho do que estar na noite escura com Beatriz. Certificou-se de pegar uma garrafa d'água, temendo passar sede no deserto (ele a colocou dentro da camisa) e também a lanterna (ele não a colocou dentro da camisa).

Beatriz já tinha descido do caminhão com um rádio na mão. Como Daniel tinha levado o Motorola da cozinha, eles tinham levado o único outro rádio que havia em Bicho Raro. Era o rádio que Pete tinha ouvido tocar no celeiro, antes. Joaquin andara receoso de que os cavalos fugissem em debandada, de alguma forma, sem a ajuda da estática do rádio, mas Beatriz tinha considerado a probabilidade disso e achado as chances aceitáveis. Estatisticamente, os cavalos jamais haviam fugido em debandada em sua vida; factualmente, era impossível que o rádio estivesse tocando uma programação por todas essas horas; estatisticamente, os cavalos não fugiriam em debandada durante a sua vida; factualmente, os primos não teriam problema em levá-lo por algumas horas.

Beatriz carregava também uma espingarda. Ela não achava que teria de usá-la, mas o mundo parecia um lugar mais perigoso do que parecera apenas alguns dias antes.

— Joaquin — ela ordenou —, por favor, aponte a lanterna para onde estamos indo.

Joaquin se viu pego igualmente entre o medo dos animais selvagens invisíveis e a detecção pela Comissão Federal de Comunicações, e então ele, alternadamente, apontava a luz para onde eles estavam caminhando e para dentro da palma da mão, quando sentia que eles pareciam óbvios demais para olhos curiosos e distantes.

— Ouvi dizer que às vezes a escuridão Soria pode atacar outros Soria, mesmo sem interferência.

— Mais razão ainda para enxergá-la vindo. Quem disse isso para você?

— Nana.

— Não acredito.

— Ok — admitiu Joaquin. — É assim: eu vi a Mama contar a ela sobre o Daniel, e a Nana imediatamente se levantou e trancou a porta dos fundos. O que você me diz disso?

De má vontade, Beatriz teve de admitir que a tese de Joaquin não era ruim. Joaquin fez um ruído triunfante, em desarmonia com a manutenção de sua discrição.

— Se você vai gritar, pode muito bem apontar a lanterna para que possamos ver! — ordenou Beatriz.

Um trovão distante fez com que parassem.

Joaquin passou uma mão ansiosa sobre os cabelos e lançou um olhar de relance ansioso para o céu.

— Nós vamos ser mortos?

— Improvável — respondeu Beatriz.

Embora o céu acima deles estivesse limpo, raios eram visíveis no horizonte: uma tempestade, muitas dúzias de quilômetros dali — em um lugar tão plano quanto aquele deserto alto, o tempo era muitas vezes algo que acontecia com outras pessoas. Beatriz não estava particularmente preocupada em ser atingida pelos raios daquela tempestade, embora tenha devotado um pensamento passageiro para a antena conectada ao caminhão-baú; eles voltariam para desmontá-la se a tempestade se aproximasse demais. O impacto de um raio seria potencialmente mortal para a estação.

— Podemos fazer o sinal parar de crepitar desse jeito? — perguntou Joaquin.

— Não hoje à noite — respondeu Beatriz. — Ele precisa trabalhar mais. — Isso a fez se lembrar de Pete Wyatt e de como ela não tinha certeza alguma de quanto tempo mais ficaria com o caminhão. Beatriz sentiu-se obrigada a contar tudo isso para Joaquin, e ela contou em voz baixa, de maneira que pudesse ter ainda um ouvido para a força do sinal.

Após Beatriz terminar, Joaquin chutou a terra, mas não com força, porque ele não queria sujar as calças de estampa *Paisley*, e também praguejou um pouco.

— Pete Wyatt!

Joaquin não sabia muito sobre Pete Wyatt, mas ele não era um fã. Isso não tinha nada a ver com Pete Wyatt e tudo a ver com Michael, que na realidade tinha parado de trabalhar a fim de cantar os louvores da ética de trabalho de Pete para Rosa e Joaquin. Ele começou com gestos contidos, elogiando a capacidade rápida do garoto de compreender o fundamental de cada trabalho novo, e então seguiu em frente a partir daí, para admirar como Pete trabalhava duro mesmo sob a chuva intensa, expandindo mais ainda para como causava satisfação ver um jovem que realmente apreciava a terra, e então, por fim, concluindo com uma declaração de certa forma inadequada de que Pete era o filho que todo homem merecia, mas nunca tivera.

Joaquin, como o filho que Michael talvez não tenha merecido, mas definitivamente tivera de verdade, sentia-se pouco empolgado com essas declarações. Sua mãe, Rosa, defendia Joaquin, mas não de uma maneira que causasse satisfação alguma a ele.

— Se apenas Joaquin se pusesse a trabalhar em qualquer coisa como o Wyatt faz... — dissera Michael.

— Ah, você conhece o Quino — respondeu Rosa —, ele é um garoto meigo e vai se encontrar um dia!

— Quando eu tinha a idade de Joaquin, sabia o que eu queria fazer de mim mesmo, e era deixar uma marca no mundo por meio de meu trabalho — disse Michael.

— Nós precisamos de homens sensíveis também. Garotos doces e carinhosos cujas mães os amam como eles são!

— Eu nunca vi Joaquin fazendo nada, fora passar brilhantina no cabelo. Um homem é mais do que o seu cabelo.

— Ele também é o seu bigode — concordou Rosa. — Mas Quino ainda é apenas um garoto, e logo ele terá um bigode. Não como o seu, é claro. Você não pode esperar isso de ninguém, nem do seu próprio filho. Mas ele terá o seu próprio tipo.

Isso deixou Joaquin furioso. Ele não queria ser um homem sensível e carinhoso que não conseguira nada. Ele *não* era um homem sensível e carinhoso que não conseguira nada. Joaquin queria contar a eles que já tinha planos e que iria ser um DJ de rádio, Diablo Diablo, e que um dia eles comparariam Pete Wyatt com *ele* e veriam que Pete deixava a desejar.

— Vou falar com ele — disse Beatriz. — Com o Pete, quero dizer.

— O que você vai dizer?

— Acho que isso vai depender dele. Eu...

Rápido como a morte, Joaquin parou e estendeu uma mão para Beatriz, fazendo-a parar onde estava. Todo o mundo tem dois rostos: o rosto que apresentamos e o outro por baixo dele. De uma hora para outra, Joaquin exibiu o segundo.

Beatriz parou. Ela, suavemente, ergueu a espingarda.

Um deserto lembra muito um oceano, se você substituir toda a água por ar. Ele segue, segue e segue por uma distância incomensurável e, na ausência da luz solar, transforma-se no negro absoluto. Ruídos tornam-se segredos, impossíveis de verificar se são verdadeiros até a luz retornar. Ele não está vazio, simplesmente porque você não consegue vê-lo inteiro. E você sabe no seu coração que ele não está — que ele está o oposto de vazio, uma vez que tenha escurecido, pois as coisas que não gostam de ser observadas emergem quando toda a luz se foi. Não há como saber a forma delas, no entanto, até a sua mão tocá-las.

Algo estava ali no deserto.

A criatura estava se movendo lentamente em meio ao cerrado distante, escura contra o horizonte roxo da noite, quase uma forma humana. Havia um chocalhar ou sibilar enquanto ela se movia, como feijões secos sacudidos suavemente em uma panela.

Joaquin foi de súbito assaltado pela lembrança de Nana trancando a porta dos fundos. Beatriz foi subitamente assaltada pela lembrança do Felipe Soria de longa vida, vagando para sempre, procurando por aquela cruz feita de fêmures, e o empresário furioso que ela não conseguira ajudar, emaranhado em sua barba.

— Se antes não havia uma lua esta noite, há uma agora. Em seguida, temos algo para colocar um sorriso no rosto dessa lua — disse Diablo Diablo.

Ao som da sua voz, a figura parou.

Todas as cabeças voltaram-se na direção do rádio. Ele continuava a tagarelar de uma maneira que não notamos quando não estamos tentando ser silenciosos na noite do deserto.

— A lua adora companhia, então prepare seus dentes — disse Diablo Diablo.

A criatura deu um passo na direção deles.

Era difícil aterrorizar Beatriz Soria, pela mesma razão que era difícil deixá-la brava. Medo e ira não são muito diferentes quando você pensa a respeito, dois animais famintos que muitas vezes caçam a mesma presa — emoção — e se escondem do mesmo predador — lógica. Então o excesso de lógica de Beatriz normalmente a protegia do terror. (Embora ele facilmente a entregasse para a ansiedade. A ansiedade era meramente outra marca de seu pensamento ponderado usual, afinal de contas, era apenas o tipo que se recusava a ir embora quando ela o pedia com educação, ou estava tentando dormir.) O medo de Beatriz, no entanto, exigia informação suficiente para concluir que era quase certo que algo ruim iria acontecer, e também que o algo ruim era terrível o suficiente para não ser remediado com facilidade, e isso raramente acontecia.

Então Beatriz não estava com medo nesse momento, mas somente porque ela não tinha informação suficiente para estar com medo.

— A lanterna — ela disse, sem tirar os olhos da figura.

Joaquin não precisava de informação para estar com medo e estava, desta maneira, fora de si de medo. Ele conseguiu se controlar somente o suficiente para apontar diretamente a luz para o intruso.

Borboletas moviam lentamente as asas no facho da lanterna.

Não era Felipe Soria, tampouco a escuridão de Daniel.

Era Marisita Lopez.

O eterno vestido de noiva de Marisita e o saco de viagem pesado em suas costas haviam criado a estranha silhueta que os primos tinham visto. O ruído sibilante não passava do ruído das gotas de chuva golpeando os amarilhos e macegas à volta dela.

Joaquin se encolheu. Ela não era um monstro, mas era uma peregrina, e isso era tão perigoso quanto.

Beatriz, no entanto, examinou Marisita com atenção. Esta era a primeira vez que ela via a jovem desde a leitura da carta de Daniel, e agora estava tentando ver Marisita através dos olhos de Daniel. Como qualquer coisa menos uma peregrina, pois Daniel certamente vira além disso, para se apaixonar por ela.

Joaquin estalou os dedos na manga de Beatriz e a puxou. Mas Beatriz se deixou ficar.

— Você estava fugindo para o deserto?

— *Beatriz* — sibilou Joaquin.

— Eu... eu estou procurando por Daniel. O Santo — disse Marisita. — Eu não conseguia... não conseguia pensar nele lá fora sem provisões.

Isso era o que enchia o saco de viagem transbordante que ela carregava. Marisita pensara para valer sobre o que Daniel poderia precisar, e ela tinha levado bastante tempo para juntá-lo no pacote. Eis o que ela tinha trazido: dez salsichas defumadas, um pote de queijo, doze abacates, três laranjas, dois copos de banha de porco, uma pequena pilha de *tortillas*, quatro latas de feijão, farinha de milho, uma frigideira, cem fósforos, três pares de meias secas, quatro camisas limpas, uma gaita de boca, um cobertor pequeno, um canivete, uma vela de promessa, uma escova de cabelo, um sabonete, um caderno que estava usado somente até a metade, uma caneta, três cigarros, um casaco com colarinho de lã, um copo para água, uma arma de chumbinho, uma lanterna e uma sacola pequena com pétalas de rosa de Francisco caso Daniel precisasse cheirá-las a fim de curar as saudades de casa.

A ternura deste gesto finalmente proporcionou a Beatriz uma janela para o coração de Marisita. Pela primeira vez, começou a ver Marisita não como uma mera peregrina, mas, em vez disso, como uma pessoa, e não somente uma pessoa, mas alguém que demonstrava sua preocupação por outro de maneiras intensamente práticas. Joaquin, por sua vez, havia chegado ao fim de sua capacidade de resistência para a incerteza.

— Beatriz! Vamos lá! Não podemos estar falando com ela! Isso é loucura! Ela poderia matar a nós dois!

Marisita conhecia o tabu tão bem quanto um Soria, talvez melhor, após os eventos da noite anterior. Ela já estava se esquivando para ir embora quando disse:

— Você não deveria! Não quero que aconteça algo mais terrível. Sinto muito! Não queria me encontrar com ninguém hoje à noite.

— Espere — disse Beatriz, embora não soubesse ainda as palavras que se seguiriam. O problema com ideias é que elas jamais vêm todas de uma vez. Elas emergem como marmotas. Um canto de uma orelha, ou a ponta de um nariz e, às vezes, mesmo a cabeça inteira. Mas, se você olhar direto para uma ideia rápido demais, ela pode desaparecer de volta no chão antes de você chegar a ter certeza do que viu. Em vez disso, você tem de se mover furtivamente em relação a ela, olhando pelo canto do olho, e então, somente então, pode olhá-la de frente para ter uma visão clara.

Beatriz estava tendo uma ideia agora, mas vira somente uma orelha, ou um bigode.

— Espere? — ecoou Joaquin.

— Eu só... tenho perguntas — confessou Beatriz.

— *Beatriz* — insistiu Joaquin.

— Ela é a peregrina que o Daniel ajudou — Beatriz disse para ele. — Ela é a última pessoa que o viu. Essa é a Marisita.

— Ah — disse Joaquin.

Houve uma pausa prolongada. Uma interseção de necessidades e desejos incomum e elegante havia se formado naquele momento, e todos podiam senti-lo. Todos queriam falar um com o outro sobre seu interesse em comum: Daniel. Por mais premente que fosse essa ânsia, se fosse apenas um interesse por informações, ela poderia ter morrido ali. Mas havia algo mais. Quando Daniel perguntara a Beatriz se ela já pensara um dia que eles estivessem agindo errado, ele meramente externara uma pergunta que ambos vinham carregando havia tempos. Para Daniel, era porque a questão ética o pressionava demais, com todos os peregrinos caindo por entre as falhas. Para Beatriz, era a sensação de que os fatos estavam sendo criados para chegar a ser algo que não era totalmente verdadeiro. Todas essas verdades estavam sendo empacotadas e seladas com superstição e medo, em vez de ciência e razão.

Marisita deixou-se ficar, mas não falou. A mente de Beatriz trabalhava a todo vapor. A boca de Joaquin ainda trazia a forma de sua última palavra. Nenhum deles sabia precisamente até onde poderiam levar esse encontro.

Antes de se mudar para a estufa, Francisco contava às vezes histórias de cientistas para Beatriz, como Guillermo González Camarena, o inventor adolescente da TV colorida, ou Helia Bravo Hollis, a botânica que havia catalogado centenas de plantas suculentas e fundado a Sociedad Mexicana de Cactología. Essas grandes mentes organizavam fatos de novas maneiras e realizavam experimentos sobre a verdade aceita, mudando uma variável aqui ou ali para testar, simplesmente, quão factuais esses fatos realmente eram. Beatriz e Daniel vinham observando os fatos que haviam sido passados para eles havia um bom tempo, embora eles não tivessem como testá-los. Mas agora...

Os pensamentos de Beatriz foram para o rádio, que ainda fazia ruído com as brincadeiras do Diablo Diablo. Soava como se eles ainda estivessem ouvindo a voz de Joaquin, mas, na verdade, não era Joaquin de maneira alguma. Era o som de sua voz codificado para um sinal, que o transmissor então modificava, de maneira que o rádio roubado do estábulo pudesse captá-lo e tocá-lo do alto-falante. Não era mais Joaquin do que um desenho dele o seria.

— O que você acha de... — começou Beatriz. A marmota de uma ideia tinha levantado sua cabeça do buraco. — ...dar uma entrevista para uma rádio?

# 13

Nós não entendemos bem os milagres. É assim com a maioria das coisas divinas; santos e milagres pertencem a um mundo diferente e usam um conjunto diferente de regras. É difícil dizer o propósito humano da levitação milagrosa de São José de Cupertino, por exemplo. Sempre que ele era transportado pela fé, também era transportado pela física, muitas vezes a vários metros do chão, outras no meio de uma missa. Em algumas ocasiões, ele permanecia no ar por horas, em meio a uma fala, enquanto seus companheiros irmãos esperavam que ele descesse e concluísse o pensamento. Também é difícil dizer a utilidade dos milagres de Santa Cristina, a Extraordinária — após se levantar dos mortos com vinte e poucos anos, de vez em quando ela se jogava em um rio e se deixava levar pela correnteza na direção de um moinho em movimento. Ali, era jogada em círculos violentos antes de emergir incólume: um milagre. E então havia Santo Antônio de Pádua. Seus milagres eram variados, todos além da compreensão, mas talvez o mais inescrutável fosse o milagre à beira d'água. Não encontrando nenhuma companhia humana para se dirigir, ele pregou à beira d'água tão devotamente que um cardume de peixes rompeu a superfície para ouvi-lo — um milagre difícil de compreender, afinal peixes não têm almas para salvar, tampouco vozes para converter os descrentes.

Comparados a esses, os milagres dos Soria eram bastante palatáveis. Sim, às vezes os peregrinos que viajavam para Bicho Raro tornavam-se impossivelmente feios ou temivelmente radiantes, intensamente práticos ou desajeitadamente extravagantes. Em alguns, cresciam penas. Outros, encolhiam para o tamanho de um camundongo. Às vezes, surgiam sombras que esvoaçavam em torno do peregrino. Às vezes, se formavam ferimentos que se recusavam a curar. Mas essas estranhezas não eram punições ao acaso, eram mensagens específicas para cada peregrino. A escuridão tornada carne era um quebra-cabeça concreto que, se solucionado, proporcionava as ferramentas mentais de que o peregrino precisava para seguir em frente.

A intenção de todo milagre dos Soria era a mesma: curar a mente.

Daniel Soria estivera contando isso para si mesmo, sempre de novo, na noite anterior. Essa provação não era uma punição, ele se lembrou. Essa provação era um milagre.

Mas não parecia um milagre.

Ele estava exposto na noite do deserto alto, sentado de pernas cruzadas junto a um fogo lento. Embora estivesse muito frio, era um fogo muito pequeno, pois Daniel não conseguia se livrar da imagem de Joaquin vindo atrás dele apesar de todas as advertências, e encontrando-o junto à luz das chamas. Então ele o mantinha quase sufocado, e se sentava com as palmas das mãos pressionadas contra o chão ainda quente.

Estava tão escuro... Embora Daniel estivesse curvado dentro do pequeno círculo de luz alaranjada fornecido por um fogo lento, tudo para o que olhava parecia obscuro. Ele parecia estar tendo dificuldade em ver a luz da mesma maneira que tivera nesse horário, no dia anterior. Era como se houvesse uma cortina transparente pendurada entre os seus olhos e o fogo, e duas cortinas mais pesadas de cada lado da sua visão, ameaçando fechar-se. Era possível, ele achou, que elas já tivessem se fechado um pouco mais desde que ele deixara Bicho Raro. Daniel não sabia o que faria se ficasse cego em meio a esse cerrado selvagem.

Ele sabia que a ideia dos milagres era ensinar aos peregrinos algo a respeito de si mesmos. Pense em Tony, por exemplo, e seu recém-descoberto gigantismo. Daniel deduziu que Tony era alguém famoso. Ele não o reconheceu pessoalmente, mas já vira muitas personalidades passarem por Bicho Raro, e se tornou bastante eficiente em notar os gestos e estilo que marcavam as figuras públicas. Então, Tony, sofrendo sob o olhar público como a maioria das celebridades sofre, havia recebido um milagre que assegurava que ele estivesse sob um escrutínio ainda mais constante. O propósito do milagre era então claro: se Tony pudesse aprender a viver como gigante, ele poderia ser capaz de viver como um homem novamente.

Isso significava que a visão cada vez mais estreita de Daniel deveria supostamente ensinar-lhe algo, mas ele não fazia ideia do que poderia ser. Ele achara que se conhecia bastante bem e, no entanto, o significado disso lhe escapava. Talvez essa escuridão deveria ensinar-lhe sobre confiança, ou humildade, ou desesperança. Nada parecia óbvio. Possivelmente, uma pessoa de fora poderia ser capaz de identificar de imediato a verdade disso, da mesma maneira que a escuridão de Tony era óbvia para Daniel. Mas não havia ninguém mais para observar Daniel, e ele tinha a intenção de continuar assim.

Daniel tentou não devotar tempo demais ao resultado mais insolúvel, que era descobrir o que a escuridão significava verdadeiramente, e ainda assim ser incapaz de superá-la. Ele se lembrou de um peregrino de Utah cujo milagre o tinha deixado com um rosto avermelhado bulboso e um desejo incontrolável de se amordaçar sempre que tentava colocar um alimento na boca. O homem pareceu compreender imediatamente qual a intenção de sua escuridão, pois foi tomado pela culpa e dor. Daniel, é claro, não conseguia falar com ele devido ao tabu, e o peregrino tinha desaparecido no deserto da noite para o dia. Mais tarde foi encontrado morto, seu rosto não mais vermelho; o milagre tinha morrido com o peregrino. A consciência não o tinha ajudado.

Talvez, para Daniel, fosse o aprendizado de como eram difíceis os milagres.

Não. Ele achou que já sabia disso.

— Se antes não havia uma lua esta noite, há uma agora — disse Diablo Diablo. — Em seguida, temos algo para colocar um sorriso no rosto dessa lua.

O rádio tinha conseguido pegar o sinal da rádio de seus primos, e, embora Daniel soubesse que seria tão fácil morrer com o som do Diablo Diablo tocando quanto sem ele, ele preferia a companhia. Ela a distraía da escuridão nos cantos de sua vista, do frio e do sentimento distinto de que não estava sozinho. Havia *algo* lá fora na noite, algo que havia se aproximado tão logo ele quebrara o tabu. Embora Daniel soubesse que devia ser uma forma concreta da sua própria escuridão, ela não se parecia com uma extensão de si mesmo. Parecia com a manifestação concreta da estranheza desse vale, em vez disso. Talvez isso fosse o que eles queriam dizer quando falavam que a escuridão de um Santo era pior do que a escuridão de um peregrino comum. Talvez fosse esta a razão de ele não conseguir encontrar significado em seu milagre. Talvez isso não fosse uma escuridão para curar afinal de contas, mas, em vez disso, o oposto: uma entidade diabólica enviada para pular à volta e devorar um santo caído.

Ele não sabia se era melhor ou pior que a coisa permanecesse fora do seu campo de visão. Daniel balbuciou uma oração:

— *Mãe...*

— Senhoras e senhores do vale San Luis — disse Diablo Diablo —, interrompemos nossa transmissão normal para uma entrevista ao vivo.

A oração de Daniel silenciou em sua boca. Sua mão com olhos de aranha caminhou até o botão e aumentou o volume. A estática sibilou ao fundo. Diablo Diablo continuou:

— Essa é a nossa primeira entrevista, então nos desculpem, nos desculpem mesmo, se tivermos qualquer dificuldade técnica. O primeiro homem a caminhar por uma estrada sempre tem de tirar algumas pedras do caminho. *Señorita*, você contaria a todos os nossos ouvintes em casa qual o seu nome? Para sua privacidade, somente o seu primeiro nome. Não queremos que ninguém pare você na rua e diga que o seu rosto é tão bonito quanto a sua voz.

— Marisita — disse Marisita.

Era óbvio agora que o ruído sibilante ao fundo não era estática; era o rufar da chuva que caía em torno de Marisita.

— Bem-vinda ao nosso programa, Marisita.

— Marisita — disse Daniel em voz alta, surpreso. Então, compreendendo o que isso significava, com preocupação: — *Joaquin.*

— Deixe-me colocar nossos ouvintes a par da situação, pois vocês não serão capazes de compreender a história de Marisita a não ser que saibam sobre o Santo de Bicho Raro — continuou Diablo Diablo.

Joaquin não estava sendo inteiramente ambicioso ao sugerir que eles tinham um público ouvinte. Fora Daniel, a rádio tinha realmente alguns outros ouvintes aquela noite, incluindo dois caminhoneiros de longa distância, um homem em um caminhão agrícola dois ranchos adiante, uma idosa com insônia que estava passando o tempo colocando geleia de cactos em jarras, enquanto seus quatro cães a observavam, e, por um truque de mágica das ondas de rádio AM, um grupo de pescadores suecos que havia ligado o rádio para escutar enquanto acordava para seu trabalho de pescar linguado.

— Imagine... você tem uma mente atormentada — disse Diablo Diablo, a voz dramática. — Você barganha com a tristeza, ou luta com a dor, ou come arrogância todas as manhãs com seu café. Há santos nesse vale que podem curar você. Você e todos os outros peregrinos podem chegar a meio galope em Bicho Raro para receber um milagre. Um milagre, você disse? Um milagre. Esse milagre torna a escuridão dentro de você visível de maneiras incríveis e peculiares. Agora que você vê o que tem lhe assombrado, você pode derrotar isso e, então, deixar esse lugar livre e tranquilo. Não acredita em mim? Olá, olá, eu não faço as notícias, apenas as divulgo. Tem apenas um detalhe importante: os santos não podem ajudar você a lidar com sua escuridão depois de ter recebido o milagre, ou eles trarão, hum, eles trarão a escuridão para si mesmos, uma escuridão pior do que a de qualquer homem comum. Ou mulher, por Deus.

E agora Daniel riu alto, impotente, pois podia ouvir a falha na voz de Joaquin que deixava claro que Beatriz devia ter lançado a ele um olhar duro. A familiaridade de ambos o confortava e o atormentava.

— Agora, Marisita, que nós temos no programa hoje à noite, esteve recentemente na presença de um santo quando a escuridão o surpreendeu. Foi isso, não é, Marisita?

— Sim — disse Marisita.

— E você viu que forma a escuridão dele assumiu?

— Desculpe, estou chorando. Você me daria um minuto? — disse Marisita.

— Ah — disse Diablo Diablo, soando um pouco contrariado e bastante como Joaquin. Ele recuperou o controle. — Enquanto você chora, nós podemos nos juntar a você, incluindo o Elvis. Vamos dar uma ouvida em "Are You Lonesome Tonight"?

Você pode imaginar o efeito que esse diálogo teve em Daniel, que estava apaixonado por Marisita. Ele ouvira as lágrimas na voz dela, e isso fez com que lágrimas subissem a sua garganta também. Foi só porque ele sabia que havia trazido uma quantidade limitada de água consigo e não podia desperdiçá-la que Daniel não se deixou chorar com ela.

A canção chegou a um fim amargo, e a voz de Diablo Diablo cortou-a.

— E nós estamos de volta. Sequem os olhos, todos vocês, ficará tudo bem, e, se não ficar, será uma boa história para outra pessoa. Marisita, você ainda está aí?

— Estou.

— Vamos tentar isso de novo. Você viu a escuridão de Daniel?

Daniel estava tão interessado nessa resposta quanto os primos, uma vez que ele ainda não conseguia ver o que quer que fosse que o seguia como uma sombra. Tinha certeza de que Marisita tinha olhado para fora da janela depois que ele partira — fora capaz de sentir o peso familiar do olhar dela envolto em torno dele. Então era possível que ela tivesse visto o que quer que o estivesse observando agora.

— Não, eu não vi — disse Marisita em sua voz doce e triste. — Nada, exceto as corujas. Sinto muito. Eu quero poder ajudar. Mas não vi mudança alguma. É difícil para mim imaginar que ele chegasse a ter uma escuridão dentro de si, pois ele é... ele era... você sabe como ele é.

Sim, todos sabiam como ele era. Mas todos temos uma escuridão dentro de nós. É apenas uma questão de o quanto de nós é também claridade.

— Sim — disse Diablo Diablo sombriamente. — Ele era um santo.

— Eu não o vi de perto. Ele me passou uma nota pela porta e me disse para não sair — continuou Marisita. — Ela dizia que ele era perigoso e que eu não deveria segui-lo.

— *Perigoso* — repetiu Diablo Diablo, e a palavra vibrou sobre os dentes.

— Você chegou a ver para que lado Daniel foi quando ele partiu?

— Eu o acompanhei pela janela. Eu o vi avançando noite adentro. Ele parou perto do limite de Bicho Raro, mas não sei por quê.

Isso fora porque Daniel havia encontrado os cães de Antonia Soria. Eles ainda não haviam percebido sua presença. Alguns estavam dormindo, alguns estavam cochilando cautelosamente e outro ainda estava se ocupando do que havia restado da jaqueta branca de Tony. Alguns homens poderiam ter tentado passar despercebidos pelos cães, ou tentar intimidá-los. Daniel não fez nenhuma dessas coisas. Em vez disso, ele rezou. Rezou para sua mãe para que os cães percebessem como ele estava se sentindo. De repente, os cães começaram a chorar. Eles inclinaram a cabeça para trás e, em vez de uivar, deixaram lágrimas cheias rolarem de seus olhos e pelo adentro. Choraram porque compreenderam que Daniel estava com medo de que pudesse estar indo para o deserto para morrer sozinho. Choraram porque compreenderam que Daniel não poderia suportar o pensamento de talvez não ver mais Bicho Raro e sua família. Choraram porque compreenderam que ele estava apaixonado por Marisita Lopez e, ainda assim, mesmo após tudo isso, desejava que tivesse uma maneira de passar a vida com ela.

Enquanto os cães choramingavam e se lamuriavam, Daniel passou caminhando por eles. Não tentou consolá-los, pois sabia que não havia consolo. Ele podia ouvir o ruído estranho da sua escuridão movendo-se nas sombras do outro lado da casa, mas Daniel não hesitou. Ele era o Santo de Bicho Raro e estava determinado a deixar o vilarejo sem fazer mal à casa.

— Você não viu para onde ele foi? — persistiu Diablo Diablo.

— Não.

— Agora mesmo, você estava vagando no deserto atrás dele sem fazer ideia de para onde ele tinha ido?

— Eu tinha de começar em algum lugar. Não consigo imaginá-lo sozinho nesse deserto. E a família dele não pode ajudá-lo. Eu posso fazer algo, e então farei.

— Por quanto tempo você espera vagar por aí?

— Pelo tempo que for necessário — disse Marisita.

Daniel emocionou-se então, e deixou uma lágrima rolar. Ele dispensaria uma gota de sua água preciosa para que este sentimento o deixasse.

— Pelo tempo que for necessário? E se você não o tiver encontrado até amanhã?

— Vou comer parte da comida que eu embrulhei para ele e seguirei procurando.

— E no dia seguinte?

— O mesmo.

— E no seguinte? E no seguinte?

— Vou procurar por ele até encontrá-lo — insistiu Marisita.

Houve uma longa pausa aqui, e Joaquin parecia estar lutando para encontrar uma maneira de colocar sua pergunta seguinte em palavras. Finalmente, ele apenas lhe perguntou como ela aparecera em sua cabeça.

— Marisita, você está apaixonada por ele?

— Sim.

Daniel dispensou outra gota d'água. A lágrima caiu na poeira. Um rato-do-deserto saiu voando do cerrado para pegá-la, certo de que era uma joia devido a seu brilho na luz do fogo. A tristeza de Daniel a havia tornado tangível o suficiente para carregá-la, e assim o rato-do-deserto a carregou de volta para o ninho, apenas para ver mais tarde aquele filhote criado em um berço de tristeza não conseguir se desenvolver.

— Marisita, há um problema com a sua busca. Nós temos uma fonte aqui na rádio que está me dizendo que, se você está apaixonada por ele, não pode procurá-lo. Se você está apaixonada por ele, a escuridão da família vai cair sobre você também, se você o ajudar — disse Diablo Diablo.

Marisita não respondeu imediatamente.

— Acho que é melhor você tocar outra canção — ela disse finalmente. — Preciso chorar um pouco mais.

Diablo Diablo também não respondeu de imediato. Daniel suspeitava (corretamente) que isso era porque ele estava tentando encontrar outra canção temática em sua sessão pré-gravada. Colocou "It's Time to Cry", de Paul Anka. Quando a música terminou, disse:

— Última questão, Marisita: a escuridão do Santo veio a ele porque ele a ajudou e interferiu com seu milagre. Como Daniel a ajudou?

Daniel se encolheu de lado, o alto da cabeça tocando o rádio de maneira que ele podia sentir a vibração do alto-falante contra a pele. Fechou os olhos, embora os olhos cegos de sua aranha seguissem abertos para a noite como eles sempre ficavam. Com uma voz fina, Marisita disse:

— Não quero responder essa. Sinto muito... é só, é só que isso me faz chorar demais. Não consigo contar a história para outra pessoa ainda.

— Não tem problema — contemplou Diablo Diablo. Após uma pausa, ele acrescentou com um tom de voz de certa maneira menos Diablo Diablo: — Marisita, ele vai ficar bem. Ele é bom demais para não lutar com ela. Talvez possamos tê-la no programa de novo?

— Eu gostaria — disse Marisita.

Daniel abriu os olhos. Mas não estava muito mais claro do que estivera com eles fechados.

## 14

Ser um peregrino era osso duro de roer. Quase todas as pessoas que chegavam a Bicho Raro acreditavam que o primeiro milagre era o ponto final de sua jornada. Elas tinham apenas de chegar ao ponto de recebê-lo e, então, sua alma repousaria tranquilamente. As coisas começavam a dar errado para muitos quando compreendiam que esse era o primeiro de um processo de dois passos, e, à medida que o tempo passava, os peregrinos começaram a cair em dois grupos cada vez mais díspares: aqueles que realizavam o segundo milagre quase imediatamente depois do primeiro e aqueles que, a cada dia fracassado após o primeiro milagre, tinham ainda menos chance de realizar um dia o segundo.

Marisita Lopez estava ficando cada vez mais frustrada com sua condição no segundo grupo, embora não estivesse surpresa. Ela tinha uma opinião muito baixa de si mesma. Isso ocorria porque acreditava em perfeição e se comparava com esse padrão. Se você é uma pessoa sábia, compreende imediatamente que não é uma meta lógica. A concepção da perfeição existe somente para que nós tenhamos algo para buscar conseguir: a impossibilidade é inerente a ela, razão pela qual a chamamos de *perfeita*, e não *extremamente boa*. A verdade é que apenas algumas poucas coisas na história foram perfeitas um dia. Houve um pôr do sol perfeito em Nairóbi, em 1912. Havia um bandoneón construído em Córdoba que capturava perfeitamente o drama da existência humana em uma única nota. A voz de Lauren Bacall era de uma perfeição sem igual.

Marisita acreditava que algumas pessoas poderiam alcançar a perfeição se apenas elas se esforçassem o suficiente. E, como ela estivera tentando, e não a alcançara, Marisita considerava-se um fracasso o tempo inteiro.

Ninguém mais considerava Marisita um fracasso. O número de coisas que ela conseguia fazer extremamente bem era grande. Sabia fazer tudo o que era esperado de uma mulher no início dos anos de 1960: ela sabia limpar, ela sabia cozinhar e ela sabia costurar. Mas Marisita também sabia usar o tear de pedal como Paganini tocava violino, e dizia-se que este havia vendido a alma ao diabo por sua habilidade. Fazia potes de cerâmica tão incríveis que, às vezes, quando ia juntar argila para um pote novo, ela descobria que a argila já havia começado, impacientemente, a se moldar para ela. Sua voz era tão bem treinada que os bois se deitavam para ouvi-la cantar. Marisita era tão conhecida por sua empatia estudada e justa que homens e mulheres vinham de longe para pedir que ela mediasse suas disputas. Sabia andar em dois cavalos ao mesmo tempo, uma perna em cada um, e ainda segurar a saia para manter o recato, se assim ela quisesse. Sua *segueza*, desenvolvida a partir de uma receita antiga, era tão excelente que o próprio tempo parava quando você a estava comendo, a fim de saborear o sabor junto com você.

Tudo isso era para dizer que Marisita não era perfeita, mas chegava muito mais perto disso que muitas pessoas. Mas, quando você coloca a perfeição como meta, nada menos será o suficiente.

No dia após a sua entrevista no rádio, Marisita preparou-se para a próxima jornada em busca de Daniel. Embora ela tivesse se assustado quando ficara sabendo que o seu amor por ele a tornava vulnerável para sua escuridão, isso não mudara sua decisão de procurar por ele. Afinal de contas, isso não representava nem mais nem menos o risco que ele próprio havia assumido quando se oferecera para ajudá-la.

No entanto, a entrevista havia proporcionado a Marisita o momento de introspecção necessário para perceber que seu plano de procurar Daniel incessantemente, sem retornar para provisões, parecia-se, de modo suspeito, com sua decisão de sair deserto afora para morrer. Quando examinou o motivo para procurar sem descanso sem repor suas provisões ou saúde, ficou insatisfeita com a imperfeição encontrada ali. Marisita modificou o plano para algo que frustraria a sua motivação tóxica anterior: ela procuraria Daniel diariamente, mas também passaria tempo suficiente em Bicho Raro todos os dias, para estocar alimento, água e sono.

Antes, ela queria sair deserto afora por desesperança. Marisita jurou que agora ela sairia deserto afora apenas em nome da esperança. Ela devia a Daniel ao menos essa nova pureza de propósito.

Marisita cozinhou então uma nova fornada de *tortillas* para levar consigo aquele dia. Embora não fosse uma cozinheira perfeita, ela era tão mais próxima da perfeição que qualquer outra pessoa já vira na vida que pediram a Marisita que fosse a cozinheira oficial dos peregrinos. A comida que ela preparava tinha um cheiro e uma aparência tão maravilhosos que os Soria tinham inveja — embora não inveja suficiente para arriscar comer a comida de Marisita. (Rosa era a única Soria a cozinhar agora, uma vez que Antonia estava brava demais para cozinhar e Judith havia se mudado, e mesmo ela cozinhava com desleixo, tendo em vista que Rosa se alimentava somente de fofocas.) Então, a quase perfeição de Marisita era apenas para os peregrinos saborearem. Preparar comida, quando estava sempre chovendo sobre si, era uma tarefa difícil, e assim acomodações especiais haviam sido preparadas para ela.

Marisita já vivia em uma casa de certa maneira insólita, conhecida como a Cabana do Doutor. Era a casa mais antiga ainda de pé em Bicho Raro e datava da década em que os Soria tinham chegado. Ela jamais fora ocupada por um Soria, no entanto. Fora construída para e pelo primeiro peregrino a vir até eles no Colorado, um médico que recebera o primeiro milagre e então seguira com eles até sua morte. Ele jamais confessou aos Soria por que viera para Bicho Raro — a escuridão havia crescido dentro dele após ter vencido um duelo fatal com outro médico, havia mais de quarenta anos antes. De muitas maneiras, a Cabana do Doutor era um lar apropriado para Marisita ocupar, pois o médico trabalhava incansavelmente na cura dos outros, mas jamais para curar a si mesmo.

A cabana era tão antiga e rústica que ainda tinha um chão de terra, e, após ter ficado óbvio que Marisita não partiria tão cedo, Michael e

Luis tinham cavado um pequeno sistema de drenagem através dos três quartos da cabana, a fim de canalizar a água para fora de sua cama e cozinha. Isso evitava que a cabana enchesse d'água e a afogasse enquanto dormia, e também mantinha os balcões da cozinha drenados enquanto ela preparava a comida. Um peregrino anterior, que já seguira o seu caminho, havia usado plástico transparente e cabides para construir para Marisita uma série de guarda-chuvas em tamanhos variados. Ela colocara esses guarda-chuvas sobre os vários elementos das refeições, para evitar que tudo fosse encharcado. Fora difícil em um primeiro momento ver o que ela estava fazendo através do plástico respingado de chuva, mas, como na maioria das coisas, Marisita acabou se tornando extremamente boa nisso.

— Como vai hoje, sr. Bunch? — perguntou Marisita. Theldon Bunch, o peregrino com musgo crescendo por todo o corpo, havia cambaleado até o vão da porta enquanto ela tostava pimentas para uma refeição mais tarde.

— Hum — fez Theldon. Ele tinha seu livro dobrado ao avesso e enfiado no sovaco, de uma maneira que Marisita achou dolorosa de ver. — O café já terminou?

— O café foi há horas — disse Marisita. — Você o perdeu. Dormiu demais?

— O tempo me escapou — respondeu Theldon. O tempo estava sempre escapando dele. — Sobrou alguma coisa, querida?

— Posso fazer um prato para você. — Havia sempre feijões cozinhando e tomates não demoravam muito para aquecer, e alguns ovos faziam o prato parecer cheio. Theldon pegou o livro para ler enquanto esperava, encurvado, coçando de maneira ausente o musgo que crescia no rosto. Enquanto Marisita cozinhava para ele, ela pensou sobre o programa de rádio e o que contaria sobre seu passado, se ela concordasse em estar no programa novamente. Ela se perguntou se Daniel conseguiria ouvi-la e, se a resposta fosse sim, como ele se sentiria a respeito dela contando a história sobre ele a ter ajudado. Era um desenvolvimento muito estranho ser capaz de falar com os Soria de qualquer maneira, e ela não conseguia realmente superar o choque de ter tido uma conversa com eles no dia anterior, após semanas e semanas ouvindo que não deveria nem cochichar com qualquer um deles, após um dia em que ela vira Daniel Soria destruído precisamente por isso.

— Você é um tesouro — disse Theldon enquanto Marisita passava o prato para ele. — Se tiver algo que eu possa fazer... — Ele dizia isso todas as vezes em que ela lhe passava um prato.

— Se você pudesse moer o milho para mim, tenho dificuldade em fazê-lo sem molhá-lo — disse para Theldon. Ela dizia isso todas as vezes em que lhe passava um prato.

— Certo, me parece uma boa — ele respondeu, e partiu com o prato. O diálogo sempre terminava do mesmo jeito. Marisita sempre moía o milho sozinha. O tempo seguia escapando de Theldon. Chuva caía sobre Marisita; musgo crescia em Theldon.

Uma batida na porta aberta precedeu a aparição de um rapaz de aparência sólida com uma quantidade considerável de poeira nas botas e camiseta branca. Era o Pete, que já andara trabalhando aquela manhã.

— Bom dia — ele disse. — Estou no lugar certo?

— Isso depende de qual lugar está procurando — respondeu Marisita.

— Antonia me disse que, se eu pedisse para você, talvez você tivesse algo que eu poderia levar comigo para comer enquanto trabalho.

Marisita não gostou do atraso, mas gostou da expressão cordial dele.

— Então você está no lugar certo. Sente-se.

— Obrigado, senhora, mas vou ficar de pé. Não quero sujar os seus móveis... estou imundo.

Este gesto foi difícil para Marisita. Ela apreciava que ele não quisesse deixar o banco dela empoeirado, mas vê-lo parado em pé em vez de sentado a fazia sentir-se apressada enquanto cozinhava, mesmo que ele não tivesse esta intenção. Ela poderia ter pedido de novo a ele que se sentasse e poderia ter explicado que não se importava com a poeira, mas isso poderia fazê-lo sentir-se mal por ter decidido ficar em pé. Então, em vez disso, Marisita apenas pediu a ele mentalmente, e não disse nada em voz alta. Ele continuou em pé ali, fazendo-a sentir-se pressionada. Ela se apressou.

— Posso ajudá-la de alguma forma? — perguntou Pete.

— Estou indo o mais rápido que posso — respondeu.

— Ah, não quis dizer isso. Eu só me sinto estranho vendo você fazer todo o trabalho, é só.

Marisita sentiu-se surpresa com a maneira como ele havia dito isso em voz alta, livremente, e também como isso a fazia se sentir melhor a respeito da pergunta dele. Ela não tinha certeza de qual parte a sobressaltava mais: que ele expressasse o seu desconforto tão facilmente ou que ela fosse deixada à vontade com a explicação. É claro, se refletisse sobre isso, ela saberia que era assim que se faziam as coisas. Se um casal a procurasse em busca de aconselhamento lá no Texas, ela os teria aconselhado a ser francos um com o outro, não importando o quão tolo isso parecesse. Marisita não sabia por que achava difícil seguir o próprio conselho. Agora, hesitante, ela tentou usá-lo consigo mesma.

— Não me importo. Mas eu sinto do mesmo jeito quanto a você ficar de pé. Acho estranho que esteja de pé em vez de sentado... como se eu devesse me apressar.

Ela não se sentia bem em dizê-lo em voz alta em vez de na cabeça, mas Pete soltou uma risada surpresa que não era de forma alguma constrangida. Ele bateu as palmas das mãos contra as calças sujas por um momento e, então, sentou-se no banco. Marisita deu a ele uma tigela de tomates cereja para comer e ocupar as mãos enquanto ela trabalhava. Desta maneira, eles passaram alguns minutos em um silêncio menos constrangido enquanto Marisita terminava as empanadas para Pete.

— Espero que não seja falta de educação perguntar — irrompeu Pete —, mas por que elas não saem voando?

As borboletas no vestido de Marisita abriam e fechavam as asas, repetidamente, enquanto a água pingava sobre elas.

— Elas estão molhadas demais — explicou Marisita.

— Mas um dia a chuva vai parar, não vai?

— Talvez.

— Você vai sentir saudades delas?

Ninguém jamais perguntara isso para Marisita, e ela precisou de um momento para considerar a resposta. Era difícil imaginar a vida sem elas. As borboletas eram bonitas, mas sobretudo porque estivera com elas por tanto tempo que Marisita não conseguia se imaginar sem elas.

— Eu acho que eu preferiria que fossem embora — disse Marisita.

Pete ficou satisfeito com a resposta.

— Bom.

— Você já realizou o segundo milagre? — Marisita ficou surpresa consigo mesma por dizer isso em voz alta em vez de simplesmente na cabeça, mas, tendo em vista que ela já fora direta uma vez com Pete, era mais fácil a segunda vez.

— Ah, não estou aqui por causa de um milagre — disse Pete. — Estou aqui só por causa de um caminhão. Ah, isso me faz lembrar do... Eu me sinto muito cara de pau de lhe pedir para trabalhar mais, mas é melhor eu pedir porque aposto que ele não foi capaz, e, apesar de não sermos amigos, vou me sentir mal se ele passar fome. Você sabe se o Tony ganhou algo para comer?

— O gigante?

— Ele mesmo.

Marisita tinha certeza de que ele não comera no dia anterior. Na sua aflição, ela não cozinhara para ninguém desde o desaparecimento de Daniel. Os outros peregrinos tinham cuidado de si mesmos; eles tinham uma cozinha para si, afinal de contas, e sobras. Mas Tony não recebera comida e não teria cabido na cozinha dela para cozinhar para si.

— Vou me certificar que ele receba algo — disse Marisita, sentindo-se mais impaciente do que parecia. O tempo exercia uma pressão intensa, e ela sentiu a boca seca quando imaginou Daniel possivelmente sem água. Mas, quando Marisita se lembrou que Tony, provavelmente, não tinha comido desde o dia anterior, a culpa venceu sua impaciência. Ela podia ser rápida.

— Aqui está a sua empanada.

— *Empanada* — repetiu Pete. — Meu Deus, obrigado. Parece ótima. Nos vemos mais tarde! Desculpe a sujeira no banco!

Após ele ter partido, Marisita preparou às pressas alguma comida para Tony. Ela juntou uma pilha de *bolillos* crocantes, uma meloa cortada como uma lua alaranjada reluzente, uma tigela coberta de feijões-vermelhos fritos, uma garrafa térmica de *minguiche* cremoso, duas empanadas, três tomates vermelho-escuros do jardim de Nana e um pedaço de carne bovina assada, que parecera um pouco mais apetitoso na noite anterior. Embora isso tivesse sido uma quantidade tremenda de comida para um homem comum comer, mesmo assim Marisita achou que ela parecia insuficiente para alimentar um gigante. Era melhor do que comer somente lembranças, no entanto.

A meio caminho andado no preparo da refeição, ela teve uma terceira visita, embora esta Marisita tenha levado mais tempo para notar. Era Jennie, a peregrina professora de escola primária que só conseguia repetir o que os outros diziam para ela. Estivera parada no vão da porta havia um bom tempo, tentando decidir quanto tempo levaria para Marisita reparar nela, afinal, obviamente, não podia dizer nada original para chamar a sua atenção.

— Ah, Jennie! Eu não reparei em você — disse Marisita.

— Ah, Jennie! — respondeu Jennie. — Eu não reparei em você.

Marisita queria perguntar havia quanto tempo ela estava ali, mas sabia, por experiência própria, que isso não fazia sentido. Ela sabia que Jennie queria comida, outro atraso que fazia Marisita querer perder a cabeça, mas sabia que só conseguiria ouvir suas palavras ríspidas e feias ecoando de volta para si mesma na voz de Jennie. Então Marisita apenas fez outra empanada para ela, com os restos do que ela preparara para Pete, e então indicou a comida que acabara de fazer para Tony.

— Você poderia levar essa bandeja para o gigante? Eu preciso sair.

— Você poderia levar essa bandeja para o gigante? Eu preciso sair — ecoou Jennie. Mas estendeu as mãos para a bandeja. Ela parecia estar tentando dizer algo mais para Marisita, mas nada mais escapou de seus lábios.

De maneira bastante súbita, Marisita sentiu-se sobrepujada de frustração com todos eles. O sacrifício de Daniel não a tinha curado, pois ela era atormentada demais por seu passado terrível, e Jennie não conseguia encontrar uma palavra original por mais que se esforçasse, e em Theldon continuava a crescer musgo, e todos eles pareciam além de qualquer esperança. Ela sentia falta de Daniel, embora soubesse que não tinha direito a isso. Ele nunca fora dela para que sentisse sua falta, pois era uma peregrina, e ele era um santo, e, mais importante ainda, porque ela jamais deixaria de ser uma peregrina. Sempre seria Marisita e suas borboletas. Lágrimas estavam comichando em seus olhos mais uma vez, mas ninguém chegaria a notar se ela começasse a chorar de novo, pois aquela chuva jamais pararia.

— Nós somos uma bagunça — disse.

— Nós somos uma bagunça — respondeu Jennie.

Marisita deu as costas, cobrindo o rosto, e, quando se voltou novamente, Jennie tinha levado a bandeja de comida.

Ela organizou os pensamentos, organizou as provisões e saiu em busca de Daniel.

༺༻

Tony também estava tendo uma experiência difícil como peregrino, embora estivesse vivendo essa realidade havia muito menos dias que Marisita. Tudo o que ele queria quando chegou a Bicho Raro era encontrar uma solução para seu ódio de se sentir constantemente observado. Tudo o que recebera foi um corpo que assegurava que ele seria constantemente observado. Na sua segunda manhã como gigante, decidira que o melhor curso de ação seria partir.

— Maldição — havia dito para ninguém. — Dane-se tudo.

Ele tinha, no momento, impressionantes sete metros de altura. Não tão alto quanto os prédios costumam ser, mas muito mais alto do que homens costumam ser, e alto demais para caber na Mercury (ele tentou). Tony voltaria para o carro, decidiu, assim que coubesse nele de novo. Ele colocou a bagagem no bolso e olhou à volta em Bicho Raro para ver se havia alguém o assistindo ir embora. Havia apenas aquela garota parada de olhos de coruja que ele tinha visto na primeira noite (era Beatriz). Ele a saudou. Ela acenou. Foi um aceno breve que parecia dizer *Faça o que você quiser*.

Então Tony partiu.

Saiu mancando deserto alto afora, em um pé descalço e outro calçado. O sol onipresente pintava sua testa de suor. A poeira subia em ondas a cada passo que ele dava, mas Tony era alto demais para que chegasse a seu rosto. Em vez disso, ela formava uma trilha encapelada atrás dele, ocasionalmente lançando redemoinhos de terra intermitentes para cima, antes de pousar de volta, obedientemente, em meio ao cerrado. Ele não olhava para trás. Apenas caminhava. Tony não era o primeiro peregrino a fazer isto: ter partido a pé sem um plano realmente, fora ir embora. Tem algo a respeito da vastidão em torno de Bicho Raro que encoraja este vagar pouco aconselhável. Embora o deserto não seja reconfortante e não existam pontos de referência próximos, algo sobre a impossibilidade dele atua como um imã para aqueles que não sabem o seu caminho.

— Malditos idiotas — resmungou Tony enquanto seguia em frente.

Caminhou pela maior parte da manhã.

Para a maioria das pessoas, isso não as teria levado muito longe, mas os passos gigantes de Tony o levaram por todo o caminho até as Grandes Dunas de Areia, perto de Mosca, a uns setenta ou oitenta quilômetros de distância. As dunas suavemente recortadas eram uma visão tão inesperada que ele parou onde estava para avaliá-las; eram uma maravilha da natureza na escala certa para seu tamanho atual. As dunas cobriam mais de cem mil acres, o produto incrível de um antigo lago extinto e ventos fortuitos, e são conhecidas por produzirem um ruído de gemido peculiar sob as circunstâncias corretas. Vinte anos antes de Tony chegar às dunas, Bing Crosby com Dick McIntire And His Harmony Hawaiians haviam gravado uma canção sobre elas chamada "The Singing Sands of Alamosa", e agora Tony lembrou-se com uma precisão singular da única vez em que colocara aquela gravação melodiosa em seu programa. Enquanto ele recordava sua melodia particularmente não extraordinária, os dedos descalços enormes do pé esquerdo se mexeram e provocaram uma lenta avalanche de areia.

À medida que os grãos de areia deslizavam um sobre o outro, eles cantavam a lendária canção das dunas. Era um lamento pesaroso, inquietante, e sua estranheza fez Tony se lembrar, subitamente, que levara a parte mais maluca de Bicho Raro — ele mesmo — consigo nesta caminhada. Parou ali e amaldiçoou a mulher sem nome que o havia abordado lá em Juanita e toda a sua família, e também a sua enorme Mercury, por levá-lo até lá em primeiro lugar.

O sol brilhava sobre ele. Tony não se encolheu. Seu estômago roncou, assustando algumas garças próximas. Ele não comia desde antes de o milagre e estava com a fome de um par de gêmeos.

Tony sentiu a sensação de formigamento de estar sendo observado. Com certeza, havia dois turistas nas dunas aquele dia, um homem e uma mulher, que eram casados, mas não um com o outro. Eles o olhavam fixamente. Enquanto buscavam lentamente as suas câmeras, Tony deu-se conta, de verdade, que aquela caminhada fora uma tolice. Até encontrar uma maneira de voltar para o tamanho normal, só havia uma opção para ele.

As areias pararam de cantar pouco a pouco.

Tony caminhou penosamente de volta para Bicho Raro. O timing do seu retorno foi ao mesmo tempo afortunado e desafortunado, pois, apenas três momentos antes, Marisita tinha preparado comida para ele, e, dois momentos antes, Jennie havia carregado aquela bandeja de comida para onde Tony vinha passando seus dias, e somente um momento antes, os cães de Antonia haviam derrubado Jennie no chão e devorado toda a comida, assim como a bandeja e também o diário em branco que ela andara tentando escrever desde o seu milagre.

E então o momento que Tony chegou de volta a Bicho Raro foi também o momento que ele notou Jennie, que havia ficado sem dizer uma palavra durante essa experiência, tendo em vista que os cães não haviam falado alto enquanto tomavam suas coisas. Jennie não tinha como explicar para Tony por que ela estava de mãos vazias. Ela só podia ficar parada em meio às páginas rasgadas do caderno e dos tufos de pelo de cão.

A alma de Tony sentia-se ferida pelo conhecimento de que não havia uma saída fácil para ele, então pareceu menos bem-humorado e mais brusco do que normalmente ele teria parecido.

— O que você quer? — perguntou.

— O que você quer? — repetiu Jennie.

Tony surpreendeu-se de certa forma com o tom abusivo na voz da jovem; ele não havia se dado conta ainda de que era um reflexo de sua própria voz.

— Nada.

— Nada — disse Jennie, com precisamente o mesmo tom.

Tony ficou incrédulo. Ele a encarou por um momento e, quando isso fracassou em demovê-la, disse:

— Sabe de uma coisa, quem veio aqui?

Impotente, Jennie respondeu:

— Sabe de uma coisa, quem veio aqui?

Pobre Jennie... adoraria conseguir se explicar, mas é claro que não conseguia. Além disso, quanto mais aflita ela ficava, com mais precisão imitava o tom da declaração original. Então, à medida que Tony ficava cada vez mais exasperado, da mesma forma ela ficava, o que significava que a conversa poderia ter se tornado mais carregada se o padre Jiminez não estivesse dando a sua volta a passos largos da casa até a cozinha de Marisita, para beliscar alguma coisa e dar uma espiada nos tornozelos dela. Ele viu o que estava acontecendo com Jennie e saiu em seu resgate.

— Ah, olá, olá, olá — disse o padre Jiminez. — Eu vinha procurando por uma desculpa para me apresentar até agora!

Tony examinou do alto o recém-chegado à conversa, viu que era um homem com uma cabeça de coiote e disse:

— Ah, meu Deus, isso não termina nunca.

O padre Jiminez riu do seu jeito agudo e latido, e então disse:

— Eu entendo, eu entendo, mas agradeceria se você não dissesse o nome de Deus em vão, pois sou um padre.

— Você é a Lassie — disse Tony. Esse era um insulto que tinha força em 1962, pois o programa de televisão *Lassie*, estrelado por uma cadela campeã da raça collie e o garoto que a amava, estava no ar havia oito anos e era bem conhecido. A cabeça de coiote do padre Jiminez não lembrava muito a de um rough collie, de acordo com o padrão da raça rough collie do Kennel Club Norte-Americano à época ("A cabeça deve ser longa, ligeiramente estreita e achatada; orelhas pequenas, situadas bem atrás na cabeça e em uma posição semiereta, mas não pontiaguda"), mas o significado ainda estava claro.

— Nós não julgamos aqui — entoou o padre Jiminez, o que não era particularmente verdadeiro, mas em um mundo ideal teria sido. — A escuridão de todas as pessoas se manifesta de maneira diferente! A Jennie aqui, por exemplo... Eu ia dizer agora mesmo que ela só consegue repetir o que outra pessoa disse para ela em uma conversa.

— Isso é verdade? — perguntou Tony.

— Isso é verdade? — ecoou Jennie.

— Ora, que diabos. Como eu poderia saber se você não está tirando um sarro de mim?

Jennie lançou um olhar, como a desculpar-se, para o padre Jiminez.

— Ora, que diabos. Como eu posso saber que você não está tirando um sarro de mim?

— Está vendo — objetou padre Jiminez. Tony assoviou rudemente a melodia tema do *Lassie*. Isso poderia ter perturbado outro homem, mas o padre Jiminez estivera ali por tempo suficiente para ver toda sorte de pessoas se utilizarem de toda sorte de mecanismos para lidar com sua situação. E o que estava acontecendo agora era que, apesar de ter sido transformado em um gigante, não havia, antes, caído a ficha de Tony de quão milagrosos, realmente, os Soria e Bicho Raro eram. Ele havia cometido o erro comum que muitos cometiam quando confrontados com a ideia do milagroso: havia presumido que isso significava *mágico*. Milagres muitas vezes parecem com mágica, mas um milagre de verdade também é espantoso, às vezes temível, e sempre vagamente difícil de os compreendermos de verdade com nossas cabeças mortais. Lentamente, Tony estava percebendo que ele não havia contemplado todo o alcance do lugar, que era apenas um de muitos beneficiários de milagres peculiares. O padre foi paciente o bastante para esperar até que ele tivesse chegado ao fim desta nova consciência.

— Isso é um hospício! — disse Tony.

— O mundo é um hospício — corrigiu padre Jiminez. — Esse é o lugar para sará-lo. Qual o seu nome, viajante?

— Tony.

Tony olhou para Jennie.

— Que... ela vai dizer isso também?

— Você estava falando comigo, não com ela, e a pobre garota só tem de repetir o que é dito para ela, felizmente para ela — disse padre Jiminez. — Não há um sobrenome para acompanhar o Tony?

— Não. Só Tony.

— Bem, não há problema. Eu sou o padre Alexandro Marin Jiminez, mas você pode me chamar do que quer que ache melhor. Estou aqui para o seu enriquecimento espiritual.

— Pela sua cabeça, parece que você deveria estar aqui em busca de seu próprio enriquecimento espiritual — concluiu Tony. — Eu me viro sozinho, obrigado.

— Faça como quiser — disse padre Jiminez. — Mas pode ser solitário por aqui sem conversar com ninguém. Jennie, o que é isso tudo espalhado no chão? É o seu caderno? Aquilo é uma borda da bandeja floreada de Marisita? Você estava trazendo comida para o Tony?

Jennie repetiu tudo isso de volta, mas, como ela confiava no padre Jiminez e estava um pouco mais calma do que antes, conseguiu fazer com que o último ponto de interrogação soasse como um ponto-final.

— Aqueles cães — disse padre Jiminez. ("Aqueles cães", ecoou Jennie). — Nós vamos conseguir comida para você, Tony.

Tony *estava* com fome. Mas também estava pensando sobre a coisa que ele temia mais do que qualquer coisa: ser observado enquanto comia. Prometeu encontrar um local privado para se alimentar quando a comida aparecesse em algum momento. Enquanto explorava rapidamente em busca de lugares que estariam fora do campo de visão de todos, ele viu Joaquin Soria o espiando do canto de uma casa. Quando percebeu Tony olhando, desapareceu rapidamente. Tony estreitou os olhos.

— Quem é aquele ali xeretando a rua?

Padre Jiminez não virou a cabeça; apenas farejou com seu nariz de coiote.

— Joaquin Soria. Um dos garotos mais novos.

Tony estreitou os olhos.

— Por que ele está espiando por aí?

— Garotos são garotos... — disse padre Jiminez, despreocupado. — É bom você ir se acostumando com os Soria, Tony. Eles vivem aqui também.

— Ah, espere um momento, *padre* — disse Tony. — Não tenho a intenção de viver aqui. Não dirigi toda essa distância até aqui para conseguir um milagre, só para que o milagre seja que estou vivendo no pátio de outra pessoa. Esse deserto está fazendo meu nariz sangrar e esse sol está me dando uma dor de cabeça. Estou pensando em que diabos eu tenho de fazer para me acertar e cair fora daqui. Certo, Jennie?

— Certo, Jennie? — ecoou Jennie, sobressaltada. Mas, após uma pausa, ela anuiu, também. Porque as palavras de outras pessoas vinham sendo o problema há tanto tempo, não havia ocorrido a Jennie antes daquele minuto que, às vezes, as palavras de outra pessoa poderiam ser exatamente o que ela precisava para dizer como se sentia. Mais tarde, este novo conhecimento seria bastante útil, mas, por ora, sentiu apenas um indício do valor que isso teria para ela.

Padre Jiminez notou a complexidade desse diálogo. Padres são um pouco como corujas, no sentido de que alguns também percebem quando milagres estão por ocorrer, e ele estava tendo essa suspeita agora. Alguns padres voam como corujas também, como os padres Quintero, López e Gonzalez, que receberam, todos, o dom do voo em câmera lenta como resultado do primeiro milagre quando chegaram a Bicho Raro juntos, em 1912, mas o padre Jiminez não era um deles.

— Às vezes é bom ter fome — ele completou.

# 15

A noite caiu, e as estrelas saíram a passear.
A noite caiu, e as corujas abriram os olhos.
A noite caiu, e Beatriz ainda não havia encurralado Pete.
Isso foi um choque para Beatriz, que havia prometido a Joaquin que ela falaria com ele sobre o destino do caminhão. Ela continuava vendo Pete de relance e então o perdendo, o que não era algo fácil de se fazer em Bicho Raro. Parecia particularmente impossível, haja vista que Judith havia determinado uma única e específica tarefa para Pete em um local único e fixo: construir um palco de madeira baixo para dançar, ideal para a celebração de um aniversário romântico, ideal para lembrar Francisco e Antonia das circunstâncias de seu primeiro encontro acidental. Ele trabalhou diligentemente nisso o dia inteiro, firmando as pernas no chão, construindo uma estrutura para repousar sobre as pernas e catando tábuas da parede de um celeiro caído para ser o palco em si. Embora não parecesse jamais fazer uma pausa na tarefa, toda vez que Beatriz tentava pegá-lo trabalhando, ele desaparecia. Ela procurou por ele junto ao celeiro em que ele pegara a madeira, procurou por ele junto ao esqueleto do palco, procurou em todos os lugares entre os dois, e ficou confusa ao não o encontrar em nenhum desses lugares. Então se virava e o via de volta ao lugar em que ela estivera havia pouco. Beatriz não conseguia compreender. Ela não tinha como saber que isso ocorria devido à decisão de Pete de evitá-la a todo custo.

Ele estava tão ansioso em evitar o choque no coração ao encontrá-la que, toda vez que a via atravessando Bicho Raro, dava uma rápida virada em sua própria jornada. No entanto, o encontro mais próximo ocorreu quando a noite adentrou-se. Isso foi após as estrelas terem substituído o sol e o pôr do sol ser apenas três cores repousando, tênues, umas sobre as outras no horizonte. Ele estava voltando para seu quarto quando viu Beatriz atravessando o espaço aberto entre os prédios. Primeiro, sua sombra, projetada longa e perigosamente pela luz do pórtico atrás dela, e então o resto de Beatriz.

Pete deu uma meia-volta rápida e marchou de volta no caminho pelo qual tinha vindo, olhando de relance atrás de si o tempo inteiro. Beatriz estava usando um vestido florido que havia sido encurtado, pelo jeito como o estava usando — ela o tinha juntado para cima na forma de um cesto improvisado a sua frente e o enchido com um estranho ninho de cabos, hastes de metal e ramos flexíveis. Não estava olhando para ele, mas, mesmo assim, Beatriz abria caminho em sua direção de maneira tão certeira que parecia que ela o estava seguindo. Ele aligeirou-se escuridão adentro entre duas cabanas, tropeçando sobre algo na escuridão (as tigelas dos cães de Antonia) e, quando olhou para trás, ela também tinha dobrado ali. Pete abaixou-se, virando atrás da cabana, mas Beatriz seguiu atrás dele. Ele apressou o passo no caminho ao longo do pasto das cabras, mas, quando olhou por sobre o ombro, viu que não estava mais próximo de despistá-la do que antes.

O coração de Pete já estava batendo perigosamente, mas, de repente, ele imaginou que ela poderia estar mesmo o seguindo de maneira intencional, que ela poderia estar tentando *falar* com ele, e essa ideia avolumou-se em sua mente.

O coração de Pete deu uma nova guinada.

Com um arfar e pressionando a mão contra o órgão sitiado em seu peito, Pete começou a correr e virou pela lateral de um celeiro, disparou rapidamente pelo jardim do lado oposto, antes de pular sobre um matagal baixo. A noite cobria mais terreno e acobertara a sua visão, então ele calculou mal o salto. Pete bateu sobre algo sólido, que, no fim das contas, era o bico enorme do sapato de Tony.

— Olá, garoto — disse Tony. — Obrigado por me poupar o trabalho de chutar você.

Pete deu um grito sufocado.

— Droga. — Mas não conseguiu dizer nada mais, abraçado como estava no sapato, segurando o peito e esperando que o seu coração ficasse novamente invisível dentro dele.

— Onde é o incêndio? — perguntou Tony.

— Eu... — Pete deslizou para baixo para se sentar na poeira. Olhou mais e mais para cima, para o rosto de Tony, que mal dava para se ver na luz que caía, iluminado somente pelas luzes das varandas. — Incêndio?

— É uma expressão. Garoto, você é tão certinho que faz uma régua parecer torta. Eu quis dizer "por que você estava correndo"?

— Acho que quase morri!

— Eu também — disse Tony. — De tédio.

Mas os dois também não estavam descontentes por verem um ao outro, por razão alguma senão a familiaridade entre eles. Tony se sentou, ajeitando-se de pernas cruzadas em um campo de cerrado que as vacas e bezerros haviam comido até deixá-lo com a terra à vista. Recostando-se, ele enganchou um cotovelo sobre o topo do trator a seu lado. A sola do pé descalço estava imunda de toda a caminhada sobre ele.

— Meu Deus... — Pete examinou toda a distância entre o pé sujo de Tony e o rosto dele. — Você realmente não encolheu nada.

— Você também não — disse Tony.

— Acho que não. Como é ser... ser assim?

— Não posso fumar — respondeu Tony. — Os cigarros terminam antes de terem começado.

Pete não fumava, mas tentou parecer compreensivo.

— Bem, tem algo que eu possa fazer por você agora?

— Sim, caia fora — disse Tony. Mas era o seu hábito. A companhia de Pete, por um instante, desviou sua mente da inquietação. Em geral, em noites como essa, ele teria ligado o rádio ou pegado a Mercury para cruzar a estrada Sure-Kill, após todo o tráfego ter passado. Não havia rodovias aqui, no entanto, e ele estava bem longe de caber na Mercury. — Não, espere, garoto. Vá com a minha Mercury até a cidade mais próxima e consiga um maldito rádio antes que eu fique maluco. Você ainda tem as chaves, não tem?

— Mesmo?

— Por acaso eu gaguejei? Aqui, pegue um... — Tony começou a praguejar longamente em voz alta, porque, quando ele enfiou a mão no bolso para pegar algum dinheiro para Pete, descobriu que ele tinha ficado de tamanho gigante também. Tony acenou para Pete com a nota de dólar do tamanho de uma toalha de mão. Corujas levantaram voo, sobressaltadas com o movimento. Tony zangou-se:

— Realizem um milagre, eles disseram... eis o seu milagre! Isso não é dinheiro... é um tapete mágico.

— Deixe que eu cuido disso — Pete se apressou a dizer. — Até você ficar normal de novo. Acho que eu tenho o suficiente para um rádio.

— Olhe debaixo do assento do passageiro — disse Tony em tom trágico. — Use aquilo. Apenas o dinheiro. Deixe as outras coisas lá.

A mente de Pete encheu-se com as possibilidades do que poderia estar debaixo do assento nas quais não deveria mexer, mas como era do tipo inocente, estava equivocado a respeito de quase todas elas.

— Algum modelo em particular?

— Um que toque alto — pediu Tony.

— Vou pedir a Antonia um tempo de folga amanhã — prometeu Pete.

— Onde está o seu carro, falando nisso?

— Ah, sim — disse Tony, e se afastou ligeiramente para revelar a Mercury atrás de si, o cerrado seco aplanado atrás dele.

Pete descobriu que olhar para o veículo ao lado de Tony produzia uma vertigem incomum. A Mercury, apenas um pouco grande demais para parecer um carro comum. E Tony, um tanto grande demais para se parecer com um homem comum.

— Como ela chegou aqui?

— Eu a arrastei — explicou Tony.

— Não acredito.

Tony deu um empurrãozinho no veículo para demonstrar, o conteúdo do interior chocalhando enquanto ele o fazia, e o carro se movendo tão facilmente como se três homens o estivessem empurrando. Foi um truque de mágica tão divertido para Pete que ele levou uma das mãos à boca e andou para trás vários passos, chutando o chão para liberar parte da emoção.

— Nossa — disse.

— *Nossa* — imitou Tony afetadamente, mas sem malícia. Ele era um artista, afinal de contas, e esta pequena exibição o deixou feliz. Empurrou a Mercury em um lento círculo de maneira que o carro parasse na frente de Pete. A poeira redemoinhou em torno do veículo e do garoto. — Alguma vantagem pelo tamanho. Ah, como vai seu trabalho? Ainda não machucou as costas?

— Está bem — disse Pete. — Bem mesmo.

Tony esperou, deixando um silêncio, como se testando as palavras para ver sua veracidade, esperando que o garoto voltasse atrás na declaração, mas é claro que Pete fora sincero. Ele achara a construção do palco intensamente satisfatória, e gostava de imaginar as celebrações futuras que poderiam resultar do seu dia de trabalho. Pete deu um tapinha de modo apreciativo na Mercury, ainda satisfeito com sua viagem anterior sob a direção de Tony.

— Por Deus, garoto. Não consigo decidir se odeio ou amo o careta que você é.

Pete abriu um largo sorriso pela primeira vez.

— Melhor amá-lo, porque ele não vai mudar, companheiro.

Aquele foi o momento em que se tornaram amigos. Eles se tornaram mais amigos ainda depois disso, porque o tempo só melhora essas coisas, mas esse foi o momento em que a amizade começou. Tony sentiu-o, porque coçou a nuca e disse:

— Tudo bem, agora caia fora.

— Caia fora. Por quê?

— Porque eu estou começando a achar que você é legal e não quero dar uma chance para você dizer algo que vai mudar minha cabeça de novo.

— Certo — disse Pete, mas não foi embora. Em vez disso, ele deu uma pancadinha em uma das janelas da Mercury. — Eu não estava mexendo nas suas coisas ou algo assim, mas, quando estava dormindo ali no banco de trás, eu continuava batendo a cabeça naquela caixa, então olhei dentro dela para me certificar de que não havia danificado nada ali. Nunca vi tantos discos assim na minha vida!

Tony tinha esquecido que ele deixara os discos promocionais no banco de trás da Mercury, e agora se sentia um pouco mal a respeito disso. Não porque achasse que a rádio iria sentir sua falta — ele levara apenas os que tinham cópias ou os singles que os seus produtores jamais tocariam —, mas porque não era bom para os discos ficarem sujeitos à luz do sol direta.

— Isso porque você não viveu muito tempo. Você tem um toca-discos?

— Você viu tudo o que eu trouxe para cá. Mas como acabou tendo todos eles?

— Deixe para lá — disse Tony. — Mesmo. Não vou responder.

— Deixe para lá? Por quê? Espere, você *matou* alguém por eles?

Tony caiu na gargalhada.

— Garoto, você realmente é mais quadrado que uma caixa cheia de caixas. Eu trabalho no rádio. Não conte para ninguém.

— Por que não?

Tony sentiu-se impaciente com essa pergunta, pois achava que era o tipo de pergunta feita apenas por alguém que jamais vivera a fama, ou a notoriedade.

— Porque eu disse.

— Certo, como você quiser. Tipo um DJ?

Como Pete não parecia impressionado demais, Tony respondeu de má vontade.

— Sim.

— Você acharia que um DJ seria a última pessoa a quebrar o rádio no próprio carro.

— Sim, você acharia, não acharia? Agora, falando sério, suma daqui antes que eu me arrependa de ter contado para você.

Tony estivera observando Pete de perto, para ver se a sua confissão havia mudado algo, mas Pete estava menos interessado na carreira passada de Tony do que ele estava na própria segurança futura.

— Eu preciso dormir um pouco de qualquer forma. O terreno está livre?

— Do quê? Daqueles cães malditos?

— Não, uma garota — confessou Pete. Ele não tinha percebido que, na realidade, havia aguerrido a aparência de Beatriz ao evitá-la do jeito que fizera; se apenas a tivesse abordado calmamente durante o dia, ele teria se saído bem.

— Você quer dizer esta garota? — perguntou Tony.

Pete se virou.

— Preciso falar com você — disse Beatriz.

# 16

Não são muitas as pessoas que sabem da existência de um grande lago salgado e da planície salgada associada a ele em Oklahoma; a maioria das pessoas está familiarizada somente com a região famosa em Utah. Mas a planície salgada em Oklahoma não é de se jogar fora. A poucos quilômetros ao norte de Jet, Oklahoma, começam os grandes campos salgados, o resíduo enorme e impressionante de um vasto lago salgado. Assim como os campos salgados em Utah, eles são brancos como a neve e planos como uma tábua, mas, diferentemente dos campos salgados em Utah, os de Oklahoma têm um tesouro enterrado debaixo deles. Minúsculos cristais conhecidos como cristal de ampulheta crescem ali e em nenhuma outra parte do mundo, e, se você é do tipo que escava em busca de tesouros, pode trazer toda a família. Apenas certifique-se de passar uma mangueira d'água em seu veículo depois, pois o sal não é bom para nenhum conjunto de rodas.

A família de Pete tinha ido escavar esses raros cristais de selenita uma primavera, não fazia muito tempo, e Pete lembrou-se do sol implacável, da camada de sal e areia acumulada nas pernas de suas calças, da alegria íntima de encontrar um cristal e segurá-lo contra a luz para ver a ampulheta do tempo dentro dele.

— Olhe, eu disse, ele está acordando — apontou Tony.

A imagem dos campos salgados de Oklahoma tornou-se o céu estrelado sobre Bicho Raro.

— Eu preciso que você vá — orientou uma voz feminina suave. Era Beatriz, embora o olhar de Pete não tivesse se concentrado sobre ela ainda. — É perigoso para nós conversarmos.

— Está bem, senhora — disse Tony. — Minhas pernas querem dar o fora daqui por algum tempo, de qualquer forma. — O chão estremeceu enquanto ele dava um passo sobre os dois e caminhava noite adentro.

Pete e Beatriz foram deixados sozinhos.

Pete foi pressionar a mão contra o peito, apenas para descobrir que já tinha feito isso, então pressionou-a um pouco mais forte. Ele estava deitado de costas no chão arenoso, e da vaga dor na parte de trás da cabeça ele deduziu (corretamente) que chegara ali de maneira acelerada. Beatriz estava agachada ao lado dele, segurando a saia com cuidado, para manter os cabos que ela havia coletado dentro do recipiente improvisado. O ar cheirava a rosas, por algum razão que nenhum deles sabia explicar. Isso porque, naquele campo, Luis havia esvaziado um carrinho de mão de flores murchas do armazém de Francisco, e Pete tinha feito acidentalmente uma cama delas.

— Você desmaiou — contou Beatriz.

Ele olhou para ela através de olhos semicerrados, preocupado com seu coração, mas parecia que, agora que a visão dela o havia derrubado de costas na terra, olhar para ela não parecia causar mais nenhum dano. Você só consegue se impressionar um número limitado de vezes com a mesma coisa, no fim de contas.

— Eu tenho um sopro no coração — ele explicou.
— Você cai muito?
— Apenas quando sou surpreendido.
— Muitas coisas surpreendem você?
— Na verdade, não.

Como Pete ainda estava tonto de ter batido a cabeça sobre o chão coberto de pétalas de rosas, ele não disse seu nome, tampouco perguntou o dela, e não pensou em começar uma conversa cortês. E, como Beatriz já se sentia desconfortável a respeito do caminhão e como ela não era tão compreensiva como outra pessoa poderia ter sido nessa situação e como ela estava tentando não olhar para os cotovelos dele, não pensou em se apresentar ou mesmo permitir que Pete se colocasse de pé enquanto ela trazia à tona o assunto doloroso da propriedade do caminhão. Em vez disso, explicou apenas que ouvira falar que ele estava trabalhando pelo caminhão, mas que sua mãe não havia se dado conta, quando fez o negócio, de que Beatriz o havia ressuscitado e o colocado em marcha de novo e o estava usando para seus próprios fins. Apenas ao final desse monólogo, quando Pete ainda a estava olhando confuso, ela percebeu que não havia perguntado o que ele achava de tudo aquilo.

— E então estou aberta às suas considerações — ela terminou.

— Antonia... sua mãe... me falou que ele não estava funcionando — disse Pete. Mas, mesmo enquanto o dizia, ele sabia que o relato de Beatriz era verdadeiro, pois o caminhão estivera estacionado em múltiplos lugares desde que ele chegara ali, razão pela qual não conseguira examiná-lo ainda. Como Pete era uma alma generosa, isso desencadeou de imediato um conflito. Ele queria o caminhão desesperadamente, é claro, e era incapaz de saber o que poderia fazer sem ele. Mas Pete também não conseguia se imaginar apenas tirando o caminhão das mãos de Beatriz se ela havia, de fato, investido tanto trabalho nele; não era justo e, se Pete era alguma coisa, essa coisa era uma pessoa justa.

Essa dissonância o incomodava tanto que Pete achou que poderia sentir o próprio âmago começando a tremer. O chão parecia estar sussurrando suavemente contra sua espinha, com o movimento de algum debate profundo e impossível de vencer.

Na realidade, era porque Salto, levado à loucura pela falta do rádio no estábulo, havia quebrado as paredes da sua baia e causado, instantes atrás, um tumulto no gado que dormia reunido junto ao estábulo. A boiada estourara diretamente na direção de Pete e Beatriz, com o garanhão à sua frente. Ele era um cavalo enorme, com quase quatro metros de altura, e tão castanho quanto um violino. As vacas eram avermelhadas como a terra, de caras brancas e com chifres para dependurar homens. Havia muitas delas.

Beatriz não esperou que Pete se movesse; ela simplesmente agarrou sua perna e o arrastou para fora do caminho dos animais bem a tempo. Os cabos que juntara para sua antena se espalharam no chão enquanto ela caía de costas. A poeira revolveu-se sobre os dois, mas todos os seus órgãos internos permaneceram no lugar a que pertenciam. Pete sentou-se bem a tempo de ver o gado parar lentamente ao chegar à linha de uma cerca. Salto, por outro lado, passou voando sobre ela.

Beatriz não gostava nem deixava de gostar de Salto, mas sabia tão bem quanto qualquer outro Soria que a semente rara e cara dele colocava comida em suas mesas.

Beatriz se pôs em pé e saiu em disparada.

— O que você está fazendo? — gritou Pete.

— Pegando o cavalo de volta!

Pete levantou-se em um salto, pisando forte na sua bota para colocá-la de volta, pois Beatriz quase a arrancara dele na pressa de arrastá-lo para fora do caminho do estouro da boiada. Então, Pete também saiu correndo — só que ele correu para a Mercury.

Foi aquele o momento em que sua história de amor começou.

Pode parecer uma loucura para uma mulher jovem perseguir um cavalo em fuga, já que um cavalo a galope se desloca a quarenta quilômetros por hora e uma mulher a apenas vinte a quatro. Mas cavalos em fuga raramente têm um propósito, e mulheres jovens perseguindo-os muitas vezes, sim. Quando combinado com o recurso de um rapaz em uma perua, o problema de pegar o cavalo torna-se uma questão de quando, não de se.

Mas *quando* ainda estava muito distante.

A Mercury não ligou imediatamente — ser empurrado por gigantes não é algo bom para carros, no fim das contas —, e, quando Pete colocou o motor para funcionar e ligou os faróis, tanto Beatriz quanto Salto estavam fora de vista.

— Sinto muito, Tony — ele disse, embora Tony ainda estivesse a uma boa distância dele, tendo dado espaço para eles como Beatriz havia pedido. Pete partiu na direção para a qual o cavalo e a garota tinham ido.

A várias centenas de metros dali, Salto voava pelo cerrado com o entusiasmo de um cavalo que havia sido mantido em um estábulo por tempo demais. Beatriz não o estava acompanhando, mas ainda assim o tinha em seu campo de visão quando Pete encostou o carro ao lado dela. A perua derrapou até parar e, sem esperar, Beatriz subiu para o assento do passageiro.

— Nós deveríamos cortar o caminho dele — ela explicou calmamente, embora estivesse sem fôlego. — Tem algo como uma corda aqui?

— Não sei — disse Pete. — Esse carro não é meu.

Beatriz apertou-se entre os assentos para olhar atrás, batendo a cabeça no teto enquanto a Mercury brincava com a gravidade. Tony não tinha uma corda no banco de trás do carro, tampouco na área de carga, onde Pete tinha passado uma noite. Enquanto ela remexia o carro, Pete passou por Salto e, com um cavalo-de-pau, parou na frente dele. O garanhão, no entanto, apenas saltou sobre a perua.

— Nossa — disse Pete.

Enquanto ele apertava o acelerador de novo, Beatriz retornava para o assento da frente. Ela estava segurando um revólver — um enorme Ruger Single-Six com uma empunhadura de madeira escura e um cano longo para valer. Ele pareceria natural em um clássico do Velho Oeste, e era grande o suficiente para ter sido comprado por um homem que julgava carros com uma fita métrica. Pete ficou escandalizado.

— Você não vai atirar nele, vai?

— Isso estava no banco de trás — explicou Beatriz. — Estava engatilhado. É muito perigoso.

— A arma não é minha!

Beatriz a guardou no porta-luvas enquanto Pete tentava novamente bloquear Salto com a perua. Mais uma vez, o cavalo voou sobre eles.

— Apenas vá atrás dele — disse Beatriz. — Ele vai se cansar uma hora.

— Com o que você vai trazê-lo de volta?

Beatriz ergueu uma gravata de seda que encontrara no assento do passageiro, em meio a uma grande quantidade de maconha, uma garrafa de uísque e um maço pequeno de dinheiro. Então Pete, Beatriz e Salto vaguearam pelo condado enquanto as estrelas se moviam lentamente acima da cabeça dele e as montanhas contavam histórias umas para as outras. Uma hora já noite adentro, Salto sentiu o cheiro de éguas, e sua jornada assumiu um foco renovado. O garanhão liderou a Mercury através de um labirinto de casas de madeira abandonadas que costumavam ser um campo de mineração, e a força da paixão do cavalo fez com que varandas já enfraquecidas desabassem sobre si mesmas. Então ele fez um desvio através do leito de um córrego enlameado, que suspirou enquanto era galopado e, em seguida, atravessado por um carro. Então Salto passou por um mercado abandonado e uma casa vazia com uma cerca de estacas falhada na frente. Então de volta para as colinas do deserto.

Antílopes juntaram-se a eles por um instante, cercando o carro de animais com cascos até se lembrarem de seu estado selvagem e desaparecerem noite adentro. Bem mais acima, uma coruja ascendentemente móvel, que havia perseguido o sussurro de um milagre alto demais na atmosfera, viu a Mercury lá embaixo e mergulhou atrás dela. A coruja estava tão acima da Terra que achara que a perua era pequena o bastante para ser uma presa; assim que descobriu seu erro, ela desistiu do ataque um instante antes de bater no para-brisa. Beatriz a observou afastar-se voando.

— Você não tem escuridão em você, não é?

— Só um sopro no coração — respondeu Pete.

À medida que a noite avançava, o garanhão cobriu centenas de acres até um rancho a muitos quilômetros de distância, apenas vagamente conhecido pelos ocupantes de Bicho Raro. A placa sobre o portão lia RANCHO D DUPLO, e o portão estava fechado. Salto pulou sobre ele com segurança e desapareceu entre os celeiros, enquanto as éguas cantavam de forma encantadora de dentro de um deles.

Beatriz e Pete trocaram um olhar. Ele não sabia nada sobre esse rancho, pois ele era de Oklahoma. Ela não sabia nada sobre esse rancho, pois não era dona de nenhum galo. Em 1962, aparecer em um rancho à noite, sem aviso, era uma boa maneira de se levar um tiro. Mas, em 1962, permitir que um garanhão saqueasse o celeiro de outra pessoa também era uma boa maneira de se levar um tiro. Pete e Beatriz ponderaram essas opções.

Pete parou o veículo.

— Um monte de carros — ele disse. Pois havia realmente um número considerável de veículos estacionados no acesso do outro lado do portão.

— Um monte de luzes — acrescentou Beatriz, pois cada celeiro tinha uma luz laranja reluzente dentro dele.

— Bem, não há problema — disse Pete de maneira duvidosa. — Porque não estamos fazendo nada criminoso.

Eles escalaram o portão.

O Rancho D Duplo era de propriedade de uma senhora já idosa chamada Darlene Purdey. Ela o administrara por anos com sua amiga Dorothy Lanks e, por décadas, as duas tinham feito tudo juntas: cultivado, bordado, cozinhado, beijado, limpado. Mas Dorothy tivera o desplante de morrer primeiro, e desde então o rancho começara a ruir. A mudança do tempo, ou o luto de Darlene, transformou o solo em cinzas, e nada mais crescia. Agora, levada pelo desespero e fria de amargura, Darlene pagava as contas promovendo uma rinha de galos clandestina. Seu premiado lutador, General MacArthur, estava invicto, e ela o usava para arrancar dinheiro de todos os locais que vinham com os próprios galos para apostar.

Beatriz e Pete descobriram isso somente quando Salto fez uma entrada gloriosa no celeiro que Darlene estava usando no momento como rinha. Ela e outro fazendeiro estavam agachados no meio de um ringue feito de papelão e ripas de madeira. Duas dúzias de outros homens e mulheres de diferentes idades assistiam do lado de fora do ringue. Uma música cheia de estática tocava de um rádio em alguma parte no prédio. Aparas de madeira, sangue e cavalo pairavam no ar sobre a luta.

A rinha de galos é um esporte sangrento muito antigo. Tipicamente, envolve animais criados para essa finalidade, uma variedade particular chamada de galo de briga, já que galos comuns muitas vezes desistem da luta e dão as costas quando percebem que serão derrotados. Os galos de briga geralmente têm as cristas e barbelas removidas para evitar que seu oponente tenha uma vantagem e, antes da luta, seus proprietários amarram uma lâmina a uma das pernas do animal para permitir que ele tire sangue com mais facilidade. É ilegal em muitos países, incluindo o país em que Pete e Beatriz estavam no momento, pois é considerado cruel encorajar animais a lutar até a morte.

O galo de Darlene, General MacArthur, era notável, pois se tratava de um galo legorne comum, ainda de posse inteiramente de sua crista e barbela, e que lutava sem lâminas. Mesmo assim, encontrava-se invicto e estava se preparando para defender seu título no momento em que Salto irrompeu na luta, Pete e Beatriz logo atrás dele.

Sem querer generalizar, mas os fazendeiros envolvidos na rinha de galos ilegal à época compartilhavam o mesmo tipo de personalidade, razão pela qual Pete e Beatriz se viram diante de uma dúzia de armas sacadas.

— Nós estamos aqui por causa do cavalo — começou Beatriz.

— Esse evento é apenas para convidados — disse Darlene Purdey.

— Nós já estamos indo, senhora — acrescentou Pete. — Sinto muito por interromper a sua noite.

Salto, que acabara de completar um circuito rápido do celeiro em busca de éguas, agora seguia de volta na direção da porta. Beatriz puxou o laço do cavalo enquanto ele tentava passar rapidamente por ela. Beatriz manteve a compostura enquanto Salto a arrastava por alguns metros.

— Ninguém convidou você, ou um cavalo — disse Darlene. Antes da morte de Dorothy, ela não teria falado com ninguém daquele jeito, tampouco tolerado armas apontadas até para visitantes noturnos tardios, mas seu coração ficara salgado juntamente com sua terra. Agora ela via que o derramamento de sangue e o sofrimento afogavam o som da sua dor, e embora a Darlene do passado tivesse ficado ao lado deles, a Darlene do presente estava considerando fazer estes recém-chegados se arrependerem de ter interrompido a sua luta.

— Você quer isso, Dolly? — perguntou o homem agachado no ringue com ela, sacando um revólver. Era Stanley Dunn, e o seu coração virara sal havia mais tempo do que fora carne.

Ele engatilhou a arma.

Pessoas morreram por infrações menores naquela parte do Colorado.

Do lado de fora do celeiro, uma comoção enorme roubou a atenção de todos. O ruído era multifacetado: rugidos, guinchos, lamentos e arranhões. Ninguém no celeiro, fora Beatriz, sabia o que estava causando isto: dúzias de corujas subitamente atraídas pela sensação poderosa de um milagre acontecendo. Apenas a escuridão em Darlene teria sido suficiente para juntá-las e, com Beatriz Soria tão próxima dela, um milagre parecia iminente.

Não haveria um milagre. Em primeiro lugar, Beatriz não realizaria um milagre sobre uma pessoa que não estava disposta a isso. Em segundo lugar, era proibido realizar um milagre onde outras pessoas poderiam se machucar, mesmo que fossem todas do tipo que gosta de assistir a aves se matarem por diversão. Em terceiro lugar, Beatriz não queria fazer isso.

Pete usou a distração do ruído como uma oportunidade para agarrar o General MacArthur pelas penas do rabo. Enquanto o galo bicava e chutava, Pete o trouxe mais para perto do peito e deu um passo para trás em direção à porta.

— Não atirem! — gritou Darlene. — Garoto, você vai se arrepender.

— Eu já estou arrependido — retrucou Pete verdadeiramente. — Já disse isso antes. Nós só queremos ir embora.

Beatriz não estava arrependida. Ela não achava que a transgressão deles validasse a ameaça de violência física. Quando as armas não baixaram, ela cutucou Pete na direção da noite e disse para os outros:

— Nós estamos indo embora. Ninguém atira, ou meu amigo estrangula o seu galo.

Foi assim que Pete e Beatriz conseguiram recuperar Salto e se viram de posse de uma ave refém. Eles escaparam do rancho e seguiram em frente com mais cavalos de potência do que tinham ao chegar: Beatriz cavalgando Salto com uma rédea feita da gravata-borboleta fina de Tony e Pete dirigindo atrás dela na Mercury, com um galo no assento do passageiro.

Foi só quando eles estavam a quilômetros de distância do Rancho D Duplo que os dois diminuíram o ritmo. Pete dirigia a Mercury ao lado de Salto, que trotava mais reservadamente, agora que ele já tinha conseguido atingir vários anos de galope em apenas algumas horas. O amanhecer reluzia. Eles haviam perseguido e escapado a noite inteira; tinham passado ao largo de Alamosa e, agora, tinham de passar através da cidade para voltar a Bicho Raro. Todos os animais que haviam se juntado a eles em sua perseguição estavam dormindo, e todas as pessoas que dormiam enquanto eles estavam fora estavam acordadas.

Beatriz olhou para Pete através da janela do motorista; ele sorriu.

"Ele sorriu" é uma boa fala para quase qualquer tipo de história. Beatriz viu que gostava do jeito que ele aparentava: resoluto e verdadeiro, responsável e careta. A noite tinha deixado sua camiseta branca mais suja do que havia começado, e os cabelos, penteados cuidadosamente, não estavam mais tão caprichados —, mas isso servira apenas para desgastar a camada exterior de amabilidade, para revelar que havia apenas mais amabilidade por baixo. Ela sorriu.

"Ela sorriu" é uma boa fala para quase qualquer tipo de história, também. Pete viu que gostava do jeito que ela aparentava: calada e à parte, intencional e inteligente. A noite tinha acabado com a divisão dos cabelos negros uniformemente divididos, e Beatriz tinha um pouco de sangue de galinha na pele, mas o desmazelo da sua aparência apenas servia para revelar que o seu interior permanecera sereno e tranquilo.

— Eu nunca roubei nada na vida — confessou Pete.

— Você não roubou aquele galo — respondeu Beatriz. — Você deu uma nova finalidade a ele. Você roubou esse carro, no entanto.

Pete já estava se apaixonando, embora ele tivesse negado se lhe perguntassem. Beatriz também estava, embora ela não acreditasse que fosse capaz de se apaixonar, e teria negado da mesma forma. A luz da manhã reluzia bem sobre os dois.

— Nós não chegamos a decidir o que fazer a respeito do caminhão — disse Pete, lembrado pelos caminhões estacionados próximos do centrinho de Alamosa. Beatriz pensou por um momento antes de dizer:

— Acho que você deveria vir conosco amanhã à noite e ver o que estamos fazendo com ele.

— Me parece uma boa.

— Vamos voltar para casa agora.

— Espere — disse Pete. — Eu tenho que pegar um rádio para o Tony.

# 17

Fazer rosas novas era um longo processo.
Quando era primavera, a primeira estação polinizadora, Francisco começava a trabalhar cedo, tão logo o sol aparecia para lhe fornecer luz. Ele se movia em meio às rosas, encontrando os botões que iriam abrir naquele dia, e então removia cada pétala, exceto as cinco mais abaixo, de maneira que pudesse encontrá-los de novo. Cuidadosamente, separava o estame de cada botão e o descartava. Esses seriam suas sementes geradoras, as mães. Ditariam se as novas rosas seriam arbustos ou trepadeiras, de folhas escuras ou claras. Ele já teria preparado as rosas reprodutoras as cortando um dia ou mais antes e as deixando para secar de maneira que pudesse sacudir o pólen delas em uma folha de papel branco. As rosas reprodutoras, os pais, diriam às rosas novas que tipo de floração ter, emprestando sua fragrância, forma ou cor.

Então, no silêncio absoluto de sua estufa, ele se deslocava com cuidado com um pequeno pincel e pintava o pólen, atentamente, em cada um dos estigmas das mães rosas. Na língua que Beatriz tinha inventado, ele marcava o potencial pai de uma rosa em uma etiqueta e a prendia à rosa mãe. E então Francisco esperava.

Eram necessários meses para as rosas formarem cinórrodos cheios de sementes, e então essas sementes tinham de ser resfriadas e mantidas no escuro por quase três meses mais. Aquelas que não tinham sido perdidas para fungos ou espíritos maus, Francisco plantava cuidadosamente em potes marcados com suas origens. Então uma folha, duas folhas e três folhas apareceriam, e Francisco as policiava atentamente para doenças ou pestes que poderiam ter-se infiltrado na estufa. Então, por fim, seis semanas depois, cada frágil planta de rosa produziria sua primeira e hesitante flor.

Se não fosse a floração negra que ele estava esperando, começava tudo de novo.

Às vezes, Francisco achava que as pessoas poderiam ser rosas. Não que ele desacreditasse em Darwin e na classificação das espécies. Apenas que, todas as vezes que ele aplicava cuidadosamente o pólen, Francisco pensava a respeito do processo, de como o pólen abriria seu caminho sobre o estigma da rosa e, então, entraria no óvulo e fertilizaria seu núcleo, e quão maravilhoso e estranho era que se tratasse do mesmo processo pelo qual nós éramos feitos. Muitos dos seus dias, em particular naqueles meses de verão lentos, eram passados com ele absorto em nuvens de pensamento desencadeadas por pequenas ações; e Francisco perdeu semanas pensando sobre o que poderia significar que tantas criaturas debaixo do sol, de rosas a pássaros, de árvores a tubarões, viessem à vida através do mesmo e complexo processo. Mesmo aqueles cujo processo muitas vezes parecia bastante diferente do lado de fora — como a meiose, ou divisão de células, do ouriço-do-mar — ainda usavam a mesma matéria-prima: células, fertilizações, compartilhamento de cromossomos. Ele refletia sobre o motivo de a evolução não ter, em vez disso, designado que a maioria do mundo compartilhasse do simples processo assexual usado às vezes por plantas como a *pelargonium*, uma flor conhecida comumente como gerânio. Um corte era tirado da planta original, largado sobre o solo úmido e deixado para fazer outra planta. Através do mesmo processo, para criar Beatriz, ele teria de apenas plantar um de seus dedos, e ela teria emergido mais tarde, toda formada e independente.

Por que, realmente, Francisco se perguntava, nós precisávamos de vida para fazer mais vida? Aceitávamos sem questionar que duas criaturas se encontravam, acasalavam e faziam outra criatura, quando não esperaríamos que uma nuvem, um fogo ou uma panela de cozinha fossem feitos do mesmo jeito. Sim, todos esses processos exigiam combinar outros ingredientes também, mas sem a célula, o óvulo? Se havia um grande criador que nos fizera à sua própria imagem, por que, então, mais vida não era feita do mesmo jeito, ao simplesmente soprar uma palavra sobre um punhado de poeira? Em vez disso, a reprodução e o amor tornavam-se um processo confuso, e processos confusos indicavam que havia muitos lugares em que eles podiam falhar.

Estes eram os pensamentos que ocupavam os dias de Francisco.

Um pensamento adicional, entretanto, ocupou o dia seguinte à perseguição de uma noite inteira de Beatriz e Pete, pois, tarde na manhã, Beatriz deu uma pancadinha no vidro antes de abrir a porta da estufa.

— Bom dia, Papa — ela assoviou na língua deles.

— Já é de manhã? — ele respondeu do mesmo jeito, sem tirar os olhos do caderno. Francisco não estava incomodado que ela viesse visitá-lo. Ele achava muito difícil trabalhar com determinadas formas de distração, como música ou conversas com emoções exaltadas ao fundo, mas trabalhava bem se as pessoas estivessem lendo para ele em uma voz relativamente sem dramaticidade, ou se o visitante tivesse um jeito tranquilo. Beatriz, em geral, tinha esse jeito, e havia, por vezes, lido para ele à noite quando ele se mudara pela primeira vez para a estufa.

— Já é, embora não pareça. Eu preciso pedir um favor para você, e não sei se é possível, então pode me dizer agora se isso não for aceitável, e ficarei bem — disse Beatriz.

Já fazia algum tempo desde que alguém pedira a Francisco algo que ele fosse capaz de dar, mas isso ocorria na maior parte porque eles só vinham pedindo que ele se mudasse de volta com Antonia. Ele esperava verdadeiramente que Beatriz, uma jovem muito inteligente, não estivesse ali para pedir isso.

— O que é? — ele perguntou.

— Eu gostaria que você mantivesse esse galo na sua estufa por um tempo.

Beatriz estava se referindo, é claro, ao General MacArthur, o galo de briga ao qual eles tinham dado uma nova finalidade apenas algumas horas atrás. Faltavam penas por causa de suas lutas, e ele tinha uma cicatriz feia de um lado a outro do peito, feita pela lâmina de outro pássaro, além de um pouco de sangue respingado pelas penas claras em torno de sua cabeça. Quando Francisco se virou para olhar, Beatriz acrescentou:

— Eu não sabia se ele incomodaria as suas plantas.

Francisco adivinhou imediatamente que havia uma história implícita em relação a esse galo, mas também que, se a filha quisesse compartilhá-la, já teria começado a contá-la. Ele disse apenas:

— Presumo que exista uma razão para o galo não poder ficar na rua com as outras galinhas.

— Ele tem um problema com agressão — disse Beatriz. — E a Rosa não ficaria feliz se matasse o galo dela.

Francisco considerou o pedido. Galinhas comiam pétalas de rosas, mas ele tinha pétalas de rosas descartadas sobrando, que poderiam ser dadas como alimento para uma galinha de maneira que ela não incomodasse os botões ainda na planta. Esterco de galinha era uma sujeira, mas também muito bom para as rosas. Ele não queria ter de cuidar de um animal, mas também sentia que sua filha mais nova jamais pedira nada dele, e este era um pequeno sacrifício para fazer por ela.

— Deixe-o por hoje — disse Francisco —, e verei como se sai. Como é o nome dele?

Beatriz não sabia que ele era chamado de General MacArthur, pois eles haviam roubado apenas o galo e não seu nome. Segurou a ave à frente do peito, as asas presas ao corpo, como se pudesse, de alguma forma, trazer sua alcunha em alguma parte de si.

— Não sei — admitiu Beatriz, por fim.

Ela colocou-o no chão. Não havia nada a respeito do galo que encorajasse alguma empatia. Ele passara a noite anterior bravo e ainda estava bravo agora. Francisco estalou a língua para ele, mas o galo se pavoneou para longe, olhando para as rosas de um lado para outro. Ambos, pai e filha, observaram o galo por vários minutos.

— Você tem algo mais em mente, Beatriz? — perguntou Francisco, algum tempo depois.

Quase sempre havia algo mais na mente de Beatriz. Ela falou a opção mais fácil primeiro.

— Daniel.

Francisco, também, andara pensando sobre o sobrinho — na verdade, quase seu filho. Quando Daniel perdera os pais, ele ganhara a paternidade e maternidade combinadas dos adultos Soria sobreviventes em Bicho Raro. Francisco, Antonia, Michael, Rosa e Nana, todos tiveram de contribuir para cuidar dele, uma quantidade incomum e excessiva de amor e propriedade que levou, antes de tudo, ao comportamento extremamente ruim de Daniel, e então a seu comportamento extremamente bom. Francisco estivera pensando sobre isso em particular aquele dia porque o ano acabara de atingir o ponto onde o sol entrava reluzente e multicolorido, através da janela, sobre sua escrivaninha. Essa janela era diferente de quaisquer outras na estufa, pois, quando Daniel ainda estava no estágio endiabrado, Francisco o proibira de passar a noite inteira se divertindo, dirigindo os carros de outras pessoas. Isso poderia parecer à maioria das pessoas uma regra razoável de se impor, mas Daniel a achara injusta e irritante e, para demonstrar seus sentimentos, ele passara a noite jogando pedras contra cada vidraça daquela janela em particular. As plantas dentro haviam morrido com a temperatura gelada da noite. Daniel fora condenado à tarefa de reparar a janela como punição. Como nem isso poderia ser feito sem rebelião, Daniel buscara o vidro do ferro-velho mais próximo. Em vez de devolver à janela a sua existência transparente anterior, cada vidraça foi, em vez disso, substituída por quatro, cinco ou mesmo seis vidrinhos coloridos — surrupiados de garrafas, frascos, janelas de carros, vasos, potes de flores, jarros. Daniel quisera ser difícil, mas ele não fizera ideia de que, com o sol direto, a ferocidade de sua rebelião seria estonteante.

Agora, Francisco anuía enquanto sentava sob a luz de igreja que Daniel havia criado inadvertidamente tantos anos atrás, e pensou em como Daniel estaria, em alguma parte do deserto, com sua escuridão.

— Tem de haver uma maneira de se comunicar de forma segura com ele — disse Beatriz. Antes da partida de Daniel, ela estivera considerando contar ao pai sobre a rádio, pois achava que ele consideraria o projeto um exercício de pensamento interessante também. Mas agora que ele compartilhara de maneira veemente os sentimentos de Antonia a respeito de se conectar a Daniel, Beatriz não se sentia confiante de que ele os deixaria continuar com a rádio.

— Se for possível que alguém encontre uma solução, acredito que seja você — disse Francisco. Ele tinha uma grande fé no cérebro de sua filha.
— Mas não quero fazer você correr um risco desnecessário.

— Eu também não quero correr um risco desnecessário — ressegurou-lhe Beatriz. — Mas é o médico que ainda trata o paciente.

Esse tipo de conversa teria enfurecido Antonia se ela a tivesse ouvido. Francisco muitas vezes refletia sobre os pontos científicos do milagre, mas, para Antonia, isso era não somente blasfêmia como uma blasfêmia perigosa. Tratar o milagre como algo contido pela lógica era tornar-se confortável à volta dele, o que não só o tornava mais perigoso, mas também o tornava menos sagrado e, deste modo, menos importante. O tipo de crença de Antonia não é incomum, mas ela prestou um desserviço tanto à ciência quanto à religião. Ao relegar as coisas que tememos e não compreendemos à religião, e as coisas que compreendemos e controlamos à ciência, nós roubamos da ciência o talento artístico e da religião a mutabilidade.

— Você tem alguma ideia a respeito anotada no seu caderno? — ela perguntou.

Francisco recostou-se na escrivaninha, as mãos cruzadas uma sobre a outra, as costas retas. Ele era a versão graciosa e equilibrada de sua filha quando se sentava assim, os mesmos olhos, o mesmo nariz, a mesma obsessão com o caráter belo do pensamento.

— Apenas que tem de haver uma maneira melhor em algum ponto — ele disse. — Ou os Soria teriam desaparecido a essa altura. — Voltou os olhos sagazes na direção da filha. — E há algo mais incomodando você?

Havia, mas Beatriz se sentia menos confortável em compartilhar essa questão, pois não conseguia divisar bem a sua forma. Parte dela tinha a ver com Pete e ela mesma. E a outra parte tinha a ver com Francisco e Antonia e se houvera um dia um futuro possível para eles que não levasse Francisco a viver na estufa e a mãe a viver sozinha. Beatriz queria saber se pessoas como ela mesma e o pai — pessoas supostamente sem sentimentos — podiam se apaixonar, ou se elas não eram capazes de produzir a quantidade correta de emoção para preencher o copo de um parceiro emocional por muito tempo.

— Você ainda ama a Mama? — perguntou. Esta era uma frase mais longa em sua língua do que em inglês ou espanhol, já que Francisco e Beatriz haviam desenvolvido várias frases para indicar todas as formas diferentes de amor que eles haviam identificado em seu estudo da humanidade. A frase musical que Beatriz usou se traduzia aproximadamente como *necessidade do tipo que só pode ser preenchida por uma coisa*.

— A Judith pediu para você me perguntar? — indagou Francisco.

Não era uma pergunta improvável. Na realidade, através da janela, Beatriz podia ver Pete trabalhando no palco em que Judith o havia colocado para trabalhar. Ele estava criando agora pilares eretos para pendurar cordões de decorações. Embora Beatriz apreciasse a tentativa de Judith em estratégia, ela não achava que nenhum dos seus pais fosse tão ingênuo a ponto de ser enganado a cair nos braços um do outro simplesmente ao ver recriada a cena de seus primeiros momentos juntos.

— Não. Não estou perguntando se você vai se mudar de volta com a Mama. Só quero compreender por que o seu casamento não funciona.

— Você perguntou a sua mãe a mesma coisa?

— Não.

— Você perguntaria?

Ela imaginou um tal cenário. Antonia, brava, e Beatriz, apenas confusa, ambas as expressões alimentando uma à outra. Era exatamente o tipo de conversa que Beatriz passava bastante tempo evitando.

— Não.

— É por isso que ele não funciona.

Beatriz pegou essa informação e a colocou em um futuro projetado. Nesse futuro projetado, ela não sabia dizer se havia partido o coração de Pete Wyatt simplesmente sendo ela mesma. Ela não sabia dizer se eles seriam incapazes de ter conversas, porque ambos iriam querer algo do outro que era impossível. Ele não sabia dizer se era mais seguro deter uma história de amor antes que ela começasse de fato.

Quando Beatriz pensou isso, experimentou uma sensação física tão profunda quanto os surtos que haviam atingido o coração fraco de Pete. Parecia um golpe, mas na realidade era um sentimento. Era um sentimento tão comensurável e tão complicado que teria sido difícil até para alguém com prática emocional expressar, e para Beatriz, que era incapaz por sua crença de não a ter, era algo impossível. O sentimento era, na realidade, uma combinação de alívio em relação a ser capaz de usar essa conversa como uma desculpa para jamais falar com Pete novamente e, desse modo, se proteger de mais emoções complexas, assim como de um desapontamento intenso e de partir o coração que vinha de se estar à beira de algo extraordinário e fugir disso. Parecem opostos intratáveis, mas apenas se você estiver sendo lógico a respeito deles.

Beatriz estava sendo lógica a respeito deles.

Houve uma batida leve no vidro. Esta fez Francisco suspirar pesadamente, pois não era alguém com uma alma tranquila. Era Joaquin, que não esperou por permissão, empurrando a porta para entrar.

— Beatriz — ele disse com pressa.

— Feche a porta — ela disse em sua língua; então, ao percebê-lo, disse novamente em inglês: — Não deixe o galo sair.

Joaquin apertou-se para dentro da estufa.

— Wyatt, o Motim, disse que o Tony encontrou algo que você precisa ver.

Com alguma dificuldade, Beatriz organizou os pensamentos nos lugares apropriados. O amor, especialmente o amor novo, tem o dom de desordená-los.

— Estou indo.

— Sim — Francisco assoviou. — A resposta para a sua pergunta, no entanto, é sim.

# 18

O que Tony havia encontrado era uma mensagem de Daniel. Ele estivera caminhando aquela manhã, tomando seu café em movimento de maneira que ninguém pudesse vê-lo fazendo isso, e descobriu a mensagem. As letras tinham um tamanho grande o suficiente para que ele pudesse vê-las de sua altura impressionante. Um "E" estava escrito de trás para a frente. Tony, que gostava de coisas grandes, aprovou-a, mesmo que não conseguisse compreender o seu significado.

Agora, todos os Soria estavam parados a cinco quilômetros de Bicho Raro, os vários veículos que eles tinham usado para chegar ali espalhados na beira da estrada a alguns metros de distância. Todo o trabalho havia parado para eles visitarem o local, como se qualquer artefato de Daniel fosse um Santuário agora, e eles fossem os peregrinos. Era uma raridade ver todos juntos, ao mesmo tempo, em particular a geração do meio. Michael, seu trabalho parado. Antonia, sem uma tesoura na mão. Francisco, longe da estufa. Rosa — bem... Rosa continuava quase a mesma. Eles não haviam estado todos juntos em um lugar desde o casamento de Judith e, antes disso, não estiveram juntos por anos.

— Por que ele a colocaria aqui? — perguntou Antonia. Ela olhou acusadoramente para cada um deles, incluindo Francisco, que estava posicionado do lado oposto do círculo. — Ninguém mais a veria aqui.

— Talvez ele tenha se enganado — disse Michael. — Ele queria que a mensagem fosse visível da estrada.

Rosa ajustou a bebê Lidia no quadril.

— Quem é a Marisita?

Escritas com pedras e galhos secos quebrados das moitas estavam as palavras:

*Marisita
estou ouvindo
Daniel*

Como você já deve ter adivinhado, a colocação de Daniel não era um acidente. Sua mensagem fora projetada para ser vista não por um veículo na estrada; mas, em vez disso, por um veículo que havia deixado a estrada para transmitir secretamente uma rádio. E a mensagem fora enigmática de propósito, pois era dirigida aos primos que passavam seu tempo naquele caminhão-baú a cada noite e à garota que ele amava, e a ninguém mais.

Joaquin pressionou uma das suas garrafas d'água contra a testa como se o gelado dela pudesse acalmá-lo. Beatriz fechou os olhos por um instante, e, naquele momento de escuridão, imaginou Daniel retornando para eles são e salvo. Quando abriu os olhos, ela e Joaquin perceberam que não poderiam trocar olhares, pois seu segredo pairava entre eles e ameaçava se tornar visível se ambos apontassem o olhar diretamente para ele.

Mas ambos sentiam o mesmo. Uma coisa era estar mandando sons noite adentro com a esperança de que alguém, qualquer pessoa, pudesse estar ouvindo, e outra coisa, então, estar enviando sons noite adentro com a esperança de que alguém em particular estivesse ouvindo. E era uma terceira coisa completamente diferente enviar sons noite adentro e saber que você está sendo ouvido por aquela pessoa que você quer alcançar.

— A Marisita não é... — começou Judith —... a peregrina chuvosa que cozinha?

Em uma observação mais arriscada, Antonia disse:

— Por que ele está mandando uma mensagem para uma peregrina? — Mas o tom em sua voz dizia a todos que ela já sabia por que ele estaria fazendo algo assim.

— Amor — disse Eduardo, reverente, e Antonia se encolheu. Joaquin fez uma nota mental da maneira que ele havia dito, a fim de que Diablo Diablo a tentasse mais tarde. Era a maneira arredondada e esplêndida que ele pronunciava o O, o pouso suave do R. Joaquin não percebeu que seu rosto estava pronunciando silenciosamente a palavra até ver seus pais franzindo o cenho. Corrigiu o rosto, e eles corrigiram o deles, mas Joaquin ainda estava contemplando sua parte Diablo Diablo, e, embora eles não soubessem o nome para isso, ainda continuavam o contemplando também.

— O que isso quer dizer, Beatriz? — perguntou Judith. Todos sabiam que Beatriz e Daniel eram os mais próximos entre os primos, e Judith presumiu (corretamente) que isso também queria dizer que Beatriz sabia o que a mensagem queria dizer. Beatriz, no entanto, não disse nada. E não disse nada por tanto tempo que a maioria deles, incluindo Judith, esqueceu que ela havia feito a pergunta a Beatriz em primeiro lugar. (As pessoas esquecem muitas vezes o poder do silêncio, mas Beatriz raramente o esquecia.)

Francisco registrou a ausência de uma resposta, e a guardou na mente para pensar a respeito depois.

— Então ele ainda está vivo — disse Nana.

Até esse ponto, você não viu nada de Nana além de alguns minutos dela colhendo tomates no quintal. Isso porque Nana estava velha e, como muitas pessoas velhas, tinha artrite. Não era ruim o suficiente para evitar que se mexesse e, na realidade, ela havia calculado precisamente o número de passos que podia dar a cada dia sem sofrer por causa disso naquela noite, ou no dia seguinte (duzentos e dezessete). Ela havia dado quinze passos até a picape de caçamba baixa de Eduardo, e então ele a colocara dentro do veículo e torcera o bigode. Em seguida Nana dera quarenta e sete passos da picape até essa mensagem. Isso a deixou com cento e cinquenta e cinco passos para o restante das tarefas do dia. Era um passeio secundário caro, mas um passeio que Nana sentia que tinha de fazer.

— Ele pode estar perto — alertou Judith. — Quem vai saber quando essa mensagem foi deixada?

— Não venha com ideias — avisou Antonia. — Ainda não seria bom sair a procurá-lo.

Mas Judith não havia dito isso como uma mensagem de esperança. Em vez disso, seu velho medo estava começando a assombrá-la novamente, complicado pela culpa. Já era ruim o suficiente se sentir aterrorizada pelo fato de que os peregrinos pudessem trazer a escuridão para você; era pior quando o peregrino era o próprio primo que você amava. Ela estava dividida em muitas direções. A mais fácil dessas direções era *ir embora*, e uma parte enorme dela queria se retirar para Colorado Springs com Eduardo. Mas isso a fazia se sentir como se estivesse desistindo de Daniel. E, mesmo que estivesse disposta a fazer isso, uma pequena parte de Judith ainda achava que ela poderia ser capaz de convencer os pais a se reconciliar.

Mas essa situação não parecia muito provável, olhando para eles agora. Francisco e Antonia estavam mais próximos fisicamente do que eles haviam estado em muito tempo, mas pareciam mais distantes do que nunca.

Eduardo colocou a mão sobre as costas de Judith, junto à cintura dela, e ela se lembrou como ele havia dito *amor*. O medo dela voltou a dormir.

— Não sou uma idiota — retrucou Judith.

Se Antonia, Francisco, Michael e Rosa estivessem prestando atenção, eles teriam notado que nem Beatriz nem Joaquin, os dois apoiadores mais fervorosos da ideia de ajudar Daniel ativamente, haviam falado a favor de ajudá-lo agora. Assim, apenas Nana notou sua aceitação silenciosa, e ela a tomou por desesperança em vez de um conluio secreto.

— Eu nunca disse que isso não era terrível — disse Antonia, sentindo o silêncio do grupo como um castigo por fazer valer as regras. — Não sei por que vocês estão sempre me fazendo parecer a bandida da história.

— Eu estou de acordo com você, Antonia — disse Michael.

— Como eu — disse Francisco.

Houve uma pausa, e eles olharam bruscamente para Rosa, mas, no fim das contas, a lentidão em sua concordância foi só porque ela estava tirando o cabelo da boca do bebê.

— Sim, sim, nós temos de ser cuidadosos.

Os adultos, em seguida, passaram a discutir a logística em espanhol, o que queria dizer que eles não estavam mais solicitando ativamente as opiniões dos Soria mais jovens. Eles não poderiam deixar água para ele, porque isso era contra as regras. Mas, se estava tão próximo, eles refletiram, ele poderia conseguir água de qualquer um dos ranchos se estivesse disposto a beber com o gado. E, se Daniel fora sensato o suficiente para deixar essa mensagem, eles raciocinaram, então ele era sensato o suficiente para caçar o alimento para o seu corpo, talvez. O que significava que, ao invés dos elementos, talvez ele estivesse apenas tendo de combater a escuridão.

Eles estavam desesperadamente errados apenas sobre essa parte, no entanto, e tratava-se do apenas naquela frase — *apenas tendo de combater a escuridão*. Sim, Daniel estava combatendo a escuridão, mas não havia nada de insignificante nisso. Eles não estavam procurando pelos sinais de como a escuridão dele havia se manifestado, tampouco poderiam, mas, se estivessem, talvez notassem quão irregulares eram as letras, como algumas delas estavam mal escritas e eram legíveis somente para os otimistas. Elas formavam palavras elaboradas por um rapaz com uma visão que estava se deteriorando rapidamente.

Mas eles precisavam desse otimismo para contrabalançar seu fracasso em agir. Imaginar que Daniel ainda estivesse passando bem era a única maneira de os adultos poderem conviver com o abandono dele.

— Marisita, estou ouvindo — repetiu Rosa, balançando Lidia no ritmo das palavras, esperando que elas fizessem mais sentido. — Marisita, estou ouvindo.

*Marisita, estou ouvindo.*

Finalmente, Beatriz e Joaquin permitiram que seus olhos se encontrassem, e naquele olhar eles viram que ambos estavam pensando a mesma coisa: se Daniel estivesse mesmo ouvindo, eles precisavam fazer um programa que parecesse um milagre.

# 19

Costumava haver um celeiro enorme excelente em Bicho Raro, capaz de abrigar duzentos fardos de feno, doze cavalos, um pequeno trator e vinte e quatro andorinhas-das-chaminés. O tabuado tinha um tom marrom-âmbar e o telhado, um glorioso vermelho. Ele era, na realidade, precisamente o celeiro em que Pete estava buscando o material para as tábuas do piso de dança. Logo após ele ter sido construído, o vento o cutucou, como cutucava todas as coisas no Vale San Luis. Nada aconteceu, já que o celeiro fora construído de maneira muito segura. O vento o cutucou por toda aquela semana, e ainda assim nada aconteceu. O vento o cutucou por noventa e nove semanas seguidas, e ainda assim nada aconteceu; o celeiro não se mexia. Mas, na centésima semana, o vento cutucou o celeiro e ele desabou sobre si mesmo. A questão não foi que a centésima semana de cutucões tenha sido mais forte que as semanas anteriores. Tampouco que a centésima semana de cutucões tenha sido a que realmente derrubou o celeiro. As noventa e nove semanas de cutucões foram o que realizou de fato o trabalho, mas a centésima é que estava ali para levar o crédito.

Nós quase sempre conseguimos apontar para aquele centésimo golpe, mas nem sempre marcamos as noventa e nove outras coisas que acontecem antes de mudarmos.

As coisas pareciam diferentes no caminhão-baú aquela noite; as coisas lembravam mudança. Parte disso era porque a sua população havia se alterado em um. Beatriz, Joaquin e Pete estavam apertados, juntos como lápis de cera em uma caixa, enquanto o caminhão se arrastava lentamente noite adentro. Beatriz não era muito de conversar, Joaquin não estava com vontade de ser simpático e Pete não era do tipo que começasse um fogo em um aposento que não parecia disposto a suportar a fumaça; então, por um bom tempo, os únicos sons no caminhão eram o rugir do motor, o guinchar dos assentos e o quase inaudível choque de corações quando os dedos de Beatriz e Pete, por acaso, esbarraram.

— Você gosta de música, Oklahoma? — perguntou Joaquin finalmente, de forma mais agressiva do que as pessoas em geral costumariam fazer, e mais agressiva do que as pessoas em geral pensariam, considerando que a cabine apertada do caminhão estava pressionando seus ombros uns contra os outros de um jeito bastante próximo. Pete não percebeu o tom.

— Eu gosto muito de Patsy Cline.

— Patsy *Cline* — ecoou Joaquin.

— Quem é Patsy Cline? — perguntou Beatriz.

— Ah, você sabe quem ela é — disse Joaquin, com desdém. Ele inseriu um agudo sugestivo na voz, mas de outro modo não tentou torná-la melódica.

— *I'm always walkin' after midnight, searchin' for you.*

Beatriz balançou a cabeça, ainda longe de reconhecê-la.

— *Craaaaaaazzy* — cantou Pete.

Tecnicamente, Joaquin não era um cantor muito bom, hesitante e baixo, mas era agradavelmente pesado nas sílabas do jeito que Johnny Cash era, e Beatriz sentiu-se encantada com isso. Além do mais, a canção era reconhecível.

— Eu conheço essa — disse Beatriz.

Pete tinha uma queda por crooners. Ele gostava de Patsy Cline, e ele gostava de Loretta Lynn. Mulheres com vozes profundas e um sentido de história, cantando em tons baixos e arredondados sobre guitarras elétricas melosas e dedilhadas. Uma vez, um dos amigos do sogro do irmão da sua mãe havia se hospedado na casa dos Wyatt em Oklahoma, após ter estourado o motor do seu Impala novo em uma viagem cruzando o país, e então havia contado histórias sobre ter conhecido Patsy Cline lá na Virgínia. Ela fora durona e engraçada. Chamava todo mundo de *Hoss*[*] e bebia como um homem. Pete passara a gostar dela na hora.

---

[*] Do simpático personagem Eric "Hoss" Cartwright da série popular de TV norte-americana *Bonanza* (1959-1973). Usado de maneira carinhosa. (N. do T.)

Na realidade, Joaquin não tinha problema algum com Patsy Cline, mas ele ainda estava bravo com o tom admirado do pai quando falara de Pete, então não conseguia encontrar em si como ser gentil a respeito da escolha musical dele.

— Nós não temos Patsy Cline na lista para hoje à noite — disse Joaquin em um tom mais rude ainda. Ele não sabia que não haviam contado para Pete ainda o que eles estavam indo fazer no deserto, então sua declaração não fez muito sentido para Pete.

— Não tem problema, senhor — disse Pete com um sorriso. — Eu não gosto *só* de Patsy Cline.

Beatriz pegou aquele *senhor* no ar, como um pássaro, e o estudou em sua mente. Para alguns, um *senhor* nessa situação poderia ter sido usado para um efeito também rude, sarcasticamente cuspindo educação na parte que os havia afrontado. Para outros, poderia ser automático, alguém que dizia *senhor* tão seguido que a palavra não tinha significado algum. Para Pete, ela era lançada com deferência. *Não sou uma ameaça*, aquele *senhor* declarava, com um sorriso pacificador. *Você ainda é o rei do castelo*. Os cães de Antonia estavam sempre brigando uns com os outros, e as batalhas terminavam quando um deles rolava de costas para mostrar que não tinha mais vontade de lutar. Este era o *senhor* de Pete nesse diálogo em particular. Beatriz achou isso injusto, já que Pete não tinha feito nada de errado, mas também frustrante, pois Pete acharia que Joaquin era sempre petulante, o que estava longe de ser verdade.

A gentileza deixou Joaquin mais irritado ainda, porque não há nada como saber que você acabou de ser simplesmente um grosso com uma pessoa legal para deixar você ainda mais fora de si com ela.

— Mas o que você quer com esse caminhão mesmo, Oklahoma? — perguntou Joaquin.

Pete explicou mais uma vez o negócio do caminhão de mudanças. Ele acrescentou de maneira hesitante:

— Eu estava indo para o exército, mas tenho um sopro no coração.

Há um certo tipo de melancolia que se derrama em nossas vozes por mais represas que tenhamos colocado, e apenas um monstro de verdade pode ouvi-la e não se comover. Ela saiu nas palavras de Pete ali, e Joaquin sentiu toda a sua hostilidade se encolher. Ele disse:

— E não temos todos, Oklahoma? — E então começou a cantar uma Patsy Cline até Pete abrir um largo sorriso. Beatriz sorriu seu sorriso privado para fora da janela, mas Pete o viu no reflexo. Os dedos deles tocaram-se novamente, mas dessa vez não foi acidente. Joaquin interrompeu a cantoria:

— A Marisita disse por que não faria o programa hoje à noite?

— Ela apenas deixou uma resposta para minha nota que dizia "hoje não" — explicou Beatriz.

Joaquin não disse o que estava pensando, e não precisava. Beatriz estava pensando a mesma coisa. Não importava o quão bom fosse o programa deles naquela noite, ele não seria o que Daniel estava esperando.

— Talvez amanhã — disse Joaquin. — Ei, nós poderíamos fazer o Oklahoma pedir para ela por nós.

Apenas alguns dias atrás, nenhum dos dois teria considerado essa uma opção viável. A precaução inquestionável que Antonia havia expressado anteriormente ainda corria em suas veias, mas as coisas eram diferentes agora. Os verdadeiros limites do tabu eram claramente mais complexos do que lhes haviam sido ensinados. Ambos olharam para Pete.

— Pedir a quem o quê? — ele perguntou.

— Ele não sabe sobre... — Beatriz contou a Joaquin. Ela inclinou a cabeça na direção da parte de trás do caminhão.

Joaquin estava encantado. Qualquer ressentimento que restasse havia desaparecido, substituído pela antecipação da revelação.

— *Ah*.

O seu entusiasmo preencheu o caminhão pelos poucos minutos finais de sua jornada. Quando Beatriz parou o caminhão, Pete esticou o pescoço, tentando, e não conseguindo, ver o que fazia essa faixa em particular do deserto o seu destino. Ficou mais confuso quando Beatriz e Joaquin desceram do caminhão, Beatriz com uma lanterna e Joaquin com uma garrafa d'água. A porta do motorista ficou aberta, e Pete olhou para fora, para aquele quadrado de noite escura. Ele não conseguia ver nada, mas podia sentir a fragrância atraente e viva do deserto. Era um cheiro selvagem e inquieto, e o fazia sentir-se selvagem e inquieto também.

— Vamos, precisamos da sua ajuda — chamou Beatriz.

Escorregando para fora do caminhão, Pete apalpou seu caminho até a parte de trás, onde os primos estavam esperando.

Beatriz colocou as mãos sobre o baú do caminhão. Ela raramente se sentia orgulhosa ou empolgada, pois a primeira emoção exigia um interesse na estima de outras pessoas, o que ela não tinha muitas vezes (muito para frustração de sua mãe), e a segunda costumava exigir um elemento de agradável surpresa, ou percepção de um evento como algo extraordinário, o que ela não tinha muitas vezes. Afinal, a maioria dos eventos era previsível se você estivesse prestando suficiente atenção. Mas Beatriz percebeu que nesse caso ela se sentia orgulhosa e empolgada; estava chocada por sentir orgulho do conteúdo do caminhão-baú, tamanho orgulho que, em vez de apenas abrir a porta com uma expressão serena, ela teve de pensar sobre manter a expressão serena enquanto abria a porta.

Beatriz abriu a parte de trás do caminhão.

Pete ficou em silêncio por um longo momento.

— O que você acha, Wyatt, o Motim? — perguntou Joaquin.

— Bem, nossa — disse Pete.

⁂

Já em Bicho Raro, Tony finalmente tinha conseguido operar o rádio que Pete havia conseguido para ele. A grandeza de suas mãos e a pequenez do rádio haviam apresentado uma dificuldade considerável, mas o sucesso enfim havia se apresentado. Embora ainda não tivesse conseguido sintonizá-lo em uma rádio clara, Tony ficou chocado com o quão confortante era até mesmo o som da estática. Não era música ainda, mas logo seria.

Ele sentira-se perturbado desde que partira da Filadélfia, um sentimento que não melhoraria nem com um milagre, tampouco com uma boa noite de sono. Mas agora, enquanto a música lutava através da estática, sentiu algo parecido com a normalidade.

Subitamente, uma voz saltou do alto-falante.

— *Hola, hola, hola*, aqui é o Diablo Diablo, enganando algumas ondas de rádio para curtir um som hoje à noite. Nós temos um grande programa preparado para vocês. Nós temos os Cascades e um pouco de Lloyd Price, e aquele sonzinho bacana dos Del Vikings, e também estamos introduzindo duas atrações novas que acho que vocês vão adorar. Nós temos a História do Tempo, nossas notícias locais contadas na forma de duas *abuelas* falando sobre o tempo, e também temos a História Adolescente, que sou só eu lendo registros do velho diário que encontrei debaixo do colchão do meu primo, um a cada noite até ele se ajeitar e voltar para casa, para me fazer parar. Vamos lá, crianças. Será uma noite dos diabos.

Tony soltou uma respiração que ele não havia percebido que estava segurando. Abaixo dele, Jennie, a professora de escola primária, também soltou a respiração.

— Ah, não acredito — disse Tony. — Há quanto tempo você está aí?

— Ah, não acredito — repetiu Jennie. — Há quanto tempo você está aí?

Ela apontou para o rádio, mas era impossível saber o que queria dizer com esse gesto. Então ela ergueu o outro braço para mostrar que havia trazido um saco de petiscos que os dois podiam compartilhar.

O humor de Tony mudou rapidamente do aborrecimento em ser interrompido para aceitação de má vontade de Jennie, para o ódio em comer na frente dos outros.

— Não estou com fome — ele disse.

— Não estou com fome — repetiu Jennie. Então agora eram duas mentiras, tendo em vista que os dois estavam com fome.

— Não é tarde? — perguntou Tony.

— Não é tarde?

Ele compadeceu-se.

— Está bem. Apenas sente-se.

O rosto de Jennie relaxou e ela sentou-se de pernas cruzadas ao lado do rádio.

— Está bem. Apenas sente-se.

Ela sacudiu alguns dos salgadinhos de milho para fora do saco sobre um guardanapo à frente dela.

— Senhora, você precisa dar um jeito nesse problema — disse Tony. Ela ecoou as palavras dele de novo e anuiu em uma concordância pesarosa.

— Como você pegou isso mesmo? Não tem palavras que sejam suas?

— Como você pegou isso mesmo? Não tem palavras que sejam suas? — repetiu Jennie. Com um suspiro, ela estendeu um salgadinho de milho para Tony, que o aceitou, mas o deixou parado na palma da mão.

O programa de Diablo Diablo continuou. Sua voz assumiu um tom mais íntimo.

— Eis uma coisa que Jack Keroauc disse: "O que é aquele sentimento quando você está se afastando de carro das pessoas e elas ficam para trás na planície até você ver seus pontinhos se dispersando? É o mundo enorme demais saltando sobre nós, e é um adeus. Mas nós nos inclinamos para a frente, para o próximo empreendimento maluco por baixo dos céus". Se você está sentindo a falta de alguém hoje à noite, saiba que eu, Diablo Diablo, também estou. É um céu enorme lá fora, com um monte de estrelas acima dele e um monte de gente debaixo dele, e todos nós, estrelas e humanos, estamos sentindo a falta de alguém no escuro. Mas eu, Diablo Diablo, acho que se estamos todos sentindo a falta de alguém, isso quer dizer que estamos todos realmente juntos nessa nota, não é? Então nenhum de nós está de fato sozinho desde que estejamos nos sentindo solitários.

É difícil expressar o quão hipnotizante Joaquin foi nesse trecho, quão apaixonado e emocionante, porque tanto da mágica que estava no ritmo e atração da sua voz ele praticava em lugares onde os outros não podiam ouvi-lo. Se você ler essas palavras em voz alta, talvez você tenha uma ideia, mas nada é realmente parecido com ouvi-las pelos alto-falantes de um rádio.

— Agora vou rolar uma canção do ano passado, "Runaway", de Del Shannon.

A canção começou a tocar. Tony admirou-se ao perceber que a canção ainda funcionava com ele, mesmo como gigante. Parecia a ele que precisaria de mais música, maior e mais alta, para dar conta de seu tamanho agora, mas, em vez disso, viu que, após todos esses dias longe dela, a música era ainda mais efetiva. Embora ele tivesse ouvido "Runaway" inúmeras vezes antes, hoje à noite ele sentiu-a emocioná-lo tão fortemente como da primeira vez em que a ouvira.

— O que foi isso? Isso é o Joaquin Soria! — disse o padre Jiminez.

Tanto Tony quanto Jennie deram um salto, pois o padre Jiminez tinha se aproximado sem fazer ruído algum. Agora sua cabeça estava inclinada atentamente para o rádio.

— Ah, não. Que diabos você está fazendo aqui? — perguntou Tony.

— Eu ouvi a voz dele — respondeu o padre. Ele já estava em seu quarto, rezando antes de dormir, mas, mesmo com apenas uma fresta da janela aberta, reconhecera a voz de Joaquin. Ele tinha uma excelente audição por causa de suas duas grandes orelhas de coiote. — Esse é o nosso Joaquin!

Tony ergueu uma sobrancelha.

— Não é aquele garoto da camisa chamativa?

— Sim, sim — disse o padre Jiminez. — Como esse garoto cresceu nos últimos anos! Eu reconheceria a sua voz em qualquer lugar! Mas não disse que era Joaquin no rádio, não é? Como ele está se chamando?

— Diablo Diablo — Tony imitou a maneira que Joaquin o dizia, acidentalmente lançando um pouco da sua voz de Tony Triunfo. Ela soou magnífica. Jennie sorriu cheia de encanto.

— Ah, Deus — disse o padre Jiminez. — Eu gostaria que os jovens se dessem conta de que existem maneiras melhores de parecerem modernos do que invocar o maior destruidor de homens. Talvez a rádio tenha dado esse nome a ele.

— Não mesmo, padre Lassie — negou Tony. — Isso é uma rádio pirata.

Padre Jiminez inclinou a cabeça para trás para olhar em direção a Tony.

— Não entendo.

— É uma rádio ilegal. Ele mesmo se deu esse nome.

— Como você sabe que ela é ilegal?

— Nenhuma rádio legítima tem um DJ garoto tocando Del Shannon às onze da noite — disse Tony. Mesmo de sua grande altura, ele viu as orelhas do padre Jiminez descaírem. — Não se borre todo. Está sendo corajoso, e será bom para ele, desde que não seja pego. Eu me pergunto se ele construiu o próprio equipamento.

— Joaquin? — disse o padre Jiminez. — Combina mais com Beatriz. Sim, é bem mais provável que Beatriz tenha construído algo.

Tony lembrou-se de Beatriz Soria derrubando Pete Wyatt a seus pés ontem mesmo. Ela trazia a saia cheia de cabos, um ninho esquisito que o havia desconcertado no momento, mas que fazia sentido agora. Tony foi provocado a interessar-se, apesar de si mesmo.

— A Beatriz se interessa por rádios?

Padre Jiminez inclinou a cabeça. Ninguém sabia qual era o interesse de Beatriz Soria.

— Ela é uma jovem estranha.

— Não confunda as coisas, padre — disse Tony —, mas, partindo de você, isso soa bastante interessante.

O ruído da conversa atraiu Robbie e Betsy, as gêmeas. Elas estavam discutindo no quarto por puro tédio e, quando ouviram vozes na rua, foram para a janela. Quando viram um grupo reunido em torno de um rádio, presumiram incorretamente que se tratava de uma festa. Algumas discussões são melhores do que uma festa, mas não as suas, e então elas enfiaram agasalhos e juntaram-se aos outros em torno de Tony.

— Mantenha essa cobra longe de mim — disse Tony —, ou vou pisar em todas três.

Enquanto a voz de Diablo Diablo voltava no rádio, o som atraiu a atenção de Marisita. Ela acabara de retornar de mais uma busca malsucedida por Daniel, e estava cansada e desencorajada. Como ela estivera na rua o dia inteiro, não sabia sobre a mensagem que Daniel deixara para ela, e Marisita temia que ele pudesse estar morto, ou longe demais para ela encontrá-lo um dia. Agora ela parou um passo dentro da Cabana do Doutor, a porta entreaberta. Dali, podia ouvir o elevar e baixar da voz de Joaquin. Estava longe demais para discernir o que ele estava dizendo com clareza, mas reconheceu a cadência da sua participação no programa. Ela também podia ver os outros peregrinos de onde estava. Tony, pairando, apenas pés e joelhos em seu campo de visão, ambos mal visíveis pelas luzes da varanda. Jennie, sentada de pernas cruzadas junto ao rádio. As gêmeas e o padre, construindo ativamente um buraco para a fogueira contra a noite fria.

Marisita imaginou-se indo até onde eles estavam todos reunidos, com guloseimas junto. Em sua cabeça, ela lhes perguntou:

— Tem lugar para mais uma pessoa? Fiz algumas coisas para comermos.

Mas, na realidade, permaneceu onde estava, a água pingando sobre suas mãos e escorrendo para o chão.

Ela teria gostado de atribuir sua hesitação à exaustão, mas sabia que era mais do que isso. Se pensasse sobre o assunto, ela poderia admitir que, se tivesse sido uma reunião de Soria em vez de peregrinos, ela teria sido inexoravelmente atraída e, se não fosse o tabu, teria se aproximado deles no mesmo instante. Marisita estudou a si mesma a fundo, tentando determinar se era um julgamento de sua parte. Teria ela preconceito contra os peregrinos por estarem presos a meio caminho como ela estava? Não, não era isso mesmo. O que seria diferente a respeito de falar com um Soria em relação a um peregrino? E então ela chegou ao ponto: era a maneira como os peregrinos falavam uns com os outros. Todos estavam conscientes de que esta era uma situação temporária, e assim eles eram conhecidos cordiais, na melhor das hipóteses. A conversa pulava ao longo da superfície. Ela imaginava que as reuniões dos Soria envolviam menos bate-papo e mais conversa *de verdade*, o tipo de intimidade que vem de conhecer as pessoas há bastante tempo e saber que você as verá por um longo tempo no futuro também.

Então ela se deu conta de que a questão era que, apenas, sentia falta de fazer parte de uma família.

É inteiramente possível ter esse tipo de conversa com meros conhecidos também, mas nenhum peregrino dessa safra atual havia se dado conta disso ainda.

Marisita teria deixado os peregrinos para o seu bate-papo e ido para a cama, para algum sono culpado e agitado, se ela não tivesse reconhecido naquele instante que o que Jennie havia trazido como aperitivo era um saco de salgadinhos de milho. Normalmente, Marisita não exigia que as coisas dos outros fossem perfeitas, apenas as suas coisas, mas salgadinhos de milho estavam tão longe do perfeito que Marisita sentiu a própria perfeição, como um todo, deixando-a.

Ela esqueceu sua exaustão e sua culpa. *Salgadinhos de milho*.

Começou a preparar comida debaixo dos guarda-chuvas furiosamente, às pressas, querendo ser capaz de entregá-la antes que o programa de rádio tivesse terminado, antes que os outros decidissem ir para a cama. Esquentou a frigideira e, enquanto esperava que ela estivesse quente, cortou fatias fartas de melancia, pepinos e laranjas, e espremeu lima sobre eles, limpando os borrifos de lima dos cantos dos olhos, e então os temperou com pimenta e sal. A frigideira já estava quente para que Marisita colocasse o maior número de espigas de milho frescas que ela conseguisse encaixar nela. Enquanto o milho tostava, ela cortou em cubos um abacaxi e acrescentou menta, açúcar e mais suco de lima no liquidificador. Enquanto o liquidificador trabalhava ao fundo, ela misturou *crema*, pimenta *guajillo*, maionese e queijo *cotija* aos pedaços, para fazer um molho fino. Rasgou o coentro em tiras com uma fragrância fresca e acrescentou-as à tigela. Então, ainda esperando pelo milho, Marisita começou a fazer rapidamente *banderillas* coloridas para aqueles que não gostavam de doces, atravessando com palitos picles em conserva de franzir os lábios, azeitonas salgadas e pimentas vermelhas em conserva. E, por fim, o milho estava tostado e ela o transferiu para uma travessa e derramou *crema* e queijo sobre ele.

Haviam passado somente dez minutos desde que Marisita decidira preparar comes e bebes, e ela agora tinha umas frutas com pimenta, algumas *banderillas* saborosas, uns milhos na espiga e água fresca para acompanhar. Não era perfeito, mas era o mais próximo disso que qualquer outra pessoa em Bicho Raro poderia chegar.

Empilhou tudo isso debaixo dos guarda-chuvas em seus braços e caminhou a passos rápidos até onde estavam os outros.

Padre Jiminez apressou-se a ajudá-la com algumas das travessas em seus braços. Ele lambeu os lábios.

— Você é um milagre, Marisita Lopez.

Agora, a pressuposição anterior das gêmeas estava correta: *era* uma festa.

Mesmo Theldon participou. Ele não se afastou muito da casa, mas pelo menos colocou a cadeira do lado de fora da porta, e não do lado de dentro. Eles comeram a comida de Marisita e cantaram juntos as canções, e as gêmeas dançaram um pouco, o melhor que podiam com a cobra enrolada em torno delas. Tony aproximou-se perigosamente de Tony Triunfo, enquanto ele contava histórias por trás da música que Joaquin tocava, mas a verdade era que Tony sempre amara contar às pessoas a história da música.

Padre Jiminez foi quem se deu conta de que Marisita, provavelmente, não tinha ouvido falar da mensagem que Daniel havia deixado para ela. Gesticulou para que ela se aproximasse, o que foi um impulso sobretudo desinteressado de sua parte, e contou a Marisita sobre a mensagem enquanto a chuva milagrosa dela borrifava sua testa.

— Marisita, estou ouvindo — ele repetiu. — Você sabia?

Os ouvidos de Marisita tilintaram em choque, mas sua voz soou bastante calma.

— Não, padre, eu não sabia.

— Não achei que soubesse — ele disse com satisfação. — Aliás, seus milhos na espiga estão perfeitos.

— Quase — ela sussurrou, mas apenas em sua cabeça. Em voz alta, Marisita disse: — Obrigada.

Sentou-se com um belo sorriso no rosto, mas por dentro estava pensando sobre aquela mensagem, e estava pensando sobre como Joaquin e Beatriz haviam pedido que ela participasse do programa de novo. Embora nenhuma das canções que Joaquin havia tocado fossem particularmente punitivas, mesmo assim Marisita sentiu como se, com cada minuto que Joaquin passou tentando consolar o primo, ela estivesse sendo lembrada de como não estava fazendo nada. Sim, ela estava procurando por Daniel, mas isso era o que *ela* queria de si. O que *ele* queria era que ela contasse a sua história no ar. Marisita não podia fazer isso. Daniel não se dava conta de que todos a desprezariam. Enquanto os peregrinos se aproximavam uns dos outros, de certa forma unidos pela presença irascível de Tony, ela se sentia mais distante ainda. Se eles soubessem do seu passado real, jamais a chamariam de milagre.

Em uma pausa no programa, Jennie falou sem pensar:

— Enquanto sigo meu caminho, eu me pergunto o que deu errado.

Todos os olhos pousaram sobre ela. Ninguém soube dizer a princípio porque o momento parecera incomum, mas aos poucos começaram a suspeitar de que a razão era que ninguém havia instigado Jennie com palavra alguma. Ela simplesmente dissera isso. Os peregrinos olharam de um para o outro, reproduzindo mais uma vez a conversa, tentando se lembrar se qualquer um dos outros havia dito aquela frase.

Enfim, Betsy perguntou:

— Você disse isso por conta própria?

— Você disse isso por conta própria? — ecoou Jennie, mas anuiu furiosamente.

Após uma longa noite observando os outros peregrinos estando mais próximos uns dos outros do que jamais haviam estado antes, Jennie tinha desejado desesperadamente fazer com que Tony contasse sobre o que o havia trazido para Bicho Raro, e como uma pessoa tão engraçada e comunicativa acabou se vendo encalhada como um gigante no deserto. Jennie havia tentado juntar essas palavras desde o início, fracassando, como sempre, e então, finalmente, irrompera com os versos rítmicos.

— Como você disse isso sozinha? — perguntou o padre.

— Como você disse isso sozinha? — perguntou Jennie. Ela olhou desamparadamente para Tony, certa que ele, de todos ali, compreenderia o que havia acontecido. Mais cedo naquela noite, ele teria apenas respondido a esse apelo dela com algum tipo de réplica divertida, mas então Tony olhou para a expressão esperançosa de Marisita, tornada assombrosa pelas luzes da varanda, e de fato, queria que ela tivesse conseguido algo.

— Você poderia dizer isso de novo, querida?

— Enquanto sigo meu caminho, eu me pergunto o que deu errado* — disse Jennie.

Esse diálogo impressionou a todos. Não apenas Jennie não havia repetido o que Tony havia dito, mas ela, mais uma vez, havia dito algo inteiramente diferente.

As coisas estavam mudando.

— Deus move céus e terras! — exclamou o padre Jiminez, mas Tony acenou com a mão impaciente em sua direção.

— Uma letra — disse Tony. — É a letra de "Runaway".

— As palavras de outra pessoa — observou Marisita —, mas não quando elas as dizem! Você consegue outra?

— Você consegue outra? — ecoou Jennie. Mas então ela lutou por um longo momento, franzindo o cenho, tentando pensar, tentando conjurar palavras onde não havia existido nenhuma apenas um momento antes. Então disse: — Não importa como eu tente, simplesmente não consigo olhar para outro lado.**

— Connie Francis — disse Tony. — "My Heart Has a Mind of Its Own."

— Muito bem, Jennie, muito bem! Isso é progresso! — disse o padre Jiminez, batendo suas mãos nas dela. Ela repetiu as palavras dele, mas com satisfação.

— Imagino que você consiga dizer quase qualquer coisa que você precise com letras — supôs Betsy.

---

*No original: "As I walk along, I wonder what went wrong". (N. do T.)

**No original: "No matter how I try, I just can't turn the other way". (N. do T.)

— Não sei quanto a *isso* — disse Robbie.

— É um avanço! — disse o padre Jiminez de novo.

Por um minuto, ninguém falou. Não havia música, tampouco, porque o programa de rádio havia chegado ao fim. Mas mesmo assim a atmosfera estava ruidosa de otimismo e alegria, todos os peregrinos animados com o sucesso de apenas uma peregrina. Então uma coruja piou, sonolenta, acordada brevemente pela promessa distante do segundo milagre de Jennie, e todos se lembraram de como já era tarde.

Jennie olhou para cima para Tony, e ele percebeu que estava, de alguma maneira, sendo consultado em busca de sabedoria. Disse apenas:

— Você vai precisar ouvir o rádio muito mais.

# 20

Quando Beatriz, Pete e Joaquin chegaram de volta a Bicho Raro, tudo estava em silêncio e escuro, exceto pelos ruídos suaves das corujas que haviam começado a se reunir de novo. Todos os peregrinos e a fogueira tinham queimado sua lenha e silenciado. Joaquin afastou-se furtivamente para retornar sem ser notado ao trailer, um processo que era possível só se ele caminhasse muito devagar; foi necessária uma hora para ele consegui-lo do início ao fim.

Isso deixou Beatriz e Pete parados na noite fria, admirando Bicho Raro.

É surpreendente como um lugar estranho pode mudar com apenas um pouco de familiaridade. Quando Pete chegara em Bicho Raro, não fazia muito tempo, a noite fria parecia cheia de entidades sinistras e hostis. As estruturas pareciam menos com casas do que afloramentos, nenhuma delas amistosa. Mas agora Bicho Raro parecia uma simples coleção sonolenta de casas, um porto amigável no vasto mar seco da noite. Os sussurros que ele ouvira eram simplesmente as corujas nas beiras dos telhados; os arrepios em sua pele eram apenas por estar tão perto do deserto e de Beatriz. Pete sabia que a cama esperando por ele era o chão ao lado da cama do padre Jiminez, mas ele não se importava com isso.

É surpreendente, também, como um lugar familiar pode mudar com apenas um pouco de estranheza. Beatriz vivera em Bicho Raro por toda a vida e poderia ter navegado pelo vilarejo na escuridão absoluta. Ela conhecia todos os seus ruídos, cheiros e formas e sabia como essa escuridão invisível parecia quando se enroscava entre os prédios para dormir. Beatriz sabia que muitas pessoas tinham medo de Bicho Raro depois de escurecer, mas a noite sempre fora um período confortável para ela, um tempo em que seus pensamentos podiam se estender silêncio adentro sem a interferência da voz de ninguém. Mas, hoje à noite, sua casa parecia estranha e desperta, cada tábua, cada prego e cada telha bem visíveis nas luzes obscuras, toda ela maravilhosamente distinta como Beatriz jamais a vira antes. Era como se ela estivesse com medo. Sua cabeça não estava assustada — seus pensamentos procediam um tanto, como sempre. Mas seu coração parecia estar... ele estava disparando.

Mas ela não achou que se importava com isso.

— Estou quase terminando o palco — disse Pete.

— Eu vi — respondeu Beatriz.

— Você acha que gostaria de testá-lo comigo? — perguntou Pete.

Ele estendeu a mão, e Beatriz pensou por um momento antes de pegá-la. Juntos, eles subiram para o palco de dança marrom-âmbar e caminharam pelo tabuado até bem o centro. Eles pararam e encararam um ao outro.

— Não sei dançar — admitiu Beatriz.

— Também não sei — disse Pete. — Acho que daremos um jeito.

Beatriz pegou a mão livre de Pete e a colocou em sua cintura.

— Está frio — disse Beatriz.

— Está — concordou Pete.

Ele aproximou-se um pouco dela de maneira que ficassem aquecidos juntos.

— Não há música — disse Beatriz.

— Nós precisamos do rádio.

Mas a rádio havia muito ficara em silêncio, e Diablo Diablo havia tempo voltara a ser Joaquin.

Pete colocou a voz bem junto ao ouvido de Beatriz, de maneira que sua respiração aqueceu a pele dela, e começou a cantar. Não era nada extravagante, apenas Patsy Cline cantada em sua voz grave e irregular, e eles começaram a dançar. Estava bastante silencioso. Ninguém mais teria visto se não fosse o deserto. Mas, quando o deserto ouviu Pete Wyatt cantando uma canção de amor, ele prestou atenção. O deserto o adorava, e o queria feliz. Então, quando ele ouviu Pete cantando, levantou um vento em torno deles até que a brisa entoasse suavemente como cordas e, quando ele ouviu Pete cantando, fez com que o ar aquecesse e esfriasse em torno de cada pedra e planta de maneira que cada uma dessas coisas soasse em harmonia com a voz dele e, quando ele ouviu Pete cantando, instigou os gafanhotos do Colorado a entrar em ação, e eles esfregaram as pernas como uma agradável seção de metais, e, quando ele ouviu Pete cantando, deslocou o chão debaixo de Bicho Raro, de maneira que a areia e a terra soaram como a batida que casava com o som do coração incompleto que vivia em Pete Wyatt.

O som disso tirou os Soria de seu sono. Francisco olhou para fora da estufa e viu Pete e Beatriz dançando, e ele sentiu saudades de Antonia. Antonia olhou para fora da janela de casa e viu Pete e Beatriz dançando, e ela sentiu saudades de Francisco. Luis, o de uma só mão, tirou a caixa de luvas de seu futuro amor do lado da sua cama e as contou. Nana buscou a fotografia do marido falecido havia muito tempo. Michael estivera dormindo enrolado na própria barba comprida, mas acordou e voltou a dormir enrolado com Rosa em vez disso. Judith olhou para fora da janela e chorou de felicidade em ver sua irmã feliz, e Eduardo chorou também, pois ele sempre gostava de combinar com a esposa quando podia.

Enquanto dançava com Pete, Beatriz estava pensando que talvez isso fosse o que realizar o milagre parecia para Daniel. A sensação dentro dela parecia que vinha de dentro dela e de algum lugar bem fora de Beatriz, o que era impossível, ilógico e milagroso. Se Daniel estivesse ali, ele teria dito a ela que isso era porque a santidade era amor, mas ele não estava, então Beatriz só tinha de se perguntar se, finalmente, havia compreendido sua família um pouco melhor.

Pete estava pensando que gostava do jeito silencioso e observador de Beatriz, e estava pensando que gostava do jeito que a sentia, e estava pensando que podia sentir o seu coração, mas não de um jeito ruim. Ele percebeu que estivera errado em pensar que se alistar no exército ou começar uma empresa de mudança preencheria esse vazio no coração. Ele pensara que tinha vivido uma vida feliz, mas agora ele compreendia que estivera apenas satisfeito. *Esse* momento era o seu primeiro momento de verdadeira felicidade, e agora ele tinha de reajustar todas as outras expectativas em sua vida para se igualarem a ele.

Ambos se sentiram mais firmes do que antes, embora nenhum dos dois tenha se dado conta de que nunca havia se sentido firme o suficiente antes.

Quando pararam de dançar, Pete beijou com ternura o rosto de Beatriz.

Beatriz pegou a mão de Pete e imobilizou seu braço. Então, ela colocou o polegar bem do lado de dentro do cotovelo dele. Era simplesmente tão quente e suave como ela achara que seria quando da primeira vez que o vira. O polegar encaixava-se perfeitamente.

— Que tal... — começou Pete. — Que tal eu não pegar o caminhão até todo esse negócio com a escuridão de Daniel ter sido resolvido?

Beatriz refletiu. Havia muitas maneiras pelas quais a escuridão de Daniel poderia terminar, algumas mais rápidas que outras. Se eles não precisassem dirigir deserto adentro para alcançar Daniel, não precisariam do caminhão. Ela poderia encontrar outra maneira de fazer uma rádio para Joaquin que desse para ser escondida às pressas. Era muito justo. Justo demais. Por que...

— Isso pode levar um longo tempo.

— Eu sei.

Ela pousou a mão no rosto suave de Pete.

— Acho que você se saiu bem com esse palco.

— Obrigado — ele respondeu.

# 21

Você pode ouvir um milagre de longe depois do anoitecer, mesmo quando está morrendo.

Daniel Lupe Soria se encolheu na escuridão e ouviu o lento, mas urgente, movimento de um milagre distante se aproximando pouco a pouco. Ele estava a quilômetros dali, a dias dali, talvez, mas era tão silencioso no meio do deserto que não havia nada para interferir com sua audição. Daniel era tão completamente um Santo que todo o seu corpo ainda respondia ao chamado. Seus lábios já estavam formando uma oração para quem quer que esse peregrino fosse. Ele estava a meio caminho de uma oração para tornar sua mente e corpo mais puros quando lembrou que não realizaria esse milagre. Daniel não estaria em parte alguma perto de Bicho Raro quando esse peregrino chegasse. Ele não sabia o que o peregrino encontraria quando ele ou ela colocasse os pés em Bicho Raro. Ele não sabia se Beatriz realizaria o milagre apesar de seus receios, ou se Michael poderia retornar à posição de Santo após quase uma década longe dela.

Daniel não fazia nem ideia se ainda era noite.

Seus olhos estavam fechados, mas isso não importava. Pareceria o mesmo se ele os abrisse.

Tudo era escuridão.

Não tinha nada fora escuridão havia muitas horas. Após ele ter deixado a mensagem para Marisita, começara a colocar uma distância entre si mesmo e as palavras, caso ela ou seus primos estivessem tentados a encontrá-lo. Durante o tempo inteiro, sua visão estivera estreitando-se, aquelas cortinas negras se fechando de cada lado. Daniel não conseguia deixar de piscar a todo momento, como se fosse desanuviar os olhos. Mas a escuridão vinha impiedosamente. A criatura que ele sentira antes ainda o estava seguindo, embora Daniel não a tivesse visto nem de relance. Agora, ele não conseguia afastar a ideia de que a própria criatura estivesse tomando a sua visão.

Algumas horas depois de Daniel deixar a mensagem para trás, sua sorte havia acabado. A esta altura, sua visão estava cinzenta e arenosa, assim como a boca. Ele sentia os membros pesados. Quando encontrou uma cerca de arame farpado bloqueando o seu progresso, desperdiçou incontáveis minutos caminhando ao longo dela, torcendo por um portão para passar por ela. Mas estava no interior selvagem e não havia necessidade de portões, então a única maneira era passar através dela. Isso não teria representado uma grande dificuldade se ele pudesse ver, mas com apenas a luz escassa que vinha de um sol rapidamente se pondo e com apenas a luz escassa que chegava a ele através de seus olhos, parecia a Daniel que cada centímetro do arame era espinhoso. O espaço entre os fios recusava-se a fazer sentido. Sua mochila com água e comida se prendeu em um dos arames farpados enquanto ele tentava passar e, quando Daniel recuou para diminuir a tensão sobre ela, a mochila caiu de seus ombros. Parecia impossível que ela tivesse ido longe, mas suas mãos não conseguiam encontrá-la nas trevas. Os olhos cegos de aranha resvalavam apenas contra a relva, e mais arame, e postes, e então novamente relva, e mais arame, e postes. Saber que poderia estar a centímetros da mochila sem encontrá-la tornou sua busca ainda mais agonizante do que ela poderia ter sido.

A mochila já era.

Daniel não tinha visão suficiente mais para encontrar uma nova fonte de água, então, em vez disso, tateou o caminho até um arbusto grande. Ele moveu-se para baixo dele o mais devagar que pôde, para se certificar de que não estava tirando o lugar de uma cobra não vista, e então se encolheu ali. Não era muito, mas seria algum abrigo do sol quando ele nascesse em seguida. Pelo menos evitaria que Daniel desidratasse tão rapidamente e, depois que morresse, os pássaros e raposas levariam mais tempo para encontrá-lo.

Agora que Daniel não estava mais tentando se mover, ele tinha energia sobrando para se surpreender com o modo como a escuridão o mataria.

Parecia mundano e inapropriado para um Santo morrer de falta d'água em vez de por uma batalha épica por sua alma. Daniel havia esperado que a escuridão Soria seria virulenta e infernal, não comum e debilitante. Enquanto jazia no cerrado seco, começou a duvidar de que havia sido um bom Santo. Talvez, Daniel pensou, ele estivera prestando um desserviço aos peregrinos. Talvez outro Soria os pudesse ter libertado de sua escuridão mais rápido. Ou melhor, talvez ele não tivesse passado de um homem brincando de Deus.

— Perdoem-me — ele orou, e seu coração sentiu-se mais leve.

Quando as estrelas surgiram no céu aquela noite, ele havia ligado o rádio, esperando — desejando — que a voz de Marisita aparecesse.

— Perdoe a si mesma — ele disse ao ar.

Mas Marisita não havia se perdoado e assim ela não aparecera na rádio para contar a sua história. Daniel tivera de se contentar com Diablo Diablo, que ainda era um consolo. Ele riu e estremeceu enquanto Joaquin lia um dos registros do velho diário de Daniel sobre sua época rebelde, e ele cantou e suspirou enquanto Joaquin tocava algumas de suas canções favoritas. Por volta do mesmo momento em que Jennie estava se dando conta de que podia falar usando letras de canções, Daniel havia voltado os olhos para o céu e percebido que as estrelas haviam desaparecido para ele.

O rádio caiu em uma estática melancólica quando Joaquin e Beatriz pararam de transmitir.

A criatura cacarejou. Daniel estava agora inteiramente na escuridão. Ele se encolheu mais ainda em torno de si mesmo e enganchou o dedo na cicatriz na pele, onde a pedra de granizo o marcara como um pecador.

Quando o momento é sombrio, não conseguimos impedir nossas mentes de correr à solta, e assim era com Daniel. Ele não conseguia evitar que seus pensamentos galopassem para um futuro onde Joaquin era quem encontrava o seu corpo. E então sua mente avançava mais ainda para quando Antonia, Francisco, Rosa e Michael seriam forçados a ver outro Soria que havia caído, presa da própria escuridão. Daniel não era um tolo: ele sabia que era amado, e ele sabia como o amor pode tornar-se uma arma cega e incansável na morte. Eles não mereciam essa dor uma geração mais tarde. E Marisita! Não havia sofrido o suficiente? Ela já estava sobrecarregada de culpa e facilmente seria acusada por sua morte, mesmo que tudo fosse responsabilidade de Daniel.

E Beatriz, é claro. Ela seria feita Santa; ele sabia que isso era verdade: Michael jamais seria persuadido a assumir o papel outra vez. Ela o faria e não reclamaria, mas seria uma prisão para Beatriz.

A ideia da sua família sofrendo o atormentava, afogando a secura na boca e a escuridão à frente dos olhos. Em vez de rezar para si mesmo, seus lábios ressecados formaram palavras para eles.

— *Mãe...*

Mas não foi uma mãe que respondeu.

Seixos deslizaram contra seixos, e o cheiro de salvas esmagadas chegou a Daniel. Algo grande estava se deslocando em sua direção. Ele ouviu o cacarejar da criatura de novo, e então um bater de asas — presumiu corretamente que, o que quer que fosse, tinha asas. Ela estava batendo asas para mais longe dele, afugentada pelo que quer que tenha se aproximado. Mas não para muito longe.

Ele ouviu respirações. Estalos.

Daniel sentou-se então, mas estava tonto demais para se defender, mesmo que conseguisse ver. Algo o pegou pela garganta. Um cabelo encrespado soltou-se sobre sua face. O hálito arfava em seu rosto. Daniel imaginou um monstro com pelos de cavalo, uma brincadeira do diabo que enfim viera acabar com ele.

Outra mão o pegou pelo queixo. Daniel soltou um grito sufocado.

Água derramou-se sobre seus lábios e para dentro dos ouvidos. Ele estava tão chocado que, em um primeiro momento, tossiu a água. Ela desceu lentamente sobre seus lábios rachados, pela garganta abaixo e peito adentro, e era tão bom estar molhado após estar tão seco que Daniel não podia acreditar que não estivessse sonhando, exceto que nenhum sonho pode parecer tão bom quanto um gole d'água quando você está morrendo de sede.

Seu alívio dissolveu-se, no entanto, enquanto ele recobrava os sentidos o suficiente para se preocupar que tivesse sido encontrado por um Soria.

— Quem é você?

Dedos úmidos pressionaram seus olhos inúteis, esfregaram água e gordura em seus lábios rachados e derramaram mais água em sua boca. Três vozes diferentes sussurraram em três línguas diferentes. Daniel jamais poderia ter adivinhado quem viera em resposta a sua oração, e ele não teria sido capaz de adivinhá-lo nem que fosse capaz de ver, pois era uma forma de milagre do tipo que mesmo um Soria não experimentava normalmente. Os espíritos dos homens selvagens do Colorado — Felipe Soria, que havia matado o xerife por seus fêmures; o investidor de Beatriz, que havia se enforcado com a própria barba; e o alemão, que era uma raposa à época de sua morte — tinham vindo até ele.

Quem vai saber por que tinham vindo então e não antes, ou depois. Talvez estivessem expiando os pecados da vida deles. Talvez a reza de Daniel fosse fervorosa o suficiente para chamá-los de onde quer que os espíritos se deixavam ficar. Talvez eles só estivessem passando por ali a caminho de outro viajante em apuros e pararam para ajudar Daniel ao longo de sua jornada. Por qualquer que tenha sido a razão, eles o deixaram beber até estar satisfeito.

O investidor encontrou o cantil de Daniel, o alemão o encheu e Felipe Soria o colocou na mão do cego Daniel.

— *Zwei Tage Wasser* — disse o alemão.

— Dois dias de água — traduziu o investidor, que no passado ficara um ano em Frankfurt buscando o sucesso.

Felipe Soria inclinou-se próximo dele.

— Lute, meu primo — sussurrou no ouvido de Daniel. — *Quien quiere celeste, que le cueste.* — Ninguém precisava traduzir isso para Daniel: aquele que quer o céu deve pagar. Pressionou o polegar contra o outro ombro de Daniel, e ele soltou um grito. Quando Felipe Soria removeu a mão, ele havia deixado uma cicatriz que combinava com a cicatriz deixada pela tempestade de granizo.

Então eles partiram, e Daniel foi deixado sozinho, no escuro, mas vivo, por ora.

## 22

Pete trabalhava.
Ele se levantou assim que o sol nasceu, porque o padre Jiminez ganiu e mexeu as pernas dormindo e porque o chão ao lado da cama do padre Jiminez era duro e frio e também porque a mente de Pete seguia voltando para Beatriz e também porque Pete era bom no trabalho e gostava de fazê-lo.

Como não havia mais ninguém à volta para mandá-lo fazer outra coisa, Pete decidiu simplesmente continuar o trabalho no palco. Ele mal tinha colocado os pés no ar frio e seco, no entanto, quando Antonia apareceu diante dele. Ela não estivera dormindo também. Após ver sua filha e Pete dançando no palco na noite anterior, ela passara a madrugada inteira acordada cortando flores de papel de modo febril, para ocupar a mente. Quando o sol se levantou, olhou para o chão e se deu conta de que havia feito pilhas de rosas negras de papel, todas, com exceção de uma, estragadas pelas lágrimas. Havia saído para a rua às pressas para encontrar Pete assim que o viu acordar. Então, parou diante dele na luz azul do amanhecer e soltou sua ira sobre o garoto por vários minutos, enquanto ele a ouvia calado. Por fim, quando o sol começou a projetar longas sombras da manhã atrás dos prédios, Antonia cuspiu no chão e deu a Pete a sua tarefa: terminar a casa pequena que ele havia começado a construir no primeiro dia que chegara.

— O padre Jiminez pode viver lá quando você tiver terminado — ela disse. — E então você pode ter o seu quarto.

Pete estava magoado com o rancor de Antonia, mas reconheceu esse pequeno gesto de generosidade e ficou surpreso com ele. Hesitante, ele admitiu:

— Achei que você estivesse brava comigo.

— Brava? Com *você*?

— Por dançar com Beatriz.

Não havia ocorrido a Antonia que ele pudesse assumir para si a ira mal direcionada dela. A surpresa dela com isso distanciou-se rapidamente do choque, deu uma guinada inexplicável através da mágoa e, por fim, tornou-se mais raiva ainda. Antonia disparou:

— Não estou brava com você ou Beatriz!

— A senhora se importaria se eu perguntasse com quem está brava?

Quando Antonia abriu a boca, dúzias de nomes encheram o espaço entre os seus dentes, esperando para ser ditos. Mas, naquele momento, enquanto ela via o rosto ingênuo de Pete e, atrás dele, o contorno da estufa de Francisco e, dentro dela, o seu ocupante insone olhando de volta para ela, Antonia se deu conta de que o único nome que era verdadeiro naquele espaço era o seu mesmo.

— Apenas comece a trabalhar, Wyatt — disse Antonia. — Vou voltar a dormir.

Mas Pete não começou simplesmente a trabalhar. Ele queria fazer isso, mas, enquanto atravessava a tranquilidade do início da manhã de Bicho Raro, sua atenção foi capturada pela visão de Tony remexendo a parte de trás do caminhão-baú.

Ele mudou de curso imediatamente.

Tony havia se levantado ainda mais cedo que Pete e Antonia. No momento que havia luz suficiente para ver, a primeiríssima coisa que tinha feito fora procurar a fonte do programa de rádio que ouvia na noite anterior. Ele tinha várias pistas. Para começo de conversa, sabia que tinha de ser algum lugar ao qual Joaquin Soria, um garoto de dezesseis anos, fosse capaz de chegar todas as noites. Ele sabia que ele tinha de ter algum tipo de aparato de antena, e que uma antena do tamanho necessário para esse tipo de som seria difícil de esconder em um espaço pequeno. E, mais importante, ele estava cochilando apenas levemente na noite anterior quando Joaquin, Beatriz e Pete tinham voltado, e assim ele os vira descer do caminhão. Havia algumas vantagens em ser gigante.

Quando Pete o encontrou, Tony tinha a parte de trás do caminhão totalmente aberta e estava enfiado dentro dela até os ombros. Estava empolgado com o que havia encontrado lá dentro. Todas as coisas que frustravam Beatriz a respeito da rádio provisória — os improvisos criativos, o equipamento adaptado — maravilhavam Tony. Como personalidade de rádio, ele não tocava em nada disso. A rádio em que ele trabalhava era vasta e organizada, com dois simpáticos sérvios para se certificar de que ela estava tendo um bom desempenho enquanto Tony fazia o seu programa. Havia muito tempo que ele não chegava perto das entranhas de uma rádio. Agora, estendia o braço enorme para dentro do caminhão e tirava com cuidado os componentes para fora, para examiná-los.

— A sua mãe o criou para ser xereta e ladrão? — perguntou Pete.

Tony tirou o braço do caminhão e se virou para Pete.

— A sua mãe o criou para ser um escoteiro?

— Sim — disse Pete.

— Olhe, garoto, deixe de ser tão careta, não estou danificando nada. Você é absolutamente insuportável quando perde o senso de humor. Eu só estava olhando.

— Por quê?

Tony voltou-se de novo para o caminhão.

— Por que não?

Pete estava pronto para começar uma explicação sobre como o caminhão pertencia a outra pessoa e como era considerado rude remexer na propriedade de outra pessoa, mas, mesmo antes de dizê-lo, ele percebeu que Tony já sabia muito bem dessas coisas.

— Eu preciso que você dê minha caixa de discos para aquele garoto, se eles já não viraram massa mole de panqueca — disse Tony. Sua voz soava abafada dentro do caminhão. — Diablo Diablo. Eles são novidades, novidades mesmo. Diga para ele ouvir todos eles, porque precisa renovar o repertório.

— *Shhh*. Acho que a identidade dele é um segredo.

— Garoto, nada é um segredo quando você transmite em uma rádio AM. Diga a ele... diga a ele que eu quero ajudá-lo.

— Você tem certeza? — perguntou Pete. — Isso soa suspeitosamente como uma coisa bacana de se fazer, o que não combina com você.

— Olha, aí está seu lado engraçado; achei que você o tinha perdido. Diga a ele que quero ver a programação dele para hoje à noite. Diga a ele quem eu sou.

— Eu achei que *isso* era um segredo. Como o Diablo Diablo.

Tony tirou a cabeça do caminhão para encarar Pete de toda a sua altura. Pete não podia sabê-lo, pois jamais o conhecera antes do esgotamento nervoso que Tony passara na rádio, mas Tony, atualmente, estava mais próximo do seu jeito normal do que estivera em anos, mesmo com sete metros de altura. A vida tinha voltado para seus olhos.

— Você vai fazê-lo, ou não?

É claro que Pete iria fazer isso. Ele concordou, com a condição de que Tony parasse e desistisse de sua invasão de propriedade, e então voltou para o trabalho.

A esta altura, o restante de Bicho Raro tinha despertado. Todos, peregrinos e Soria, da mesma forma, ouviam Jennie praticar sua nova habilidade com entusiasmo. Enquanto o rádio retumbava de seu quarto, ela falava em voz alta e de maneira independente em fragmentos de letras ouvidas minutos antes.

— Ah, que bela manhã! — ela cumprimentou o padre Jiminez.

— A vida é doce! Pode soar como uma bobagem, mas não me importo! — disse a Robbie.

— Vou consertar esse mundo hoje — disse a Pete, enquanto atravessava a passos largos a casinha.

— Fico contente em ouvi-la — respondeu Pete, e Jennie apenas abriu um largo sorriso, em vez de repetir o que ele havia dito.

O entusiasmo dela era contagiante, e ninguém foi mais contagiado por ele do que Joaquin. Ao meio-dia, tanto ele como Beatriz tinham ido ao local de trabalho de Pete e feito companhia a ele a seu próprio modo. Beatriz sentou-se em silêncio fora do caminho, construindo uma antena dipolo de grade e admirando como Pete havia tirado a camiseta, à medida que o trabalho ficava mais duro. Joaquin caminhava de um lado para o outro sobre uma viga, tagarelando sem parar, com ideias cada vez mais grandiosas. Estava muito animado. Pela primeira vez em sua jovem vida, Joaquin sentia que estava fazendo o que realmente deveria fazer. Ele estava orgulhoso da transmissão da noite passada e tinha esperança de que Daniel tivesse mesmo sido capaz de ouvi-la. Também estava mais do que disposto a assumir o crédito pela melhoria de Jennie. Joaquin sentia-se cheio de orgulho, também, de que seu público tivesse se ampliado e passado a incluir os peregrinos.

— Nossa transmissão poderia curar a todos eles — Joaquin disse.

Tratava-se de uma declaração tão pretenciosa que Beatriz, por fim, rompeu o silêncio.

— Pode ter sido uma coincidência. Ela talvez estivesse prestes a fazer um avanço, de qualquer maneira. — Quando Joaquin fez bico, ela acrescentou: — Não estou dizendo que a rádio não tenha sido parte disso. Só estou dizendo que é preciso mais um teste.

— Que tipo de teste a deixaria satisfeita?

— Algo muito especificamente direcionado com a intenção de ajudar, de maneira que pudéssemos mensurar os resultados e saber que partiu de nós.

— Não sei o que isso significa.

Beatriz largou a antena.

— Por exemplo, se você preparasse um programa voltado para as gêmeas, destacando o que elas precisavam para se curar. Então, se elas tivessem uma rápida melhora, isso seria um resultado.

Joaquin arrepiou-se ao se sentar, tanto com a emoção de ter um efeito tão direto quanto pelo temor residual de romper com um tabu antigo de maneira tão dramática.

— Mas um programa com a finalidade da transmissão oculta — ele disse. — Nenhum nome mencionado. Então ninguém perceberia que era alguém de Bicho Raro.

Pete falou de dentro da casa a meio caminho de ser concluída.

— Também, se você não usar nome algum, qualquer pessoa que tenha um problema parecido com o delas pensará que vocês estão falando diretamente com ela.

Joaquin ficou tão entusiasmado com a ideia que teve de beber duas de suas garrafas d'água seguidas para curar a súbita sequidão da boca. Isso parecia com o futuro para ele. Isso parecia com uma rádio de verdade.

— Mostre-me dentro da casa — disse Beatriz para Pete. Ela não queria realmente ver o interior, mas estivera pensando para valer enquanto

Joaquin falava, e queria falar com Pete sozinha a respeito destes pensamentos. Como ela suspeitava, Joaquin não notou essa estratégia. Ele continuou andando de um lado para o outro sobre a viga, contemplando o seu grande show, enquanto Pete se juntava a Beatriz dentro da casinha.

A estrutura era mais impressionante do que Beatriz esperava, considerando as suas origens humildes. Agora que Pete sabia que a casinha seria terminada em vez de derrubada, ele passara a levar a construção mais a sério. Ela precisava conquistar seu espaço entre todos os prédios ali, se fosse permanecer em pé por qualquer período de tempo. Ele gostava do sentido de história e das memórias da família Soria que ouvira até o momento, então Pete começara a inserir o maior número possível de sentimentos e memórias Soria na casa. Usou parte do otimismo do já revirado celeiro para dar suporte às tábuas do chão, pintou as janelas com algo da beleza de pensamento da estufa de Francisco e pegou parte do sentimento caloroso do jardim de Nana para a argamassa entre as pedras. Ele não tinha a intenção de acrescentar a sua própria perseverança, tampouco nada do seu novo amor, mas, mesmo assim, esses traços também se juntaram aos outros. É assim que funciona o nosso trabalho: não conseguimos deixar de colori-lo com a tinta de nossos sentimentos, tanto boa quanto ruim.

Beatriz sentiu tudo isso dentro da casa. Seus pés pisavam sobre memórias, a luz corria através de memórias em sua direção e a poeira caía lentamente das memórias nos apoios do telhado. Em voz baixa, ela disse:

— Tenho uma ideia que eu temo que, se não contar para você, talvez eu a conte para Joaquin, e acho que isso seria muito imprudente.

Beatriz sentiu-se um pouco surpresa consigo mesma por chegar a falar para Pete, mas ela sabia que dar palavras para Pete era como dá-las para um cofre.

— Está bem — disse ele.

— Não acho que Joaquin esteja errado em pensar que a rádio possa ajudar os peregrinos. Acho que eles sempre precisaram de alguém para guiá-los através do processo, embora não nos seja permitido. Nós vimos tantos peregrinos passarem por aqui e aprendemos como eles solucionam os seus problemas, mas não podemos compartilhar nada desse conhecimento com eles. Não acho que esse tenha sido o jeito sempre, mas não tenho nenhuma maneira de saber isso. De qualquer forma, se for verdade... se o programa de Joaquin ajudou Jennie a noite passada, e se ele ajudar as gêmeas hoje à noite, como eu acho que ele possa, então... — Beatriz baixou a voz mais ainda, e Pete inclinou-se em sua direção de modo que ela pudesse cochichar as palavras em seu ouvido — ... então nós talvez possamos conseguir alcançar Daniel também e ajudá-lo a se curar.

Porque, enquanto Joaquin estivera discutindo o programa de rádio, ele estivera andando de um lado para o outro ao lado da pousada dos peregrinos e, desse modo, pensando a respeito dos peregrinos lotando Bicho Raro no momento. Mas Beatriz estivera pensando em um peregrino diferente: Daniel. Pete endireitou-se.

— Não tem problema em se sentir incomodada — ele disse a ela.

Isso frustrou Beatriz, que não podia compreender porque ele diria algo assim.

— Não estou incomodada. Só estou lhe contando os fatos.

Ela não se deu conta de que ambas as coisas podiam ser verdadeiras.

— Tudo bem — disse Pete.

— Não estou.

— Eu disse, tudo bem — repetiu Pete. Ele não queria irritá-la, então se apressou. — Eis o que eu penso. Acho que você deveria contar a Joaquin o que acabou de me contar.

— E se eu estiver errada? Então é uma falsa esperança.

Pete não era muito chegado a discursos, mas estivera pensando em um mais ou menos assim desde que Antonia havia enchido seus ouvidos antes mesmo de o sol estar alto. Então ele o apresentou a Beatriz.

— Bem, acredito que isso que você acabou de me contar era o problema com os peregrinos, certo? Tem coisas demais que acontecem aqui que não são faladas. Um monte de portas fechadas e olhos fechados, apenas para não se arriscar. Talvez, se você quer que as coisas mudem, você devesse começar consigo mesma. Diga a ele o que você está pensando. Talvez simplesmente descubra que essa ideia já havia ocorrido a ele também. Todos estão pensando em Daniel, não é?

Beatriz ficou calada por um longo momento, processando as palavras de Pete. Nesse silêncio, ela pôde sentir o comichão de um milagre se aproximando, mas não sabia dizer se era um milagre Soria ou apenas o milagre potencial de uma rádio que mudava vidas em um caminhão-baú.

— Acho — ela disse, por fim —, acho que talvez você esteja certo.

Assim, Beatriz deixou a casa como uma pessoa ligeiramente diferente do que havia entrado. Isso se tornaria a marca dessa casa assim que ela tivesse sido terminada, embora Pete não soubesse disso ainda. Sinalizou para que Joaquin parasse de caminhar de um lado para o outro sobre a viga e, quando ele o fez, ela tranquilamente compartilhou suas esperanças em relação ao potencial da rádio. Joaquin bebeu uma garrafa d'água, e então bebeu outra. Ele teria bebido uma quinta, mas não tinha mais. Por fim, sussurrou:

— Sinto que preciso preparar um programa bom de verdade para hoje à noite.

— Eu sei de alguém que quer lhe dar uma ajuda — disse Pete.

# 23

Francisco vivia dividido a respeito do galo de Dorothy. Por um lado, ele odiava o galo e, por outro, ele o amava. Francisco estava acostumado a trabalhar sozinho a esta altura, e ficou surpreso em descobrir como era agradável ter o galo como companhia. Apenas a presença de outra criatura viva andando por ali, vivendo a sua própria vida ao lado dele, proporcionava a Francisco um efeito intensamente estabilizador de uma maneira que ele não havia esperado, porém isso ocorria somente quando o galo estava de bom humor. O galo também vivia dividido, tanto quanto isso for possível para uma ave, devido a seu passado de luta. Ele não havia sido criado para ser um galo de rinha; simplesmente tornara-se um ao assimilar a amargura de sua dona, e assim o galo vivia dividido entre o seu "eu" mais calmo e a criatura furiosa que havia se tornado. Ele mergulhava na tranquilidade do primeiro estado por horas a fio, agradando Francisco, mas então a luz mudava na estufa e as janelas tornavam-se espelhos. Irado, o galo se lançava contra o próprio reflexo com tamanho vigor que ameaçava quebrá-las. Sangue sujava o vidro, mas era apenas o sangue dele mesmo.

Francisco tinha tentado muitas coisas no primeiro dia: chamar a atenção do galo, jogar lápis no galo e ignorar o galo. Francisco, afinal de contas, preferia seguir sendo um não participante na maioria das guerras, inclusive esta. Depois, no entanto, ele decidiu que não podia deixar de interferir e ver o galo sangrar contra o vidro. Sentiu que era cruel para um animal se ferir desse jeito, e também daria muito trabalho limpar todo o vidro. Então, quando a luz mudou enquanto o sol se punha e as janelas de baixo tornaram-se espelhos e o galo começou a atacar a si mesmo de novo, Francisco deixou sua cadeira, colocou longas luvas que usava para se proteger dos espinhos das rosas e foi até o galo. O galo estava ocupado em arranhar o vidro e não pensou em fugir.

Francisco fechou as mãos em torno do corpo do galo, prendendo as asas, e apenas o imobilizou diante do espelho. O galo foi forçado a encarar esta outra ave insolente sem atacá-la. A ave lutou no aperto firme de Francisco, e, por vários minutos, Francisco preocupou-se com que realmente pudesse se ferir, em seu fervor para escapar. Ele atacava o ar com suas garras e movimentava a cabeça abruptamente. Suas asas eram terremotos em miniatura debaixo das palmas de Francisco, enquanto o galo tentava se livrar delas.

Por fim, a ave parou, arfando, e olhou fixamente para si mesmo. O galo no espelho o olhava de volta também, cheio de desprezo. Francisco suspirou e se sentou de pernas cruzadas, não deixando que o galo fizesse movimento algum fora olhar para seu reflexo. Ele permaneceu o mais calmo que podia, tão calmo que o galo seria capaz de sentir a sua serenidade e adotá-la para si, ou, no mínimo, evitar que ira se transformasse em medo. Minutos tornaram-se horas, mas, então, a expressão do galo mudou quando ele se deu conta de que a imagem no vidro era somente ele mesmo. Seu corpo relaxou. Seus olhos tornaram-se melancólicos. A raiva tinha deixado seu corpo.

Francisco soltou a ave, mas o galo apenas desabou no chão, ainda encarando a si mesmo. Dorothy não ficaria contente, mas Francisco estava. O galo dela jamais lutaria de novo.

Francisco percebeu, no entanto, que ele havia ficado o oposto de calmo. Enquanto estivera sentado ali, imobilizando o galo, lembrou-se de Daniel quando era bebê. Embora não fosse comum à época que homens se envolvessem no cuidado de uma criança pequena, Francisco ficara com a responsabilidade maior de lidar com os pesadelos do jovem Daniel, à medida que Rosa, Antonia, Michael e Nana não conseguiam acalmá-lo durante eles. Era impossível dizer com o que o pequeno Daniel estava sonhando tão terrivelmente — talvez a memória de ser arrancado a golpes de pá do corpo de sua mãe —, mas, uma noite em cada dez, ele acordava com um terror inconsolável. Francisco segurava a criança pequena, sem dizer nada, apenas respirando, pelo tempo que fosse necessário. Cinco minutos, cinco horas. Uma vez, quando os dentes de Daniel estavam começando a nascer, segurou-o por cinco dias. Enfim, essa imobilidade se transferia para Daniel, e a respiração do bebê ficava longa e acompanhava a respiração de Francisco. Finalmente, ele adormecia de novo em um sono sem medo.

Enquanto Francisco segurava o galo, ele se lembrou de todas as noites que tinha passado fazendo isso, e, quando a raiva havia se esvaído do General MacArthur, Francisco percebeu que não conseguia mais suportar a ideia de Daniel no deserto. Ele não conseguia contemplar nada mais. Deixando o galo pensativo no chão, fugiu noite adentro até o lugar que continha mais de Daniel que qualquer outro local em Bicho Raro: o Santuário.

Quando Francisco entrou no Santuário, viu que Antonia já estava lá. Sua esposa estava ajoelhada diante da escultura de Maria e suas corujas, com todas as velas votivas queimando. Ela, também, tinha finalmente sido tomada pelo horror do apuro de Daniel, e não havia nada que pudesse fazer para evitar pensar nele, nem mesmo cortar flores de papel na mesa da cozinha. Em silêncio, Francisco juntou-se a Antonia, ajoelhando-se no sulco que Daniel havia desgastado em seus anos de orações como Santo.

Francisco não disse nada, ficando ainda mais calado em seu desespero, e Antonia também não, ficando ainda mais brava em seu próprio desespero. Ambos se sentiam destruídos imaginando o rapaz que havia ocupado o Santuário apenas alguns dias antes.

Antonia, também, começou a se lembrar de Daniel quando era criança. Quando era um bebê, Daniel fora tão rebelde quando ele fora em sua adolescência. Ele mastigava vigorosamente sobre o seio de Antonia, comia terra, virava o berço com ele dentro e arrancava o pelo dos gatos do celeiro se eles entrassem na casa. De muitas maneiras, no entanto, o jeito terrível de Daniel fora uma benção. Se ele tivesse sido um bebê doce, a dor de Antonia jamais a deixaria olhar para ele, imaginando somente como teria sido para a sua cunhada criá-lo sozinha. Mas como ele era medonho, Antonia dizia: "Foi sorte da Loyola morrer, assim ela nunca teve de dar de mamar para um demônio", e passava todos os seus momentos com ele e o amava ferozmente.

Agora essas memórias de Daniel deixavam Antonia com um nó na garganta, e ela começou a sentir-se irada no Santuário. Normalmente, Francisco não teria dito nada ou teria ido embora, o que apenas teria aumentado a raiva dela. Por anos ele não dizia nada ou apenas ia embora. Mas agora, ele se lembrou do General MacArthur e de Daniel e, da mesma maneira, colocou os braços firmemente em torno da esposa. Ele a virou para o espelho que ficava de frente para a escultura de Maria e a segurou lá. Antonia olhou para si mesma, para seu rosto contorcido e para o rosto, riscado por uma lágrima, de Francisco, e para Maria e suas corujas atrás dos dois, lembrando-a de qual era a verdadeira missão dos Soria. Minutos passaram-se assim, com Francisco ainda parado e Antonia rígida.

A raiva de Antonia morreu dentro dela e desabou contra Francisco, e por vários minutos eles choraram juntos.

— Olhe para nós, Francisco — disse Antonia. — Olhe para o que nós nos tornamos.

Francisco premiu os lábios.

— Não quero isso. Eu me sinto envergonhado demais.

A presença de Daniel no Santuário era tão potente que eles se viram falando em inglês, como fariam se ele estivesse realmente ali com eles. Os dois perceberam isso ao mesmo tempo e derramaram mais lágrimas.

— O que nós podemos fazer?

— Eu não sei. Simplesmente não sei.

Eles seguiram grudados um ao outro. Judith tinha pensado que, se ela os convencesse a dançar no palco como eles haviam feito da primeira vez que haviam se encontrado, sua mãe e seu pai cairiam nos braços um do outro de novo, e ela não estava completamente equivocada. Mas não foi o centésimo golpe de vento a derrubar o celeiro, apenas os noventa e nove. Esse lugar, o Santuário, os fazia lembrar de quem realmente eram os Soria. Dar as costas para esse chamado era arruinar a si mesmos. Francisco e Antonia estavam ambos tão engasgados com milagres não realizados e suas próprias escuridões que quase haviam se destruído.

Dessa maneira, perder os pais de Daniel havia começado a os afastar um do outro e, dessa maneira, perder Daniel os havia juntado de novo.

Do lado de fora do Santuário, eles podiam ouvir as corujas se remexendo e chamando, sentindo a presença de um milagre pairando — neste caso, a escuridão não cuidada de dentro, tanto de Francisco quanto de Antonia, ressoando contra a santidade não usada dentro de Francisco. Mas eles não eram peregrinos, eles eram Soria, e os dois tinham visto por si mesmos que a escuridão Soria era algo mais difícil. Ambos pensaram na família Soria de madeira guardada em outro abrigo próximo. Em Daniel, perdido no deserto.

— Não podemos deixar nossas filhas órfãs — disse Antonia impetuosamente.

A porta do Santuário foi escancarada.

Antonia e Francisco deram um salto de culpa e vergonha.

— Rosa — disse Antonia. — Rosa, eu posso explicar.

Mas Rosa Soria, sua forma bela e arredondada iluminada por faróis atrás dela, não estava ali nem por causa das corujas sobre o telhado, tampouco por Daniel no deserto.

— Venham até o caminhão do Eduardo e ouçam o rádio — disse Rosa. — Digam de quem parece a voz do locutor.

⊙⊘

Era inevitável que os outros Soria ouvissem a rádio um dia. Em anos passados, não teria levado tempo algum, pois os integrantes reunidos teriam notado a ausência do primo. Mas como os Soria tinham lentamente se afastado uns dos outros, caindo em suas tristezas individuais, foi preciso uma viagem tarde da noite para descobrir o segredo.

Eduardo e Luis tinham ido a Alamosa jogar cartas e, ao voltar, tinham visto os peregrinos reunidos. Parecera uma reunião de bruxos, com Tony, o gigante, no centro, uma fogueira a seus pés. Embora ele estivesse casado com Judith Soria, Eduardo Costa tinha a compreensão dos peregrinos de uma pessoa de fora. Isso significava que, normalmente, ele nem pensava neles e, quando o fazia, pensava sobre como eram estranhos, sobre a história lendária da família de sua esposa no México, e pensava que isso podia provar que Deus era real, e, se não Deus, pelo menos o diabo. De perto, eles o deixavam inquieto, e, assim, foi com desconfiança que levou sua amada picape de caçamba baixa para perto deles.

Quando deixou o carro, Eduardo se deu conta de que os peregrinos não estavam realmente reunidos em torno de Tony ou do fogo — o ponto de interesse real era um rádio.

— *Holaholahola*, aqui é o Diablo Diablo de novo, andando na ponta dos pés através da noite, com apenas quinze volts e um sonho. Nós temos um grande programa para vocês hoje à noite. Nosso tema será o amor. Eu sei o que vocês estão dizendo: "O tema de todas noites nesse programa é o amor, Diablo Diablo!", mas não estou falando desse tipo de amor. Não do amor de beijos e abraços, meus amigos. Nós estamos falando do amor como de sua mãe, de seu irmão, de sua irmã, de sua tia. Então o que nós temos, o que nós apresentaremos? Eu tenho algumas cartas de amor... não amor assim! Não amor assim! Vocês esperem... que os ouvintes escreveram para eu ler no ar. Tenho outro registro do diário do meu primo. E tenho algumas canções novinhas mandadas por um amigo lá do leste que tem um ouvido bom para o que é quente. Eu sei que é tarde, mas sigam sintonizados e acordados, porque lá vamos nós. Vamos abrir os trabalhos com um clássico do Trío Los Panchos.

Eduardo, instantaneamente, reconheceu a voz de Diablo Diablo. *Joaquin!*, ele pensou. O seu primo por casamento de dezesseis anos, inútil e metido, um DJ! Eduardo não era bobo, já ouvira algumas rádios piratas, e soubera de imediato que era isso que estava ouvindo. Como Eduardo era um macho típico do tipo muito valorizado à época e como uma rádio pirata trazia um elemento de risco consigo, isso aumentou a estima por Joaquin, aos olhos de Eduardo, em muitos graus. Antes Joaquin havia sido meramente ridículo para ele, mas agora Eduardo revisou todas as memórias que tinha dele, a fim de incluir seu papel como um DJ pirata. Agora o estranho gosto de moda dele parecia um cumprimento tímido a sua vida secreta. Os cabelos de Joaquin tremeluziam. Eduardo era um cowboy antiquado; Joaquin era um cowboy do rádio. Isso mudaria a sua relação pelo resto de suas vidas.

— De onde Joaquin está transmitindo? — perguntou Judith.

— *Shhhh* — calou-a Nana.

Todos os Soria adultos ouviam à transmissão. Como os primos tinham levado todos os outros rádios em Bicho Raro, isso significava que eles estavam reunidos dentro e à volta da picape de Eduardo. Rosa, Antonia, Judith e Nana estavam esmagadas dentro da cabina, amontoadas juntas, para se aquecer. Elas não queriam ligar o aquecedor para o aparelho não abafar alguma parte da transmissão. Francisco, Michael e Luis se empoleiraram na caçamba da picape. Eduardo sentou-se no capô e fumou um cigarro. Ele não acreditava em sofrimento, então se sentia suficientemente aquecido.

Diablo Diablo disse:

— Eis uma carta de um ouvinte anônimo. Ele diz: "As pessoas sempre disseram que eu era preguiçoso, um vagabundo que apenas ocupava espaço. Minha irmã sempre pensou o melhor de mim e me sinto um pouco mal por desapontá-la. Ela sempre achou que eu ia virar algo, e ela costumava praguejar com qualquer pessoa que dissesse diferente, e é uma droga que acabei não virando algo porque sinto que todo o praguejar dela foi para nada. É claro que ela talvez fosse praguejar de qualquer jeito".

Os peregrinos tinham escrito as cartas. Essa foi uma das ideias que Tony tinha sugerido para Joaquin durante o curso da tarde. Tony, afinal de contas, tinha experiência em primeira mão de como a participação dos ouvintes podia incrementar bastante o sucesso de uma rádio. Os dois tinham se dado bem na medida do possível em que duas pessoas poderiam se relacionar quando toda a comunicação tinha de passar por um rapaz de Oklahoma, particularmente quando eles descobriram que ambos adoravam a mesma parte de uma rádio: a interseção da música com histórias.

Diablo Diablo continuou:

— "Se ela estiver ouvindo, eu gostaria de dizer a ela que eu realmente precisava do praguejar dela. Acho que isso não me fez fazer coisa alguma, mas me fez mais feliz enquanto eu não estava fazendo coisa alguma. Talvez um dia eu ainda seja alguém. Talvez." Tenho a impressão de que nosso ouvinte anônimo precisa de algum combustível no seu motor. Por sorte, eu tenho a coisa certa, fui ouvir ela só hoje e não consegui parar de ouvir desde então: eis a novíssima "Loco-Motion", de Little Eva. Vamos lá.

Uma mistura de emoções encheu o espaço em torno do rádio na picape de Eduardo: choque, raiva, prazer, orgulho e, finalmente, à medida que as corujas começaram a circular os peregrinos, ansiedade. Milagres não realizados pairavam densos no ar, e os pássaros estavam enlouquecendo com isso, dando rasantes e chamando, as penas voando por toda parte. Haviam segundos milagres engasgados nos peregrinos e primeiros milagres nos Soria.

— Vamos ler mais um par de cartas de duas ouvintes anônimas. Lembrem-se, aqueles entre vocês levantando as orelhas para nos ouvir de casa, o tema para hoje à noite é o amor, e essas são cartas de amor, cartas sobre todos os tipos estranhos de amor que sentimos por nossa família e amigos. Enquanto você estiver ouvindo essas palavras, amigo, pense sobre o que você contaria a esses escritores anônimos. Você os consolaria? Daria conselhos? Concordaria? Ou talvez apenas uma ótima musiquinha das Shirelles. Ah, sabem de uma coisa, vou rolar essa, e voltaremos para ler a carta depois da canção.

Os Soria não disseram nada durante os dois minutos e trinta e oito segundos que as Shirelles levaram para perguntar se eles ainda as amariam amanhã. Eles esperaram com toda a atenção até Diablo Diablo voltar com a carta que tinha prometido.

— "Eu não sei se eu amo a minha irmã ou se eu *tenho* de amá-la porque nós somos basicamente a mesma pessoa. As pessoas estão sempre dizendo que somos parecidas; é a primeira coisa que elas dizem. Então todo o resto é medido por comparação. *Na realidade, você é um pouco mais alta que a sua irmã*, ou *Ela comeu mais do que você*, ou *Você lê livros maiores do que ela*. Nada acontece que diga respeito somente a mim. Acho que isso faz de mim uma egoísta, então é algo estúpido. Ainda bem que essas cartas são anônimas." Vocês já se sentiram assim um dia, ouvintes, como se só existissem em relação a outra pessoa em sua vida? É um sentimento terrível. As pessoas são como cordas doces, doces... nós as amamos quando estão tocando bem juntas, como no belo número que vou rodar em seguida, mas seria uma vergonha e tanto esquecer que sonzinho adorável um D maior faz quando dedilhado em um único violão.

Todos os Soria na picape de Eduardo se imaginaram, primeiro, como parte da canção Soria, e então como cordas individuais. Todos consideraram que a canção que eles vinham tocando coletivamente não era muito harmoniosa.

Diablo Diablo continuou:

— Segurem essa ideia... Vou ler esta segunda carta agora, porque ela também é de uma irmã para uma irmã. "Eu amo a minha irmã, mas também a odeio. Nós brigamos o tempo inteiro. Ela sabe tudo sobre mim e eu sei tudo sobre ela, então nós realmente não temos algo para conversar. Nós só brigamos. Às vezes, eu sonho que saí e consegui uma vida muito empolgante com amigos empolgantes, e no fim do dia volto para ela e sou capaz de contar a ela tudo sobre essa vida e as coisas ficarão bem de novo, mas tenho medo demais de fazer isso, na verdade. Ela gosta de mim porque ela tem de gostar de mim. E se ninguém mais gostar?"

Mais próximas do fogo, Robbie e Betsy sentiam-se um pouco constrangidas. Elas eram as autoras dessas cartas entrelaçadas, é claro, e era difícil olhar nos olhos uma da outra, ouvindo-as sendo lidas em voz alta. Muitas vezes é mais fácil ser verdadeiro consigo e com os outros escrevendo, e esse era o caso ali.

Diablo Diablo disse:

— Tenho uma canção para essas duas irmãs, mas também tenho um conselho para dar. Eu sei que vocês estão dizendo: "Ninguém pediu conselho algum a você, ou a sua mãe". Eu sei disso, eu sei disso, mas ele não é meu ou de minha mãe, ele é de Frida Kahlo, oferecendo alguma verdade para todos por aí que não conseguem se soltar. Eis o que ela disse: "Nada é absoluto. Tudo muda, tudo se movimenta, tudo dá voltas, tudo voa e vai embora". Irmãs, quero que vocês pensem sobre isso enquanto eu toco para vocês uma canção que tem muito a ver com amor, mas também um pouco com libertação. Vamos ouvir "Break It to Me Gently", de Brenda Lee.

Enquanto Brenda Lee começava a cantarolar baixo pelos alto-falantes, Francisco, subitamente, juntou as peças. O rádio, as cartas, as corujas dando rasantes sobre sua cabeça.

— Os peregrinos são os ouvintes. Eles escreveram as cartas — ele disse.

E então, pela primeira vez, os Soria respondiam diretamente as perguntas deles.

# 24

Como a mente de Beatriz era uma coisa ocupada e prática, tinha repassado a possibilidade de sua família descobrir a rádio muitas dúzias de vezes. Considerara todos os tipos de desfechos, tanto positivos como negativos. Tinha se preparado para o envaidecimento insuportável de Joaquin se ele recebesse um elogio de qualquer um dos familiares. Ela havia desenvolvido argumentos persuasivos, porque a rádio provavelmente não era de fato uma isca para a CFC, ali no interior do sul do Colorado, onde as ondas de rádio não valiam o suficiente para que gente da cidade viesse tirá-las das mãos de jovens piratas. Ela havia decidido como descreveria a construção da rádio para o seu pai, de maneira que ele ficaria encantado com o processo. Beatriz tinha refletido sobre como defender o uso do caminhão-baú que em outras circunstâncias fora inútil.

Mas jamais havia pensado, antes daquela noite, sobre como poderia se defender após infringir a regra mais séria que a família tinha. Ela não havia pensado sobre isso porque, antes de Marisita, Joaquin e Beatriz jamais haviam usado o caminhão desse jeito e, antes de Jennie, eles não tinham se dado conta de que o fariam de novo. Beatriz não era particularmente uma infratora de regras, já que ela não se importava de seguir uma regra desde que ela não interferisse em seu caminho, e não entrava em discussões, à medida que ela jamais erguia a voz, e não se metia na vida de outras pessoas, porque ela mesma não gostava que se metessem na dela, então Beatriz não estava acostumada a estar encrencada. A última vez em que se encrencara seriamente foi quando ela nasceu, pois Beatriz deveria ter sido um garoto. (Alexandro Luis Soria era o nome que ambos, Francisco e

Antonia, haviam escolhido para ela, e Antonia a havia imaginado como um homem audacioso e loquaz, como o pai de Antonia havia sido antes de morrer jovem em um acidente de dirigível esquisito. Francisco a imaginara um cientista esperto e inteligente, e, à época, presumiu sem refletir que apenas um homem poderia ser tão racional.) Todo o resto, desde o choque com a feminilidade de Beatriz no nascimento, havia sido uma controvérsia menor em comparação; então, meter-se em uma encrenca não era uma consequência que ocorria prontamente a ela ao prever o futuro.

Mas agora estava encrencada.

Tão logo o caminhão voltou a Bicho Raro e estacionou, suas luzes desligadas para não chamar a atenção, figuras apareceram a sua frente como espíritos. Todos os Soria tinham aparecido para confrontar Beatriz, Joaquin e Pete. Beatriz jamais vira os rostos deles da maneira que eles pareciam nessa noite, nem mesmo quando estavam olhando a mensagem de Daniel para Marisita. Ela compreendeu então que a questão não seria a desobediência de uma rádio pirata. Havia um tabu, e ele era acompanhado de consequências reais, e Joaquin e Beatriz estavam experimentando sobre as bordas acidentadas dele.

— Você nos odeia? — disse Rosa. Ela acreditara que Joaquin infringira o tabu no momento em que lera as cartas das irmãs em voz alta, e agora estava chorando de medo e alívio em ver que ele não havia mudado. Meramente desobediente, não perdido para a escuridão. — Por que você brincaria com isso, Joaquin, como se fosse nada, quando Daniel perdeu tudo pelo mesmo preço?

Joaquin permaneceu parado. Ele estivera suspenso na empolgação do programa. Achara que ele era bom enquanto o escrevia, e achara que ficara ainda melhor com as notas de Tony, e achara que ficara muito bom quando o gravara, mas, quando o ouviu sendo transmitido na rádio, achou que tinha ficado excelente, e ele não estava errado. Joaquin ainda estava tomado pela sensação poderosa de ter feito exatamente o que nascera para fazer. Esse era o milagre *dele*, e estava extasiado com essa santidade elétrica. Durante toda a viagem de volta a Bicho Raro, a emoção e a exatidão desse milagre o tinham deixado incapaz de contemplar qualquer outra coisa.

Então, quando ele se viu confrontado, não conseguia pensar no que dizer. Era oposto demais a como ele se sentia momentos atrás.

— E *você!* — disse Antonia a Pete. — Eu confiei em você e achei que respeitava a minha família. Em vez disso, está nos jogando ao perigo como se fôssemos nada.

Isso atingiu Pete em cheio, pois tudo que ela disse era verdade, tanto o bom quanto o ruim. Ele havia passado mensagens entre Tony e Joaquin o dia inteiro. Havia coordenado a escrita das cartas pelos peregrinos. Tinha ido junto e batido estacas no chão e ajudado Beatriz a erguer uma antena mais alta ainda, e então guardara apressadamente tudo de volta, quando eles tinham terminado. Ele soubera desde os seus primeiros dias em Bicho Raro que os Soria não deveriam interferir com os peregrinos e, não obstante isso, havia se deixado usar — alegremente, com prazer! — como um conduto entre eles. Pete era tão culpado quanto os primos.

— Quero que você parta daqui na primeira luz do dia — disse Antonia. — Isso é inaceitável. Como eu poderia confiar em você de novo?

Beatriz não conseguia suportar a expressão de Joaquin, tampouco a expulsão de Pete.

— Foi ideia minha — ela disse.

— Mas *por quê?* — perguntou Judith.

— Foi um risco calculado — seguiu Beatriz, já sabendo como essas palavras soariam para a sua família antes de dizê-las. A decisão de Daniel havia sido um risco calculado também, e agora ele estava desaparecido. — Nós achamos que tinha de haver uma forma melhor.

— E se a escuridão tivesse vindo atrás de você, Beatriz? — disse Francisco, e ela sabia que ele estava bravo porque ele falara isso em vez de assobiá-lo. — E se a escuridão caísse sobre você enquanto você estava no meio do deserto realizando esse experimento secreto, esse risco calculado? E se a Judith saísse à procura de você e também fosse pega por ela, e então sua mãe saísse à procura de você e fosse pega por ela, e assim por diante? Você calculou isso?

Beatriz não disse nada. Ela havia pensado sobre as consequências possíveis, mas não deste jeito. Aquela primeira noite com Marisita, ela havia proposto a Joaquin que fosse embora se estivesse com medo, porque sabia dos riscos. Se ela tivesse trazido a escuridão sobre si mesma, Beatriz teria feito exatamente a mesma coisa que Daniel e teria se exilado no deserto e se certificado que não fosse encontrada. Ela era muito boa em quebra-cabeça e tivera certeza de que poderia fazer um de sua localização, se assim fosse necessário; Judith jamais a encontraria. Beatriz ponderou o benefício de dizer tudo isso em voz alta e não viu valor nenhum nisso, então ela não disse nada.

— Como você não acredita no tabu depois do que aconteceu com Daniel? — perguntou Antonia.

A resposta verdadeira era que Beatriz acreditava no perigo, mas não acreditava no tabu. Ela ponderou o valor de dizer isso e viu que isso também era inútil de se dizer em voz alta. Beatriz achou que, ao fazê-lo, estava melhorando a situação, mas qualquer pessoa que já tenha discutido com um participante calado perceberá que o silêncio, às vezes, pode ser mais frustrante do que uma defesa.

Esse era o caso com os Soria e Beatriz. Eles ficaram mais contrariados e disseram mais coisas para os dois primos, enquanto Beatriz meramente ouvia. Quanto mais ela ouvia, mais frustrados eles ficavam, e, quanto mais frustrados eles ficavam, mais certeza tinha de que não conseguiria deixá-los verdadeiramente à vontade com suas decisões. Beatriz não sabia como desculpar-se por uma regra que ela havia infringido depois de considerar os riscos, porque, embora compreendesse por que eles estavam bravos, ainda não sentia por tê-lo feito. Ela apenas compreendia que não poderia contá-lhes essa verdade, ou eles ficariam ainda mais contrariados.

— Vocês não querem que as coisas sejam diferentes? — disse Joaquin finalmente. Ele tinha apenas dezesseis anos, mas, nesse momento, era o Joaquin que ele se tornaria em vez do Joaquin que ele era. Era o homem que seria Diablo Diablo em uma cidade maior, uma voz para os peregrinos na noite. — Nós passamos o tempo inteiro nos escondendo em casa quando vemos um peregrino passando? Nós os vemos sofrendo e não dizemos nada! Nós inalamos o aroma da comida de Marisita e estamos amedrontados demais até para dizer que ela está com um cheiro delicioso! Nós temos fome! Nós temos fome de... de *tudo*, porque temos medo demais para comer! Olhem para nós todos parados aqui, porque estamos com medo deles. É por isso que vocês estão aqui, certo? Medo!

— E onde está o seu primo Daniel, Joaquin? — demandou Rosa. Ela não o havia chamado de nada, a não ser Quino, desde que ele era criança, e agora Joaquin recuou diante de seu verdadeiro nome, embora em qualquer outro momento ele o tivesse ouvido com alegria. — Nós não temos medo por sermos covardes.

— Você acha que nós o amamos menos do que você? Ele é nosso filho. Ele é nosso Santo — disse Antonia.

A dor na voz dela não era maior do que a dor que qualquer um deles estava sentindo.

— Nós achamos... disse Joaquin, e parou. Ele não conseguia ser lógico e moderado. — Beatriz, conte a eles.

— Nós achamos que a rádio está fazendo uma diferença — disse Beatriz. — Jennie fez um progresso ontem após ouvir a rádio; ela conseguiu falar através de letras de músicas. O programa de hoje era para as gêmeas. Se elas forem mudadas pela rádio, e ainda estivermos seguros depois da transmissão, então encontramos uma maneira de ajudá-las a se curar sem nos colocar em perigo. Nós poderíamos ajudar os peregrinos a seguir em frente de maneira que eles não lotariam Bicho Raro por tanto tempo.

— Nós estamos construindo uma pousada — disse Michael.

— Nós preferiríamos ter uma pousada do que nossos filhos levados pela escuridão por riscos estúpidos — acrescentou Antonia.

Beatriz persistiu na parte mais importante.

— Nós achamos que, se encontrássemos uma maneira de ajudar os peregrinos, poderíamos encontrar uma maneira de ajudar Daniel.

Agora todos estavam em silêncio, como Beatriz normalmente ficava.

— Beatriz — assoviou Francisco tristemente, por fim; mas ela não queria a pena dele; estivera só declarando a verdade.

— Daniel queria que nós pensássemos mais a fundo sobre isso — disse. — Ele queria que nós pensássemos sobre por que fazemos as coisas que fazemos.

— Me passe as chaves — disse Michael. — As chaves do caminhão.

— Mas *Daniel!* — protestou Joaquin. — Ele está ouvindo. Vocês se lembram da mensagem?

Todos se lembravam da mensagem. Agora era algo que causava agonia a todos eles.

— Por favor — seguiu Joaquin. — Não podemos parar, ou ele não terá a nós para ouvir. Ele vai ficar sozinho.

Judith começou a chorar baixinho sobre a impossibilidade disso. Michael estendeu a mão.

— Estou pensando sobre a minha família que ainda não está perdida, e isso inclui você, meu filho. Agora me dê essas chaves e não me faça tomá-las.

— Por favor — disse Joaquin de novo, e ele, também, estava próximo das lágrimas.

O som da voz dele e toda a conversa deles foram praticamente abafados pela comoção das corujas. Todo Soria sabia o que a bagunça dos pássaros significava: eles eram instigados até a loucura por um milagre. A família procurou no céu e no chão pela fonte do entusiasmo das corujas, mas não viram nada fora a escuridão.

— Joaquin — disse Michael. Ele não queria levar adiante a sua ameaça de pegar as chaves à força, mas Joaquin não havia se mexido para dá-las, então ele avançou em sua direção. No último instante, Beatriz colocou-se na frente de Joaquin e soltou as chaves de sua mão.

Ninguém se sentiu particularmente vitorioso. Não há alegria possível ao se defender a inação e o medo.

As corujas voaram à grande altura sobre a família, desaparecendo noite adentro, e Bicho Raro caiu em um silêncio incomum. Uma pena passou flutuando por Beatriz. Ela até poderia ter pegado a pena, mas não estendeu a mão.

Saindo da escuridão silenciosa, duas figuras se aproximaram. Elas tinham suas silhuetas desenhadas pela luz clara dos faróis do caminhão. Todos os Soria largaram o que estavam fazendo para observá-las se aproximando, pois um processo de eliminação provou que elas tinham de ser peregrinos, e eram.

— Não se aproximem — Antonia avisou-as. — Vocês estão cansados de saber disso.

Mas os peregrinos continuaram se aproximando. Eram as gêmeas, Robbie e Betsy. Todos os Soria adultos recuaram. A noite pareceu perigosa e fora do comum, e tinha-se a impressão de que qualquer coisa poderia acontecer, mesmo peregrinos os atacando com a própria presença, violando intencionalmente o tabu.

— Não se preocupem — disse Robbie.

— Só estamos indo embora — disse Betsy.
— Para onde? — quis saber Antonia.
— Para casa — respondeu Betsy.
Porque elas não eram mais peregrinas.

Dias antes, quando Pete tinha chegado, as garotas estavam entrelaçadas, juntas, por uma cobra que não as deixava viver separadas. Agora a cobra não existia mais. Em vez disso, elas eram apenas garotas paradas lado a lado, próximas, mas nem tanto.

— Vocês mataram a cobra — disse Joaquin.
— Não — respondeu Robbie. — Bom, mais ou menos. Nós decidimos matá-la, juntas, mas assim que decidimos isso, ela simplesmente...
— Desapareceu — completou Betsy. — Enquanto as corujas ficaram malucas.

A decisão de trabalhar juntas para viverem separadas as havia libertado.
— Funcionou — disse Joaquin. — Beatriz, *funcionou*.

E este foi mais um milagre que os Soria não haviam testemunhado por um longo tempo: esperança. Todos os Soria, Beatriz e Joaquin incluídos, imediatamente sentiram os olhos atraídos para o Santuário onde Daniel costumava estar. Onde Daniel *deveria estar*.

Michael devolveu as chaves para Beatriz.

## 25

Prédios não são muito bons em se lembrar das pessoas que os ocuparam um dia.

O deserto do altiplano em torno de Bicho Raro tinha mais do que sua cota justa de edifícios abandonados, e Marisita ia caminhando entre eles, devagar. Toda vez que ela achava que tinha procurado em todos os prédios dentro de uma distância acessível de Bicho Raro, ela encontrava outro. Eles vinham em todos os formatos. Eles eram celeiros desabados, é claro, como o celeiro do qual os Soria retiravam madeira, e velhos vilarejos de mineração como aqueles pelos quais Pete e Beatriz tinham passado perseguindo Salto. Havia abrigos de equipamentos e casas de poços. Mas havia também casas de verdade, residências de propriedades rurais dispersas, cabanas sólidas com varandas e histórias esquecidas. Marisita sempre ficava chocada com quão pouco ela conseguia aprender sobre as pessoas que tinham vivido nelas, embora algumas estivessem abandonadas havia apenas poucos anos. Tecidos e tapetes esmaeciam até a ausência de cor, artigos de vidro e quinquilharias eram quebrados e cheiros desapareciam. Ela ouvira dizer que casas como essas costumavam ser ocupadas por famílias que haviam sido compradas por madeireiras, ou aterrorizadas para deixá-las por fazendeiros brancos, mas Marisita não tinha como saber com certeza. Ela achava deprimente o quão rápido as memórias eram substituídas por rumores. Tragédias deixavam para trás artefatos tão sutis...

Marisita adentrou mais uma casa vazia, no dia depois de a rádio ter deixado de ser um segredo. Estas tinha uma porta da frente (às vezes elas não tinham), mas estava faltando a maçaneta. Catadores, tanto humanos quanto animais, já haviam feito seu caminho pelo interior dela, então apenas algumas cadeiras simples permaneciam, derrubadas de lado. Não havia cama, mas teria sido um bom lugar para se buscar abrigo de um pernoite frio.

— Daniel? — chamou Marisita.

Não houve resposta. Nunca havia uma resposta. Marisita conferiu todos os quatro aposentos de qualquer maneira, caso Daniel não conseguisse falar, ou estivesse morto. Quando voltou para a entrada obscura, Marisita endireitou cuidadosamente todas as cadeiras, tentando retornar o aposento ao mais próximo da perfeição de que ela era capaz. Olhou para as cadeiras por um longo momento, tentando imaginar que tipo de família teria sentado ali, e então desabou em uma delas e chorou. A água se juntou em torno de seus pés e passou por entre as falhas das velhas tábuas do assoalho.

*Por favor, esteja vivo*, disse Marisita, mas apenas em sua cabeça.

Após alguns minutos, ela se levantou e pegou sua mochila que estava do lado da porta da frente e deixou a casa para trás. Queria estar de volta a tempo para o programa de rádio. Hoje à noite seria diferente de todas as outras noites, porque agora que os Soria sabiam que Beatriz e Joaquin estavam tocando a rádio, eles insistiram em que os primos transmitissem ao vivo de Bicho Raro. A meta única era alcançar Daniel, e toda a família queria estar ali para ver.

Marisita tinha uma carta no bolso, de Beatriz. Ela provavelmente estava encharcada, mas se lembrava do que ela dizia, pois era tão breve: "Marisita, espero que você considere terminar a sua entrevista hoje à noite. Beatriz".

Mas o coração de Marisita não tinha mudado. Ela ainda não queria contar a sua história. A ideia de contá-la em voz alta a fazia se sentir tão doente quanto nos dias em que seu passado havia se desenrolado, e toda vez que ela revivia as memórias, suas lágrimas se renovavam e a chuva caía mais forte sobre Marisita e suas borboletas. Ela achava que os Soria provavelmente já a desprezavam por atrair o seu Santo para a escuridão. Quanto mais eles a desprezariam, pensou, se soubessem que tipo de pessoa ela era?

Marisita pensou sobre a última coisa que Daniel tinha lhe dito, e lembrar-se disso avermelhou seus olhos novamente, com sempre acontecia Ela o amava e sentia sua falta. Marisita examinou o horizonte claro em busca de sinais dele.

Não havia sinal de Daniel, apenas outra casinha, uma gêmea da casa em que ela acabara de procurar. Havia uma história que unia essas duas casas, mas havia se desintegrado com as cortinas. A porta da frente caiu quando Marisita a abriu, sobressaltando uma cobra-fio, também conhecida como cobra-cega, de debaixo dela. A poeira que subiu no ar reagiu com a tempestade sobre Marisita, provocando estalos elétricos. Marisita esperou que passassem, então entrou na casa. Não havia móveis no aposento maior. Havia apenas um santuário para a Virgem de Guadalupe no canto. Marisita agachou-se diante da estátua. Maria, os olhos voltados suavemente para baixo, tão meigos quanto os olhos de Daniel, estava em pé sobre uma pilha rudemente esculpida de rosas amarelas. As palavras *¿No estoy yo aquí que soy tu madre?* estavam pintadas em meio às flores. A chuva do milagre de Marisita salpicou a cerâmica, dando a impressão de que a Virgem chorava.

Marisita fechou os olhos com a intenção de rezar, mas, em vez de uma oração, ela pensou sobre as histórias perdidas daquelas casas abandonadas, e sobre Daniel, e sobre a luta da família Soria. Ela pensou sobre como um Santo descuidado e insensato poderia reduzir Bicho Raro a mais uma dessas propriedades abandonadas com a maior facilidade, uma conversa mal colocada impelindo uma escuridão mortal sobre uma família inteira. Daniel havia colocado todos eles em perigo, apesar de seus melhores esforços para separar-se, pois havia, de alguma forma, esquecido o quão tenaz o amor era, mesmo diante do medo. Ela havia percebido isso antes de partir aquela manhã. A família dele ainda estava com medo, mas mesmo assim eles haviam se unido em torno da esperança.

Ela tirou a carta de Beatriz do bolso. Estava encharcada, mas a tinta não tinha manchado. O pedido de Beatriz seguia decididamente nítido.

Marisita sabia que o medo de compartilhar sua história era egoísta. Ela vira como a música tinha ajudado Jennie, e ela vira como a exploração sutil da verdade de Diablo Diablo ajudara Robbie e Betsy a derrotar a sua escuridão. Era possível que contar a história dela pudesse ajudar Daniel. Eles não sabiam o que ele *precisava* ouvir para derrotar sua escuridão, mas sabiam o que ele queria ouvir: Marisita. E, no entanto, ela estava ali porque era mais fácil para ela — Marisita estivera fugindo de seu passado por meses e sabia em seu coração que isso havia se tornado simplesmente outra maneira de fugir.

A escultura da Virgem havia parado de rezar e, em vez disso, estava estendendo suas mãos de cerâmica na direção de Marisita. Com um suspiro, Marisita dobrou a carta molhada de Beatriz antes de pousá-la sobre as mãos da Virgem.

Ela fez um voto: se ela não encontrasse Daniel naquela tarde, retornaria a Bicho Raro e contaria a sua história na rádio.

Apenas alguns minutos mais tarde, descobriu a mochila perdida de provisões de Daniel. Ela estava dependurada no arame farpado, apenas alguns fios presos em torno das farpas. Marisita correu em sua direção como se a mochila pudesse fugir dela, e então pegou-a em seus braços. A mochila ainda cheirava a ele, como as velas do Santuário, e ela a segurou junto ao rosto até sentir o tecido encharcar-se com a chuva sobre ela. Então a abriu e vasculhou seu conteúdo. Para sua preocupação, Marisita viu que estava cheia. Supôs, corretamente, que isso significava que Daniel não quisera deixá-la para trás.

— Daniel! — ela chamou. — Daniel, você pode me ouvir?

Marisita encontrou uma pedra do tamanho de sua mão, que ela colocou sobre o topo do poste da cerca mais próximo dela, de maneira que teria um marcador de onde havia encontrado a mochila. Jogando a mochila de Daniel sobre os ombros, além da própria sacola, ela começou a caminhar ao longo da cerca, procurando por indícios de que um rapaz havia passado através dela. Marisita caminhou de um lado para o outro, em círculos cada vez maiores. Sua boca não estivera demasiadamente seca antes de ela encontrar as provisões de Daniel, mas agora tudo o que conseguia pensar a respeito era baixar sua sacola do ombro e dar um gole d'água. Marisita recusou-se, no entanto, a imaginar quão sedento ele deveria estar, sentindo-se egoísta por saber que podia dar um gole d'água quando bem quisesse.

Ela sabia que talvez ele já estivesse morto. Ela sabia que ele talvez tivesse mandado uma mensagem para ela em vão.

Chamou seu nome de novo.

Ela não sabia que Daniel podia ouvi-la.

Daniel estava talvez a cem metros de Marisita, ainda encolhido junto ao arbusto debaixo do qual se abrigara antes. Quando ouviu a voz dela, seu coração deu um salto e então parou. Ele desejava que ela o encontrasse, que o abraçasse para espantar a criatura que ainda o acompanhava. Imaginou Marisita pressionando os dedos contra suas pálpebras, como se a sua cegueira fosse uma dor que ela podia mitigar através do toque. Ele podia ouvir a chuva ainda caindo à volta dela, e o som daquela água quase o fez fraquejar. Mas, em vez disso, Daniel reuniu forças. Lentamente, rastejou para o lado oposto da planta a fim de permanecer escondido.

Marisita aproximou-se, chamando. Embora Daniel não quisesse ser encontrado, seu coração clamava tão intensamente por ela, e o coração dela clamava tão intensamente por ele que Marisita foi atraída inexoravelmente para sua direção.

Apenas a alguns metros de Daniel, o pulso dela batia tão forte que era como se já o tivesse encontrado.

— Daniel — ela disse —, não estou com medo.

Isso não era verdade, mas Marisita queria que fosse verdade com tanta vontade que a diferença não fazia diferença.

Existem muitos tipos de bravura. A bravura que Marisita exibia naquele instante era um deles, e o tipo que Daniel exibia era outro. Tudo nele queria chamá-la, mas nada nele cedeu ao impulso. Havia arriscado tudo a fim de que ela pudesse viver sem a escuridão dela, e Daniel não desistiria disso apenas porque não queria morrer só.

Marisita hesitou. Ela acreditava que seu desejo de encontrá-lo havia criado o sentimento de certeza dentro dela.

— Daniel?

O Santo seguiu escondido.

Marisita retornou a Bicho Raro para contar a sua história.

## 26

Raios e amor são criados de maneiras muito similares. Há alguma controvérsia sobre como os raios e o amor se formam, mas a maioria dos especialistas concorda com o fato de que ambos exigem a presença de opostos complementares: gelo e carga positiva em seu ponto mais elevado, água e carga negativa na base. Na eletricidade e no amor, os opostos se atraem, e assim, à medida que esses opostos começam a interagir, um campo elétrico se desenvolve. Em uma nuvem, esse campo acaba se tornando tão poderoso que ele tem de irromper da nuvem na forma de um raio, visível a quilômetros de distância. Ocorre essencialmente o mesmo em um caso de amor.

A noite em que Marisita concordou em terminar a entrevista, a atmosfera parecia muito carregada, preparada ou para os raios ou para o amor. O vento estava cheio de palavras não ditas ainda, milagres ainda não resolvidos e eletricidade ainda não descarregada. Tudo isso interferia no sinal da rádio. Um sinal de teste do seu novo local de transmissão — Bicho Raro — tinha se propagado mal, e, mesmo quando eles tentaram enviá-lo de novo mais próximo de onde eles transmitiam geralmente, o sinal continuou fraco. A atmosfera estava simplesmente incerta demais.

Beatriz sentou-se na parte de trás do caminhão, as portas escancaradas, olhando para a visão familiar de Bicho Raro no pôr do sol. O caminhão estava estacionado ao lado do palco que Pete tinha construído. Cabos serpenteavam até as estacas no chão e a antena fixa no teto do caminhão. Outro cabo levava para onde um microfone encontrava-se, no meio do palco. Beatriz podia ver vários Soria de onde ela estava sentada e, bem além deles, vários peregrinos, incluindo a forma altaneira de Tony. Pouquíssimas pessoas gostam de tentar solucionar um problema com um público, e Beatriz não era exceção. Além disso, a instabilidade da atmosfera parecia espelhar-se dentro dela. Isso ocorria porque quebra-cabeças autoinfligidos de Beatriz previamente não tinham limite de tempo e risco algum, e este quebra-cabeça tinha ambos para valer. Era também porque ela vira Marisita voltar com a mochila de Daniel, e sabia tão bem quanto Marisita o que a perda dela significava para seu primo.

Seus pensamentos eram tão turbulentos quanto o ar. As ideias recusavam-se a vir.

— Não há sentido em transmitir para um vazio — disse Joaquin. Ele soava dramático, mas estava certo. Parecia haver pouca razão em encorajar a confissão de Marisita se Daniel não tivesse chance de interceptá-la.

Pete, como sempre o mensageiro prestativo, disse a Joaquin:

— Tony disse que você precisava de altura. Para a sua antena.

— Altura! — disse Joaquin. — Isso!

Mas essa informação não era útil para Beatriz. Soubera desde o início do projeto da rádio que ela precisava de altura; era a maneira mais simples de melhorar a recepção. Esta era a razão por que antenas de rádio profissionais pairam a centenas de metros no ar e exigem luzes que pisquem, para evitar que aeronaves tenham encontros marcados inesperados com elas. A antena deles jamais representara qualquer ameaça deste tipo para a aviação. Beatriz explicou a Pete que tinha chegado ao limite da sua capacidade de construir uma antena e não sabia como melhorá-la, embora estivesse disposta a ouvir sugestões.

— Segurem aí — respondeu Pete, e correu de volta para onde os peregrinos passavam o tempo. O humor ali, reunidos em torno do rádio e da fogueira, aproximava-se mais do esperançoso do que do temeroso. Com as gêmeas curadas e Jennie a caminho da cura, a impressão que se tinha era de que o tempo espiritual estava finalmente se abrindo. Theldon não pegara um livro o dia inteiro, e Jennie tinha escutado o rádio e usado a cozinha de Marisita enquanto ela estava fora. A caçarola resultante não impressionava, em comparação com as criações elegantes de Marisita, mas seu entusiasmo tinha um gosto suficientemente saboroso para os peregrinos, e Jennie tinha acrescentado várias canções novas a seu repertório.

De sua parte, Tony viu-se cheio da satisfação que vem de ver outra pessoa se sair bem — ou, nesse caso, ouvi-la se sair bem. Joaquin tinha conseguido realizar muito mais com suas sugestões do que ele esperara, e agora a ambição vicária de Tony adiantava-se a ele. Imaginava convidar Joaquin para ir para a Costa Leste com ele, colocá-lo na frente dos microfones, observar sua estrela ascender. Nesse futuro brilhante, Tony imaginava Diablo Diablo saindo-se suficientemente bem para que Tony pudesse retirar-se sem alarde do olhar público e ser produtor dele, em vez disso. Era uma imagem atraente. Então foi um Tony Triunfo cheio de filantropia que disse a Pete:

— Eu posso segurar a antena. Vou ficar em pé sobre o prato e segurá-la, como a Estátua da Liberdade.

Esta talvez não tivesse sido uma sugestão relevante se Tony não fosse gigante, mas ele era, tornando-o quase cinco metros mais útil do que qualquer outra pessoa em Bicho Raro.

— Isso vai resolver? — perguntou Pete.

— Garoto, eu mais aquele prato faremos com que aquela rádio seja ouvida em todo esse vale — disse Tony. — Aquele Santo de vocês não conseguirá nos evitar, a não ser que tenha entrado em um carro.

*Ou morrido*, pensou Marisita, mas não o disse alto.

Desde que voltara, ela observara os ocupantes de Bicho Raro prepararem-se para a transmissão aquela noite com uma ansiedade crescente. Tentou orar no Santuário, mas isso só a deixou mais atrapalhada. Marisita tentou cozinhar alguma sobremesa para acompanhar a caçarola de Jennie, pensando que a rotina a acalmaria, mas suas mãos não paravam de tremer o suficiente para que ela segurasse os instrumentos de cozinha.

— Marisita — disse o padre Jiminez enquanto o céu se tornava absolutamente negro. — Venha comigo.

Ela seguiu o padre com cabeça de coiote. Esperava que ele lhe passasse a sua sabedoria sacerdotal, algo a respeito de acreditar em si mesma porque nosso pai e salvador acreditou. Em vez disso, levou-a silenciosamente para o limite de Bicho Raro e ali, no escuro, simplesmente a abraçou. Marisita havia sido abraçada apenas uma vez nos últimos tempos, e antes disso, por meses isso não havia acontecido e, então, a força de simplesmente ser abraçada foi enorme. Ela ficou tremendo nos braços do padre

Jiminez até parar completamente, e o padre Jiminez tentou sem sucesso não gostar tanto do abraço quanto gostara. Talvez isso não tire nada da intenção original do abraço, pois Marisita aceitou a oferta como apresentada inicialmente.

— *Gracias*, padre — ela disse.

— É claro, Marisita — ele disse, e lambeu os lábios sobre os dentes afiados enquanto dizia o nome dela. — Você está pronta?

Marisita olhou para o palco. Ele estava decorado como se para uma festa de aniversário, com bandeiras e luzes enfileiradas entre os bancos posicionados. Um pequeno guarda-chuva protegia o microfone de sua presença tempestuosa. Teria sido um belo cenário para o começo de um caso de amor, ou para a reunião de um casal há muito separado. Mas Marisita supôs que também era um belo cenário para uma noite que proporcionasse conforto para um jovem à beira da morte. Alisou os cabelos, lançou um olhar para as corujas observadoras e tentou não pensar sobre todos os santos que estavam ouvindo.

— Sim — ela respondeu.

# 27

Era 1955, e o Texas estava secando.

A seca começara no estado em 1950 e seguiu até 1957, mas em 1955 eles não sabiam que ela teria um fim. Simplesmente parecia que continuaria para sempre. A poeira levada pelo vento cobria os acessos das casas e rodovias e enchia piscinas e escolas primárias. Safras transformavam-se em cinza negra como uma punição bíblica. O céu de olhos ressecados mirava fixamente do alto enquanto os fazendeiros queimavam os espinhos dos cactos para que o gado pudesse comê-los. Estudantes se davam as mãos da escola até o ônibus, para que não se perdessem nas tempestades de poeira. Se você fosse do tipo que gostava de cantar canções tristes, cantava canções tristes. Se fosse do tipo que gostava de seguir vivo, se mudava para a cidade.

Os pais de Marisita eram do tipo que gostava de seguir vivo, e assim, quando ela estava com nove anos, mudaram a família Lopez para San Antonio, do rancho que eles tinham trabalhado por toda a vida de Marisita. Havia seis deles: a mãe de Marisita, Maria; e o pai dela, Edgar; três irmãs mais novas; e Marisita. Havia também Max, o irmão mais velho, mas às vezes ele não parecia fazer parte da família. Eles trocaram a casa no rancho por um apartamento em um hotel velho. Embora ainda estivesse seco por lá no Texas, na cidade o quadro era inteiramente diferente. San Antonio era uma cidade moderna de meio milhão de pessoas. Havia centros comerciais, hipódromos, subdivisões, rodovias lotadas de carros. Havia *água* — no rio, na velha pedreira de cascalho e nos lagos, no cemitério pelo qual Marisita passava a caminho da escola, todas as manhãs. Voltando para casa, às vezes ela via garotos pescando no cemitério.

— O que vocês estão tentando pegar? — ela gritara uma vez.

— Você, baby! — um deles gritara de volta, e Marisita não perguntara mais depois disso.

Havia menos seca em San Antonio, mas menos dinheiro também. Era caro viver na cidade, e tanto Maria quanto Edgar trabalhavam em dois empregos para conseguir pagar pelo apartamento. Max, provavelmente, já tinha idade suficiente para trabalhar, mas ele não podia — ficava bravo com facilidade, e Maria e Edgar contaram a Marisita e às suas irmãs que Max estava resolvendo isso com Deus. Deus não parecia estar resolvendo a situação muito rápido, e assim os Lopez tinham de se virar sem a renda de Max. Eles conseguiam, no entanto, e Marisita fez amigos e ensinou a si mesma como ser o mais perfeita possível.

Em 1956, Elvis Presley foi a San Antonio.

Ele estava agendado para tocar no auditório municipal de San Antonio, o prédio onde Edgar Lopez trabalhava na manutenção. Não era tão compensador quanto o trabalho no rancho, e Edgar era uma versão menor de si mesmo do que já fora, mas era um salário. Ou pelo menos era o que Edgar dizia a si mesmo enquanto se movia cada vez mais lentamente, tanto no corpo quanto nos pensamentos, desgastado até a mediocridade pela tragédia em câmera lenta da vida. Edgar não reclamava sobre o seu destino, mas a verdade era que anos fazendo o que precisava ser feito, e nada mais, o estavam derrubando; ele estava ficando velho.

Em 1956, o Rei do Rock and Roll estava praticamente no início de sua carreira, um tanto distante do fim trágico em câmera lenta da própria vida, e San Antonio não estava preparada para a força nova de suas fãs. O plano era o de que Elvis fizesse dois shows e então distribuísse autógrafos para quaisquer ouvintes interessados. O plano foi pisoteado por seis mil garotas, que fizeram filas de horas antes do show e, então, recusaram-se a ir embora. "Queremos Elvis!", elas entoavam, enfileirando os corredores até serem forçadas a deixar o local. "Queremos Elvis!", elas entoavam na rua, enquanto Elvis esperava que fossem embora, na arena a esta altura vazia. Ele tocou algumas canções em um órgão enquanto os repórteres e Edgar Lopez ouviam.

Ninguém tinha visto nada parecido com Elvis antes de Elvis — especialmente um homem mais velho como Edgar Lopez, um homem que jamais ia a concertos, um homem que trabalhava em dois empregos em um ritmo cada dia mais lento. O show era pura ação sem pausas — Elvis cantava, dançava, tocava a guitarra enlouquecidamente, e girava o quadril de uma maneira que fez Edgar desviar o olhar e algumas mães cobrirem os olhos dos filhos. Elvis era incansável. Não era de espantar que as garotas gritassem, pensou Edgar, porque elas estavam testemunhando um santo do rock and roll.

Mas, se Edgar tivesse vivenciado apenas o show, nada teria mudado para o Edgar como pessoa. O show foi memorável, sim, mas não algo que mudasse sua vida. Mas aquela combinação de eventos, que levou a Edgar e Elvis estarem juntos no saguão do auditório depois de todos terem partido, mudou sua vida. Porque Elvis estava preso no auditório municipal de San Antonio bem depois do seu show, Edgar pôde vê-lo enquanto não estava se apresentando. Enquanto esperava que as garotas fossem embora, Elvis sentou-se no órgão e escolheu "Silent Night", sem destreza alguma em particular.

Foi isso que mexeu com Edgar. Ele não teria sido levado a agir pela apresentação de Elvis, porque podia dizer a si mesmo que Elvis não era real. Mas ver o cantor depois do show provou que isso era realmente o trabalho de um homem. Talvez um homem extraordinário, mas ainda assim um mortal como Edgar. Ele decidiu que não viveria mais sua vida em seu estado diminuído; ele se tornaria, assim como Elvis, a versão mais impactante de si mesmo.

E assim, aquela noite, depois de Elvis ter finalmente partido e Edgar estar limpando depois da horda, ele cantou um pouco de "Blue Suede Shoes" e subiu correndo os degraus do prédio municipal, com energia renovada. Edgar era muito mais velho do que Elvis e com muito menos prática em vigor, então pisou com um pé de lado em um dos degraus e despencou escada abaixo, quebrando a perna.

Estes foi o começo do fracasso da sorte dos Lopez. A perna de Edgar jamais se curou corretamente, e assim as suas perspectivas de trabalho diminuíram. Ele passou muitos dias no apartamento com a perna para cima. O peso de ganhar dinheiro caiu sobre os ombros de Maria Lopez. Muitas mulheres teriam sucumbido sob esta nova responsabilidade, mas ela se tornou uma leoa irada diante da má sorte. Conseguiu um terceiro trabalho. Comprou um rádio para Edgar ouvir nos dias ruins da sua perna. Aderiu à recém-fundada Associação Política de Organizações Hispânicas e protestou fervorosamente por uma melhor representação no governo, melhor saúde pública e direitos trabalhistas. Anos se passaram. A família Lopez sobrevivia.

Então aconteceu o Rodeio e Exposição de Gado de San Antonio de 1961. A cada ano, a exposição abria com um desfile típico do Oeste e, a cada ano, o desfile ficava maior à medida que a exposição amadurecia. Aquele ano, a exposição de gado, já grande, ganhou nova fama quando Roy Rogers e Dale Evans — o Rei dos Cowboys e a Rainha do Oeste — estrelaram uma transmissão da rede NBC para o país inteiro apresentando o rodeio. Centenas de cowboys trotaram por San Antonio, os cavalos usando freios vistosos, peitorais com pedras azul-turquesa e selas caprichosamente trabalhadas com pitos revestidos de metal, e os cavaleiros usando chapéus de cowboy brancos, camisas com franjas e belas botas. Carros conversíveis os seguiam, com celebridades locais e nacionais abanando as mãos de dentro dos carros.

Marisita, que àquela altura havia se transformado em uma adolescente elegante e quase perfeita, levou suas três irmãs mais novas para ver o desfile; Edgar e Maria estavam planejando ir, mas a perna de Edgar estava tendo um de seus dias ruins. Max, inicialmente, tinha vindo com Marisita e as garotas, mas ele foi tomado pela raiva antes de chegar lá e sumiu multidão adentro.

Maria ficou com Edgar no apartamento, ouvindo os sons da música, os cavalos e o aplauso na rua. Embora Edgar não reclamasse, Maria, finalmente, não conseguiu suportar mais.

— Vamos ver o desfile — ela disse a ele.

— Ah — lamentou Edgar —, não posso descer cinco lances de escada.

— Não — disse Maria. — Mas eu posso carregá-lo por um.

Era um lance até o telhado, embora Edgar não fosse um homem pequeno, Maria o vinha carregando sob todas as outras formas por meia década. Ela colocou os braços em torno dele, cadeira e tudo o mais, e carregou-o do apartamento escada acima. À medida que o som da festa ficava mais alto na rua, Maria subia mais rápido, temendo não chegar ao topo antes que o desfile tivesse terminado. Cheio da paixão pela sensação de estar sendo carregado pela esposa, Edgar disse a Maria que ela não precisava correr por sua causa; esse desfile de duas pessoas no vão da escada era muito melhor do que qualquer coisa que ele poderia ver do lado de fora. A questão não era que Edgar havia parado de amar Maria em algum ponto, durante aquela década carregada do seu casamento, mas tinha parado de dizer que a amava. Maria sentiu-se tão emocionada com as palavras de Edgar que posicionou mal o pé no último degrau.

Os dois caíram para trás, e certamente Maria teria morrido da queda se Edgar não tivesse amortecido a sua, de alguma forma. No fim das contas, ela quebrou apenas a perna, a perna oposta à do marido, e ele ficou apenas com um machucado no peito, onde ela havia caído.

Maria também não podia trabalhar agora, e o lar dos Lopez subitamente se tornou um lar só de dependentes e nenhum trabalhador. Eles chegaram ao fim de seu dinheiro. Prometeram o aluguel, e prometeram o aluguel, e chegaram ao fim de suas promessas. Deveriam ter sido jogados na rua, mas o senhorio era generoso, e os Lopez haviam sido bons inquilinos até então. Além disso, ele observou, tinha um filho tímido, com pouca sorte no departamento feminino, e havia notado que Marisita havia se tornado uma jovem inteligente e adorável. Sugeriu — se Marisita concordasse com isso, é claro — que os dois se encontrassem. O amor floresceria, possivelmente.

O resto foi deixado sem ser dito; é claro que, se o amor florescesse e um casamento viesse disso, ele não jogaria seus parentes na rua.

Marisita concordou em se encontrar com o filho do senhorio. Ela se lembrava de se sentir nervosa e empolgada. O senhorio era um homem gentil, e havia muitas razões pelas quais, na San Antonio de 1961, não estaria empolgado em apresentar seu filho para a filha dos locatários que falavam espanhol, mas ele o fez de qualquer maneira, sem ser condescendente. Ou seu filho era obviamente inadequado ou ele poderia ser maravilhoso e salvar a todos eles.

Mas o problema era que ele não era nenhum dos dois.

O seu nome era Homer, e não era nem bonito nem feio. Não era terrível nem maravilhoso. Era tímido e desajeitado, um pouco mais baixo que Marisita, um pouco mais suado que Marisita. Ele apaixonou-se perdidamente por ela no mesmo instante.

Marisita não se apaixonou por ele no mesmo instante, tampouco após várias semanas de namoro.

Mas não se tratava de um casamento arranjado. Ninguém os estava forçando a ficar juntos. Ela poderia ter desistido. Mas, todas as noites, ela voltava de um passeio com Homer e encontrava Edgar em sua cadeira, com a perna para cima, e Maria na cadeira em frente, com a perna ainda no gesso, segurando as mãos no espaço entre eles, e veria suas irmãs dormindo docemente no quarto ao lado, e eles lhe perguntariam como tinha transcorrido, e ela teria de dizer:

— Maravilhosamente.

Ela não podia deixá-los na mão.

E assim o casamento foi marcado. Marisita tentou se apaixonar por Homer, e então tentou se convencer de que não precisava de um amor de verdade para ser feliz, e finalmente sonhou que não viveria até ficar muito velha, e talvez em sua próxima encarnação pudesse ter sua vida só para si.

Ela chorava quando ninguém podia vê-la e sorria e ria quando todos podiam.

O casamento ocorreria na Catedral de San Fernando, um local tornado possível somente pelas conexões do senhorio. Era um prédio antigo e imponente, construído no início do século dezoito. Pilares brancos sustentavam o telhado, e vigas brancas formavam arcos a partir do teto, como a caixa torácica de uma baleia. Qualquer noiva se sentiria feliz em se casar em um espaço tão impressionante. Era um local para uma história de amor épica.

Mas Marisita não vivia uma história de amor épica.

Homer a esperava no altar com o padre. Marisita estava no vão da porta. Edgar segurava em seu braço; ele não podia caminhar bem, mas no mínimo mancaria pelo corredor para dar a mão de sua filha. Marisita podia ver o rosto da sua mãe bem na frente da igreja, e ela ouviu as irmãs menores rindo em torno dela enquanto esperavam para segui-la com pétalas de flores. Max não estava sentado, pois tivera uma crise a respeito do terno e esperava na rua que alguém o buscasse e dissesse que tivera razão desde o início e que, por favor, voltasse para dentro.

Marisita olhou para a família e disse para si mesma que estava salvando a todos. As lágrimas se acumularam dentro dela, mas não permitiu que rolassem e buscou um sorriso.

Ela não conseguia encontrá-lo.

E assim ela correu.

Ela correu para fora da igreja, e o pai dela não conseguia segui-la por causa de sua perna ruim, e suas irmãs ficaram chocadas demais para se dar conta de que Marisita não pretendia parar, e Max deixou-a ir embora porque ele jamais perseguira nada afora sua raiva. Marisita correu e correu e correu. Ela correu durante todo o dia do seu casamento e durante toda a sua noite de núpcias e mais um dia e outra noite, mais uma vez e outra vez, segurando o vestido de casamento com as duas mãos e chorando por tê-los traído.

Então Marisita se viu em Bicho Raro, e o milagre cresceu dentro dela.

## 28

— Foi aí que você recebeu o milagre — disse Joaquin. Ele estava usando o seu jeito de Diablo Diablo com grande esforço, porque ele, assim como todos os outros ouvintes, estava bastante impactado com a história de Marisita. Ele, Pete e Beatriz fitaram as portas fechadas do caminhão-baú, imaginando Marisita no palco do lado de fora.

— Sim — confirmou Marisita. Ela estava chorando de novo agora, mas falava através das lágrimas. Você não consegue ouvir lágrimas no rádio, mas elas eram audíveis neste caso. Não as que rolavam, porque essas ainda eram abafadas pela chuva sempre caindo sobre ela, mas aquelas engasgadas em sua garganta.

Joaquin esperava que a família de Marisita pudesse tê-la ouvido contar a sua versão da história, da mesma maneira que Robbie e Betsy tinham ouvido as cartas uma da outra na noite anterior. Mas eles estavam a centenas de quilômetros de distância, então ele simplesmente continuou:

— E foi um tempo depois disso que Daniel a ajudou?

— Eu sabia que ele estava se arriscando — sussurrou Marisita.

Ela estava certa de que os Soria a desprezariam nos próximos minutos, se já não a odiassem, após ouvir que ela havia traído a própria família. Mas seguiu em frente.

— Nós sabíamos que não deveríamos conversar. Mas às vezes... ele vinha à minha cozinha e só sentava ali enquanto eu cozinhava. Eu não cozinhava para ele... sabia que isso não era permitido. Mas às vezes, depois que ele ia embora, eu percebia que estavam faltando alguns *biscochitos* ou churros, e então simplesmente comecei a fazê-los para ele e deixá-los onde ele poderia roubar quantos quisesse. E... eu sabia que não deveríamos conversar, mas às vezes eu ia até o Santuário e rezava no jardim com ele. Ele não deveria me dar nada, mas às vezes deixava coisinhas para que eu pegasse. Só fios para minhas costuras, ou uma pequena gaita, ou um ninho de um pássaro que tinha encontrado. Nós não conversávamos. Nós sabíamos que não deveríamos conversar. Nós sabíamos que não deveríamos nem estar juntos. Mas finalmente... começamos a caminhar pelo deserto juntos. Não conversávamos. Nós sabíamos que não deveríamos. Nós sabíamos... que não deveríamos.

— Aquele tonto maluco! — disse Joaquin.

— Aquele tonto maluco — concordou Marisita. — E nós, em algum momento, infringimos a regra também. Nós conversamos. Apenas algumas palavras aqui e ali, mais a cada vez que nada terrível acontecia quando conversávamos. Eu sei que fomos bobos. Eu sei como isso soa. Sinto muito.

Esse pedido de desculpas não significou nada para Diablo Diablo e tudo para Joaquin e o resto dos Soria —, mas não pela razão que Marisita achou. Ao contrário do que ela temia, nenhum deles estava bravo com ela, e nenhum deles a odiava. Eles não precisavam desse pedido de desculpas para corrigir as ações dela. Mas ainda assim era importante para os Soria que Marisita se importasse o suficiente com eles para oferecê-lo. Generosamente, Joaquin disse:

— Foi tanto ele quanto você, Marisita. Sempre assuma a responsabilidade por suas próprias ações, mas jamais pelas de outra pessoa. Foi então que a escuridão se abateu sobre ele?

— Não — disse Marisita.

— Bem, não entendo por que não.

— Porque ele não havia me ajudado ainda — explicou Marisita. — Ele não havia interferido. Eu não estava nem um pouco mais próxima do segundo milagre porque me apaixonei por ele. Na realidade, só me senti pior. Daniel era tão bom, e ele amava tanto a sua família que só me fez pensar sobre como eu não tinha notícias da minha própria família... como poderia? Eu presumo que eles tenham sido jogados na rua. Eles... eles devem me odiar. Eu os fiz passar por tanta humilhação... Eu os deixei na mão. Não consegui nem salvar a mim mesma, e assim tudo o que tenho é essa culpa.

— Mas isso é um absurdo — disse Joaquin. Beatriz e Pete escreviam mensagens, furiosamente, para Joaquin e as seguravam no alto para que ele as lesse. — E esse seu irmão.. Max! Ele deveria estar se sentindo culpado! Sim, todos nós no estúdio concordamos em que ele é o vilão.

— Ele só era tão irado... — disse Marisita.

— Eu também! — disse Joaquin. — Com o Max!

— Se você o tivesse conhecido...

— Eu ficaria mais irado ainda! Conte-nos o que aconteceu aquela noite, a noite em que Daniel procurou você.

Naquela noite, Marisita havia decidido caminhar deserto adentro até que ela não conseguisse mais caminhar. Estivera pensando nisso por semanas, e não foi uma decisão fácil de tomar. Era o fracasso definitivo. A imperfeição definitiva. Mas foi feito... ou estava sendo feito, até a chegada de Tony e Pete, interrompendo-a. Agora ela não podia ir até que os cães tivessem se acalmado e Bicho Raro voltado a dormir. Mesmo este pequeno atraso a destruiu, e Marisita se encolheu no chão de sua casa e chorou. No fundo, ela sabia que caminhar deserto adentro ainda assim não ajudava em nada sua família; era meramente outro ato egoísta. No fim das contas, ainda pensava só em si mesma. Se quisesse verdadeiramente acabar com a desgraça de sua família, retornaria e imploraria pelo perdão de Homer. Mesmo nesse momento de desesperança, não conseguia tomar essa atitude. O ódio por si mesma e a chuva desabavam sobre ela. Marisita não estivera seca ou quente em meses.

Lentamente, a comoção do lado de fora morreu. Os latidos dos cães desapareceram na noite. Os motores silenciaram. As vozes se elevavam e calavam. As corujas gritavam e chamavam, e por fim sossegaram.

A noite ficou em silêncio.

Marisita ouviu uma batida na porta. Ela não se levantou do chão, tampouco respondeu. Um momento mais tarde, a porta se entreabriu e passos foram em sua direção. Eles pararam ao lado dela, e o proprietário dos pés parou ali por um tempo muito longo. Isso porque era Daniel, e ele ainda debatia consigo sobre o que queria fazer e o que deveria fazer.

Com um suspiro profundo, ele encolheu-se em torno dela.

Isso não era permitido, abraçá-la daquele jeito, mas ele o fez de qualquer forma. A chuva caiu sobre Marisita e caiu sobre ele, e ambos ficaram absolutamente encharcados. Neste momento, o cheiro da chuva misturou-se docemente com o cheiro do incenso do Santuário, e Marisita lembrou-se de como era se sentir quente e segura.

Então Daniel fez o que faria por ela se ela não fosse uma peregrina, como se ele não estivesse com medo. Ainda a segurando firme, ele falou em seu ouvido. Ele disse a Marisita que ela não deveria se responsabilizar por todos os problemas financeiros de sua família, e que não era seu lugar ser a cordeiro de sacrifício. Havia outras soluções, mas sua família tinha optado pela mais fácil e ignorado os sinais da infelicidade dela. Além disso, era uma pessoa honrada por não ter se entregado a um homem que não amava; Homer não merecia viver uma mentira.

— Mas eles não me forçaram a nada — Marisita havia dito a Daniel. — Eles não foram cruéis. Eu errei ao não seguir em frente com o casamento, ou não ter contado mais cedo que não poderia fazer isso.

— Você pode se perdoar — havia insistido Daniel.

— Não creio que eu possa — ela respondera.

Ele continuou a segurá-la.

— Eu sei que tudo parece errado, mas você pode se endireitar de novo, Marisita, se você se esforçar tanto para isso quanto você se esforça com todo o resto.

Foi então que a rosa negra da escuridão de Daniel havia florescido. Nem ele nem Marisita sabiam qual parte daquela visita a havia desencadeado, mas a verdade era que não fora o fato de Daniel ter vindo confortá-la, tampouco o conselho sensível que ele deu. Não foram seus braços em torno dela ou o calor das suas palavras no seu ouvido. Foi, na realidade, a maneira como dissera *Marisita* para ela, em sua última frase. A maneira como Daniel disse o nome dela transmitiu toda a sua compaixão, e confirmou toda a verdade do seu conselho, e prometeu a Marisita que ela tinha valor e era perdoável, e indicou que ele apreciava muito a maneira como ela interagia solidariamente com os outros peregrinos, e deu a entender que, se houvesse um único fato diferente a respeito de suas circunstâncias, ele casaria com ela imediatamente e viveria com ela por décadas até que eles morressem no mesmo dia, tão apaixonados quanto estavam naquele momento. Isso pode parecer muito para estar contido em uma única palavra que é um nome próprio, mas esta é a razão por que, em tempos mais conservadores, as culturas tomavam um grande cuidado em referir-se uns aos outros como senhor e senhora.

— E então ele partiu — disse Marisita.

Joaquin estava emocionado demais com a bravura do primo para responder de imediato. Naquele instante, ele se sentia tão ferozmente orgulhoso e assustado com Daniel que o amor, a esperança e o medo engasgaram a voz de Diablo Diablo dentro dele. Com grande esforço, conseguiu dizer apenas:

— Vamos fazer um breve intervalo musical. Vamos ouvir o Elvis com "Can't Help Falling In Love".

Enquanto Elvis cantava, Joaquin se conteve e secou uma lágrima, e Pete e Beatriz olharam fixamente um para o outro, pois histórias sobre amantes sempre impactam demais outros amantes. Joaquin se recompôs enquanto a canção chegava ao fim.

— Estamos de volta. Obrigado, Elvis, por cantar as palavras em que estamos todos pensando. E a escuridão?

— Não sei quando ela se abateu sobre ele. Deve ter sido logo depois de ter partido, pois ele retornou apenas alguns minutos mais tarde com a carta para Beatriz. Ele a fez deslizar por baixo da porta e me deu as instruções. Então partiu, e jamais tive a oportunidade de dizer a ele que o amava.

Houve um silêncio.

— Se ele estiver ouvindo hoje à noite, você acabou de dizê-lo.

Marisita não disse nada.

— Marisita? — chamou Joaquin.

— É só que... — começou ela.

— Sim?

Marisita estendeu as mãos para o céu e as examinou de novo.

— É só que a chuva parou.

# 29

De todos os Soria ali, somente Luis, o de uma mão só, estivera em Michoacán na época da grande migração de borboletas-monarcas. Milhões de borboletas viajam para o México a cada outono, abrigando-se nas florestas por lá enquanto o inverno pune as terras mais ao norte. Foi uma visão que ele não esqueceria tão cedo, o ar tremeluzindo de uma correnteza de cores, as borboletas flutuando sobre asas que pareciam ter sido cortadas por Antonia Soria em sua mesa de cozinha. Algumas pessoas diziam que essas borboletas eram as almas dos mortos retornando para a terra a tempo do *Día de Los Muertos*, mas Luis achara que ele jamais vira nada tão vivo.

Ele não acreditava que veria nada parecido com aquilo outra vez, mas, naquela noite carregada, os Soria se viram olhando fixamente para um céu que rivalizava com aquele céu encantado. Assim que a tempestade cessou sobre Marisita, foram precisos apenas alguns momentos para que as borboletas no vestido de Marisita se espalhassem. Agora, todas levantaram voo em torno dela, centenas de borboletas, redemoinhando para cima e em círculos céu adentro. Elas se misturaram às corujas, que davam voltas e rasantes, enlouquecidas com o milagre de Marisita.

Era uma visão incrível, mas carregada. Milagres são uma coisa estranha em que às vezes um milagre desencadeia outro, ou às vezes desencadeia um desastre, e às vezes os dois são a mesma coisa. Então, quando as borboletas se avolumaram em direção ao céu, pontos de laranja e amarelo, elas voaram direto para aquela atmosfera que havia começado à noite tão carregada de expectativa, medo e esperança. Aquelas moléculas vibraram e se agitaram à medida que centenas de asas rasparam contra elas de novo e de novo, e, no céu escuro, uma carga elétrica se fez crescer. Os Soria podiam ouvi-la de baixo — seus ouvidos ficaram momentaneamente tapados e surdos com a expectativa —, e então houve um estalo poderoso, como se o próprio céu estivesse se rasgando.

Um enorme raio voou do escuro.

Raios caçam a maior presa, que neste caso era a antena no topo do radiotelescópio, com Tony como base humana.

Houve uma explosão de luz.

A antena, o prato e Tony foram todos obscurecidos por ela. Todos que estavam embaixo foram forçados a desviar os olhos para não ficarem cegos. Em menos de um segundo, o pulso elétrico correu, branco e quente, descendo os cabos que iam da antena até o caminhão, e todos os cabos no chão explodiram do solo com um crepitar e um estouro. Um impacto trovejante sacudiu o chão onde eles estavam.

Quando o ar limpou, não havia sinal da antena. O prato do telescópio estava enegrecido. Tony estava estendido na poeira na base do prato, os restos da antena destruída em pedaços de cobre em torno dele.

Não era mais um gigante.

Ele não estava respirando no momento.

Antes da queda do raio, enquanto Tony ouvia a confissão de Marisita, ele estivera olhando para baixo, da sua altura, para Bicho Raro, e estivera pensando sobre a enormidade do que eles estavam fazendo aquela noite e como essa família inteira havia se unido para fazê-lo. Ele estava pensando sobre a promessa incrível de Joaquin. E, finalmente, estava pensando que não era tão ruim assim ser um gigante do rádio, desde que você procurasse pelas coisas que podia fazer como gigante e que não podia fazer como qualquer outra coisa, tipo elevar a voz de outra pessoa de maneira que ela ficasse um pouco mais alta.

O segundo milagre tinha vindo facilmente.

— Tony, nossa, Tony! — disse Pete. — O que eu vou fazer?

Joaquin, que havia tirado o jogo de fones de ouvido para saltar do caminhão, colocou o ouvido no peito de Tony, tentando ouvir a seu coração ou conferir a respiração. Essa é uma maneira terrível de conferir se há indícios de vida. Beatriz, que tinha saltado para fora com Pete e Joaquin, fez a conferência de uma maneira menos terrível. Ela levantou a mão de Tony, notando os floreados peculiares e ramificados deixados pelo raio que cobriam os braços dele, terminando em seus dedos.

— Há um pulso — ela disse. — Ele está vivo.

Ser atingido por um raio é uma coisa difícil. Cair de alguns metros de altura do topo de um radiotelescópio também é uma coisa difícil. A respiração de Tony tinha sido expulsa dali até a rodovia, e levou um minuto inteiro para que ela retornasse, arfando, a ele.

— Ele está respirando! — anunciou Joaquin, para que os outros Soria também o ouvissem.

Mas eles não estavam prestando atenção. Estavam gritando e apontando para algo completamente distinto: o caminhão-baú. Como Pete, Beatriz e Joaquin tinham saltado para fora do veículo tão depressa para atender ao Tony, não se deram conta de que ele ficara extremamente quente logo depois do impacto. O raio havia voado pelos cabos abaixo, tão quente e feroz, que colocara fogo em tudo o que tocara.

O caminhão-baú queimava silenciosa e furiosamente nos minutos em que eles estiveram distraídos com Tony.

— Salve o transmissor! — disse Beatriz.

— Vou pegar baldes do celeiro — disse Pete.

— Vou ajudar — disse Antonia.

— Sim — concordou Michael.

Qualquer pessoa que tenha combatido um fogo de qualquer tamanho sabe que existem alguns fogos que você consegue apagar e outros que morrerão somente sozinhos. Este era do segundo tipo. O interior do caminhão era um inferno. O cheiro de equipamentos eletrônicos derretendo encheu o ar, enquanto nuvens de fumaça negra bloqueavam as estrelas. Enquanto os baldes eram passados de mão em mão e a água preciosa era derramada na areia, o fogo estalava, rosnava e sibilava como a coisa viva que era. O ovo que Beatriz tinha dependurado em um ninho feito com uma rede de cabelos começou a se agitar e a gritar. Ele jamais havia sido esquentado o suficiente para incubar e nascer, mas agora, finalmente, nesse fogo milagroso e destrutivo, a casca se abriu. Uma coruja escura estranha, de uma espécie que nenhum deles vira na vida, irrompeu do fogo. Ela voou em torno deles uma vez e, quando olhou para baixo, por um momento, seu rosto mais pálido pareceu com o de uma mulher — um pouco com Loyola Soria, e um pouco com o rosto da escultura no Santuário.

Então a coruja fora embora e o caminhão também queimara até virar um monte de cinzas ardentes.

É difícil você abrir mão da esperança, particularmente quando pouco tempo antes estava cheio dela, e particularmente quando viveu sem ela por tanto tempo. Humanos são atraídos pela esperança como as corujas o são pelos milagres. É preciso apenas a sugestão deles para agitá-las, e a ânsia permanece por um tempo, mesmo quando qualquer traço deles já não existe mais. E os Soria haviam sido agitados por bem mais do que uma mera sugestão. O segundo milagre de Marisita havia acontecido bem diante de seus olhos, e então o de Tony também. Eles finalmente acreditavam no que Beatriz e Joaquin haviam colocado: por anos, vinham agindo de forma equivocada. O perigo fora real, mas o tabu não. Agora, eles imaginavam uma geração de peregrinos vindo e aprendendo com os anteriores, com os Soria e com a sabedora indefinível que vem da música, mesmo que as palavras nem sempre sejam compreendidas.

Então, quando o caminhão-baú queimou completamente, eles não se deram conta de imediato que algo havia morrido com ele.

Isso ocorreu a Beatriz primeiro.

— Não — ela disse, apenas uma palavra.

Para comunicar-se com Daniel, eles precisariam de outro rádio, e ela poderia construir um, mas isso exigiria partes novas. Partes novas exigiriam uma viagem para Alamosa, na melhor das hipóteses; pedi-las de outro lugar, na pior. Mesmo com a ajuda de todos ali em Bicho Raro, isso não poderia ser feito em um dia, ou mesmo dois dias.

Ela vira Marisita voltar para casa aquele dia com a mochila de Daniel. Ele não tinha dois dias. Ele não tinha um dia. Ele talvez não tivesse nem esse dia. Agora que as corujas e as borboletas haviam se dispersado, restava apenas uma espécie voando no alto, sobre suas cabeças: urubus.

— Onde está Marisita? — perguntou Judith.

Marisita tinha partido. Agora que ela estava curada, sua vergonha e culpa desaparecidas com a chuva, viu que seu desejo de encontrar Daniel persistia. Estava determinada a encontrá-lo e oferecer o mesmo carinho que ele havia oferecido a ela.

Isso soou como o máximo da insensatez para Beatriz. Parecia óbvio para ela que, se Marisita ainda não tinha encontrado Daniel até agora, não havia razão para que ela tivesse a esperança de encontrá-lo em meio a uma noite escura tomada de cinzas.

E assim, neste momento de perda e dificuldade terríveis, Pete e Beatriz fizeram o que amantes fazem muitas vezes quando as coisas estão na pior situação possível para o outro: eles brigaram. Isso foi piorado por nenhum dos dois se dar conta de que estavam brigando. Em vez disso, acharam que estavam sendo bastante razoáveis.

— Não acredito que se foi — disse Pete.

— Vou levar semanas para reconstruir — reclamou Beatriz.

— Ah... Eu estava falando do caminhão.

Pete sentiu-se desamparado com a súbita perda do seu futuro, uma perda que Beatriz salientou ser apenas uma perda em sua mente, à medida que ele não precisava de um caminhão para ser uma pessoa inteira, e na realidade precisava apenas de um sentimento de valor, que era algo que vinha em separado do título de um emprego, ou ser mandado para outro país para atirar em pessoas, como o seu pai ou o pai de seu pai haviam feito antes. Como você poderia imaginar, isso não fez com que Pete se sentisse nem um pouco melhor, já que muito poucas pessoas são curadas ao ouvir uma verdade a qualquer momento, em vez de sentirem a verdade por si mesmas.

— Você não precisa ser cruel a respeito disso — disse Pete. — Eu sei que você está chateada.

— Não estou chateada. Por favor, pare de dizer que eu estou!

Beatriz soou tão certa que Pete a observou com novos olhos, tentando compreender se estava fazendo a leitura errada dela. A expressão de Beatriz era complicada pelas cinzas sobre seu rosto, e ela não demonstrava seus sentimentos como ninguém mais que ele conhecera, mas ele se sentiu suficientemente determinado a respeito do assunto para insistir, com compaixão.

— Olha, você tem todo o direito de estar chateada. Tudo isso... o fogo, Daniel... você tem todo o direito.

— Não sinto as coisas assim.

— Não sente as coisas assim? — ecoou Pete. — Você não é uma boneca. Você não é um robô.

— Estou tentando contar uma coisa a meu respeito — soltou Beatriz.
— Você está errado.

Mas Pete não estava errado. Ele não estivera antes, quando o havia dito, e ele não estava errado agora. Se apenas Beatriz acreditasse que seus sentimentos estranhamente moldados existissem, ela o teria visto também. Em vez disso, ela se viu impaciente com Pete, pensando sobre como a relação de Francisco e Antonia tinha se desintegrado porque eles eram diferentes demais. Pete, ela pensou, estava apenas provando como ele era um ser emocional e incapaz de vê-la como ela verdadeiramente era, incapaz de compreender o que ela era incapaz de lhe dar. Ela acreditava que essa conversa era a razão por que pessoas como o pai dela e Beatriz terminavam sozinhos, em estufas, com seu trabalho.

Beatriz não percebeu que estava sendo despedaçada por dentro.

— Não preciso aparentar algo que não sou — ela disse —, algo mais fácil, com sentimentos, algo mais parecido com você. Estou tentando pensar o que fazer em seguida e isso está tomando toda a minha mente e não preciso que você me imagine como algo mais meigo, para fazê-lo sentir-se melhor sobre quem eu sou!

Pete a encarou, mas Beatriz não suavizou essas palavras, porque acreditava inteiramente nelas. E, porque ela acreditava inteiramente nelas, Pete achou que deveria estar errado. Ela se conhecia melhor do que ele a conhecia.

Enquanto os olhos dela brilhavam friamente em sua direção, ele esperou apenas um momento mais para ver se havia algum sentimento ou bondade neles, mas Beatriz acreditava demais em si mesma como a garota sem sentimentos para que isso acontecesse. Atrás dele, o caminhão-baú que ele queria tanto ardia sem pressa. O coração de Pete cambaleou perigosamente, um fosso dentro dele, enorme e irreparável.

Ele deu as costas sem mais uma palavra e deixou Bicho Raro.

# 30

Francisco Soria tinha começado a trabalhar em sua estufa maravilhosa imediatamente após uma briga com Antonia de manhã cedo. Ela estivera gritando com ele como havia gritado todos os dias por meses, e ele não se dera conta anteriormente que não tinha nada a dizer para ela em resposta. Não apenas para essa discussão atual, mas para todas elas. Em vez de esperar que ela terminasse para que ele pudesse explicar essa verdade para Antonia, Francisco havia só partido de casa no dia claro e começado a construção. Antonia tinha achado aquilo cruel, mas Francisco não partira para machucá-la. Ele havia partido para acalmar a própria mente. Ruído demais e ira demais atuavam como um arpão sobre seus pensamentos, e, enquanto a dor de Antonia a derrubava, as ideias de Francisco haviam sido abafadas até se tornarem apenas uma minúscula chama — e o que era ele, se não uma pessoa feita puramente de ideias? Naqueles meses iniciais, havia trabalhado na construção da estufa inteiramente depois do anoitecer, quando todos os Soria estavam dormindo, porque descobrira que, tendo vivido com tanto barulho por tanto tempo, ele estava faminto pelo silêncio absoluto. Foi somente após muitos dias de sossego que sua apreciada fluidez de pensamento havia lentamente voltado. Assim que Francisco terminou a estufa e começou a trabalhar em suas rosas, ele finalmente retornou à rotina.

Desta maneira, vivia uma vida pequena e solitária em um mundo pequeno e controlado. Não era sua melhor vida. Mas era uma vida aceitável.

Nas ruínas deixadas para trás após o caminhão ter queimado, Beatriz descobriu que seu mundo pequeno e controlado fora negado a ela. O prato da rádio ainda queimava, ardente, e o caminhão virara cinzas. Não havia um lugar privado em que ela pudesse se meter, em cima ou embaixo. A mente de Beatriz recusava-se a desistir, no entanto, e, finalmente, ela foi para o único santuário em que conseguia pensar: a casinha que Pete tinha construído.

Ela sentou-se ali dentro no escuro. Havia apenas uma luzinha da varanda passando pelas janelas, o vidro ainda filtrando a beleza de pensamento da estufa do seu pai. Ela abraçou os joelhos e lutou para reunir uma solução para alcançar Daniel, mas seus pensamentos não se ordenavam. Beatriz tentou colocá-los acima dela, fora de sua cabeça e no céu, de maneira que pudesse estudá-los de todas as direções, mas eles se recusavam a deixar seu corpo. Ela continuou testando os pensamentos em ramificações de lógica e descobrindo que a lógica não se mantinha.

Estivera sentada ali por incontáveis momentos quando ouviu um assovio.

— Beatriz? — assoviou seu pai, carinhosamente.

Ela não respondeu, mas ele baixou a cabeça e entrou do mesmo jeito. Francisco já tinha, através de um processo de eliminação, decidido que ela deveria estar na casa. Ele se aproximou o suficiente para tê-la em seu campo de visão, imóvel e como uma coruja no canto. Pai e filha não se abraçaram ou tocaram, mas ele sentou-se perto dela, encarando-a e espelhando a sua postura.

— O que você está fazendo? — perguntou a ela.

— Pensando em como chegar em Daniel antes que seja tarde demais.

A frase não saiu bem um assovio, como poderia ter sido, mas ele a compreendeu.

— Não há como salvar o caminhão — ele disse.

— Eu sei.

— Pete partiu — ele disse.

— Eu sei.

Houve um longo momento de silêncio. Como os dois eram bons em ficar em silêncio, é difícil dizer exatamente quanto tempo esse momento realmente durou. Foi mais curto que a noite, mas não muito. Finalmente, Francisco disse, muito suavemente, em palavras, não assovios.

— Acho que estivemos errados a respeito de muitas coisas. — disse ele. Quando Beatriz não respondeu: — Estou voltando para casa.

Então Francisco deu um tapinha no joelho de Beatriz, pôs-se em pé e deixou-a ali.

Beatriz começou a chorar.

Ela não sabia que conseguia chorar, não sabia por que estava chorando e não percebeu que, em muitos casos, é assim que o choro simplesmente acontece. Beatriz chorou por um longo tempo e, então, pensou em como ela havia dito a Pete que não estava chateada quando jamais estivera tão chateada em sua vida. E pensou sobre os urubus e Marisita e chorou ainda mais. Finalmente, ela pensou em como eles haviam estado errados sobre o tabu por tanto tempo, e isso provavelmente custaria a vida de Daniel.

Quando Beatriz parou de chorar, ela limpou as faces — o ar seco levou todas as lágrimas que ela deixou passar —, e a garota com sentimentos estranhos selou Salto e saiu cavalgando deserto adentro para encontrar seu primo.

# 31

Montando Salto, Beatriz seguiu os abutres e logo em seguida alcançou a coruja que ela vira nascer do ovo no incêndio. Ela costeava acima de sua cabeça com uma certeza inabalável, e Beatriz achou um bom sinal, pois nenhuma coruja viajaria com tamanha certeza a não ser que estivesse se dirigindo para um milagre, ou um desastre. E que outro milagre ou desastre poderia estar ocorrendo nesse vale aquela noite fora algo relacionado ao ex-Santo de Bicho Raro?

Enquanto cavalgava, Beatriz se perguntava o que faria quando encontrasse Daniel. Levava água e um pouco de comida, mas não sabia o que esperar.

As estrelas pararam de rir para observá-la galopar debaixo delas, e a lua cobriu o rosto com uma nuvem, e então, à medida que ela se aproximava, as estrelas se amontoaram abaixo do horizonte para que não precisassem ver. O sol atrasou o seu nascer, também, para que não fosse testemunha, hesitando bem na beira da terra, de maneira que os primeiros momentos da manhã pairaram em uma meia-luz estranha.

Os abutres e a coruja de rosto pálido se reuniram todos no mesmo lugar, uma área baixa plana de cerrado, com uma duna pressionada contra uma cerca de arame farpado coberta de vegetação. Neste lugar, Beatriz viu uma figura e deteve Salto bruscamente, com o intuito de ser cuidadosa. Mas então ela reconheceu o vestido familiar de Marisita, amarrotado como um monumento torto enquanto ela se ajoelhava no chão. Tinha a cabeça e ombros de Daniel no colo. Os braços dela o abraçavam.

— Você tem a escuridão dele? — chamou Beatriz.

— Não — disse Marisita.

Isso parecia impossível, à medida que Daniel havia infringido o tabu ao abraçar Marisita no momento de apuro dela, e agora ela fazia o mesmo por ele. E não havia dúvida que ela o amava — estava ali, afinal de contas e, assim, deveria ter sido herdeira da escuridão dele. Beatriz começou a se perguntar se eles haviam se equivocado sobre a selvageria da escuridão Soria junto com todo o resto, e, perigosamente, a esperança agitou-se nela.

— Como isso é possível?

— Não posso interferir no milagre dele — disse Marisita com um chorinho na voz —, porque é tarde demais. Ele está morto.

Agora Beatriz apeou de Salto tão rapidamente que assustou até o cavalo. O animal deu um pulo para trás, distanciando-se dela enquanto Beatriz corria para o lado de Marisita e se agachava na relva cerrada ao lado dela. Ali estava Daniel Lupe Soria, o Santo de Bicho Raro, virado em um fio puído nos braços de Marisita. Ele parecia com todos os ícones que Beatriz já vira. O Santo martirizado, emaciado e frágil, o cabelo comprido caído. Marisita era a Madona, segurando-o perto de si.

Beatriz achou que soube então como Pete se sentia com seu sopro no coração.

Um movimento a sua direita a sobressaltou.

— O que é aquilo? — perguntou.

— A escuridão de Daniel — chorou Marisita.

Era uma coruja escura e de rosto pálido, com quase a altura de Beatriz. Não era a mesma coruja que havia quebrado a casca do ovo no caminhão, mas uma da mesma espécie. Não era uma coruja natural, mas em vez disso uma criatura sinistra originada de milagres e da escuridão. Como a coruja que Beatriz vira nascer, o rosto dela não era bem de uma coruja. Na realidade, à medida que Beatriz a estudava na luz tênue, percebeu que tinha os olhos de Daniel pintados no rosto. A boca de Daniel também. E as orelhas de Daniel ao lado da cabeça, como se fosse feita tanto de coruja quanto de madeira.

— Ela levou os olhos dele — disse Marisita —, e, bem quando cheguei aqui, roubou a sua respiração. Eu tentei pegá-la.

Isso, pelo menos, fazia sentido para Beatriz. Ela ouvira sua vida inteira que a escuridão Soria era algo terrível e pavoroso, muito mais estranha e difícil do que a escuridão comum de um peregrino. E essa coruja com os olhos, boca e orelhas roubadas de Daniel era terrível e pavorosa. Pelo menos uma das histórias que Beatriz tinha ouvido era verdadeira.

Ela não queria se aproximar da criatura, mas deu um passo experimental na direção dela, de qualquer forma. Com um ligeiro cacarejar, ela saltitou trás. Não muito longe. Apenas alguns passos, as asas batendo, sua expressão talvez escarnecendo. Marisita a encarou com desprezo.

— Não consigo acreditar que ele está morto.

— Até a escuridão dele partir, ele não está morto — disse Beatriz. Estudou a ave. Ela pulava de um pé para o outro como um boxeador, como se estivesse preparando um salto para o ataque. — O milagre morre com o peregrino.

— Por que tem outra coruja? — perguntou Marisita.

Beatriz virou a cabeça para trás para olhar para a outra coruja, a que havia sido chocada no caminhão-baú. Os pensamentos de Beatriz voaram para o alto para se juntar a ela.

O problema era que ela precisava saber onde havia se originado a escuridão de Daniel, a fim de saber como solucioná-la. O que ele deveria apreender dessa coruja, dessa *lechuza*, que tinha seus olhos, orelhas, boca e respiração? Não poderia ser fácil, ou Daniel já teria solucionado isso sozinho. Beatriz deu mais um passo na direção dela. Ela deu outro passo para trás. Mais uma vez saltitando de maneira febril, odiosa, quase jocosa. Beatriz deu mais um passo. A criatura deu vários passos para trás, afastando-se um pouco mais. Esta era a tática errada, decidiu Beatriz. Ela a espantaria se continuasse a persegui-la. Beatriz perguntou-se se poderia atingi-la, mas não compreendia as regras do roubo dela. Ela não queria arriscar machucar os olhos ou a respiração de Daniel. Não achava que a coruja deveria ser derrotada através da violência, de qualquer maneira, à medida que não havia nada para se aprender quanto a isso — Daniel nunca carecera de bravura ou luta.

Beatriz pensou sobre o que tinha aprendido com os eventos da semana anterior. Quando fazia pressuposições, ela chegava a conclusões falhas. Olhou para a coruja de novo, pela primeira vez, como se não soubesse nada a respeito dela. Olhou para Daniel, como se não o conhecesse. Removeu todo o seu medo da escuridão e toda a dor diante do corpo sem vida do primo. Então Beatriz se perguntou o que essa cena poderia significar se ela não tivesse tirado nenhuma conclusão anterior a respeito dela. Lutou para orientar suas impressões, para que fossem livres de medo ou rumores.

— Marisita — ela disse —, e se não for algo perverso tirar a respiração, os olhos ou o rosto dele? E se ela só os está guardando para ele?

— Por quê? — A voz de Marisita não soou interessada. Ela estava perdendo a esperança.

— E se ela estiver aqui só para ajudá-lo? — disse Beatriz. — Uma professora em vez de uma predadora?

Marisita entrelaçou os dedos nos dedos com olhos de aranha de Daniel.

— Minhas professoras jamais tiraram meus olhos.

Beatriz encarou a coruja, e a coruja encarou-a de volta com a expressão meiga de Daniel. Ela não era tão aterrorizante quando Beatriz a imaginava como uma professora, algo positivo, algo tentando contar a Daniel alguma coisa a respeito de si mesmo. Beatriz deu um passo na direção dela, mas, novamente, ela saltitou para trás, mais longe ainda.

— Ela jamais virá até você — disse Marisita.

Mas Beatriz achou que sabia o significado da escuridão de Daniel agora. Ela não gostava da conclusão a que havia chegado, razão pela qual sabia que era uma conclusão destituída de preconceitos. A lição que Daniel deveria aprender era que os milagres eram feitos para que interferíssemos neles. Ele jamais deveria ser capaz de banir sua escuridão sozinho. A escuridão dele era um quebra-cabeça que deveria ser solucionado apenas por outro Santo.

— Acho que ela virá — disse Beatriz, mais baixo. — Por que corujas são muito atraídas por milagres.

— Em quem você vai realizar o milagre? — disse Marisita.

— Em mim mesma — disse Beatriz.

# 32

Esta era a tese de Beatriz: os Soria haviam confrontado a própria escuridão em tempos passados da mesma maneira que era pedido a todos os peregrinos que enfrentassem as suas. Em algum ponto ao longo do caminho, um Soria deve ter perdido o gosto por enfrentar seus demônios ou morrido antes de realizar o segundo milagre, criando uma lenda, ou meramente parou a prática ali mesmo, proclamando a escuridão Soria difícil demais de se encarar. E assim os Soria esqueceram como solucionar a sua escuridão, e deixaram que ela crescesse dentro deles até se tornar traiçoeira demais, com um punhado de Soria sendo abatido a cada geração, vítimas de anos de escuridão acumulada.

A única maneira que Beatriz tinha para provar essa teoria, no entanto, era testando-a em si mesma. E, se houvesse qualquer outra explicação — se a escuridão Soria fosse verdadeiramente impossível, ou se ela houvesse se tornado impossível —, Beatriz talvez virasse madeira como os pais de Daniel, ou ficasse cega e sem respiração como o próprio Daniel.

— Pegue o Salto e vá — ela disse. — Não sei o que vai acontecer.

— Não vou — retrucou Marisita. — Eu suportei a minha própria escuridão e vou suportar isso também.

— Então pegue o Salto e pelo menos cavalgue um pouco mais para longe, de maneira que você possa observar em segurança.

Ela esperou até Marisita se afastar um pouco com Salto, e então foi até seu primo. Amarrou a tira da sua bota ao punho de Daniel de maneira que nada pudesse levá-la embora antes que conseguisse lhe devolver seus olhos e respiração. Beatriz chamou seus pensamentos de volta de onde eles voavam, no alto, com os abutres e a outra *lechuza*, aquela com o rosto de uma mulher, que havia sido chocada no fogo. Então ela examinou a estranha coruja ainda no chão, aquela com o rosto de Daniel.

*Você tem escuridão dentro de si?*

Beatriz pensou em como Marisita havia superado sua escuridão não fazia muito, nas gêmeas e em Tony.

*Eu tenho escuridão dentro de mim?*

Ela se lembrou daquelas corujas sentadas na borda do radiotelescópio, observando-a esperançosamente, e ela soube que tinha.

O milagre cresceu dentro dela.

A coruja com rosto de dama deu um rasante do alto, achando a promessa do milagre irresistível, mas esta não era a coruja de que ela precisava. Ela deixou seu milagre iminente crescer ainda mais, enorme e aterrorizante. Era um milagre acumulado tão gigante que ele começou a chamar as corujas de tão longe quanto Bicho Raro, e além. Ouviu seus gritos distantes enquanto elas começavam a bater as asas em direção a esse cerrado o mais rápido que podiam, na esperança de chegar aqui antes que tivesse terminado. O milagre cresceu tanto que agora, finalmente, a coruja com o rosto de Daniel não conseguia resistir ao chamado. Ela saltitou lentamente na direção dela, como Beatriz esperava que fizesse. Toda a sua evasão fora embora: ela simplesmente queria estar o mais próximo possível do milagre que estava por vir.

Beatriz deixou o milagre acontecer.

Imediatamente, ela sentiu a escuridão avolumar-se atrás de si. Se você jamais teve um milagre realizado em você, é difícil imaginar a sensação que é ter a sua escuridão invisível, subitamente, tornada realidade. É um pouco como dar um passo em direção a um degrau e descobrir que não há chão debaixo dele. A súbita ausência de peso e vertigem passa a impressão, por um breve momento, de que você não tem corpo, mas você percebe um segundo depois que receberá esse corpo de volta bem a tempo de ele ser jogado ao chão. Não é medo, mas é algo de que as pessoas muitas vezes têm medo, então é fácil de ver como os dois se confundem.

A visão de Beatriz começou a se estreitar. Ela estava ficando cega, como Daniel.

A dúvida ampliou-se.

A dúvida não era uma verdade, no entanto; era uma opinião. Ela passou por ela até chegar a um fato: precisava pôr as mãos na coruja com o rosto de Daniel antes que o milagre a deixasse completamente cega.

Enquanto cortinas negras pressionavam de cada lado de sua linha de visão, ela pegou a coruja. Não era um animal de verdade, no fim das contas; era apenas medo e escuridão debaixo de seus dedos, que parecia sólida somente até você tê-la sob seu domínio. Ela arrancou o rosto de Daniel dela e sugou a respiração dele para sua boca. Beatriz viu os olhos dele aparecerem em suas próprias mãos, pintados ligeiramente, como as tatuagens dos olhos de aranha, e ela sabia que havia tomado a visão dele da coruja meramente através do seu toque. Ela não tinha mais o rosto ou ouvidos de Daniel, então Beatriz sabia que os carregava também. A coruja anuiu para ela, e Beatriz viu que a ave queria que ela resolvesse esse quebra-cabeça desde o princípio.

Ela não podia agradecê-la pela lição, pois ainda trazia a respiração da vida de Daniel em sua boca e não podia simplesmente deixá-la escapar antes de alcançá-lo. Então Beatriz apenas anuiu de volta.

A coruja desapareceu no mesmo instante, com o ruído de um vento levantando poeira longe dali.

Acima dela, a outra coruja, a *lechuza* com rosto de dama, deu um rasante bem onde ela estava. As asas da coruja tocaram levemente o rosto de Beatriz, e ela só teve tempo de ver de relance que agora a coruja usava os seus olhos.

Então tudo ficou completamente escuro.

Ela não tinha muito tempo. Agora que a escuridão de Daniel tinha ido embora, a única respiração que ele tinha estava na boca de Beatriz, e ela era inútil ali. Perdida na escuridão tão absoluta quanto a noite, tateou apressadamente ao longo da tira da bota até o punho de Daniel, e então de seu braço para seu peito para seu rosto. Inclinando-se rapidamente, ela soprou a respiração de Daniel de volta para suas narinas primeiro, de maneira que ele não morresse, e então pressionou os olhos dele de volta em suas pálpebras e sua audição de volta aos ouvidos.

Ela achou que não suportaria se fosse tarde demais.

Como Beatriz existia na maior parte em sua própria cabeça, geralmente ela jamais se sentia sobrepujada pelo desejo de algo que não tinha. As coisas que a deixavam mais feliz não tinham formas concretas, o que as tornava extremamente resistentes. Ideias não podiam morrer.

Primos podiam morrer.

Ela queria que Daniel estivesse vivo, e a ferocidade daquele desejo atingiu-a de maneira mais forte do que qualquer coisa que ela já sentira na vida. Não conseguia acreditar que havia dito a Pete Wyatt que não tinha sentimentos, que *qualquer pessoa* lhe tenha dito que ela não tinha sentimentos, porque, mesmo que a força do seu temor pelo destino de Daniel não a tivesse convencido de sua existência anteriormente, a força de seu desejo de que ele estivesse vivo agora o teria.

Daniel respirou, ofegante.

Beatriz concedeu-se apenas meio segundo de alívio antes de se desamarrar apressadamente dele. A escuridão de Daniel estava curada. A sua não. Isso significava que o segundo milagre de Beatriz não podia sofrer interferências, e, apesar da lição de Daniel de que os Soria podiam interferir em milagres, isso não significava que ele estivesse em condições de ajudá-la.

— Dê água para ele — disse Beatriz para Marisita, embora ela não fizesse ideia se Marisita ainda estava por perto. — Não se aproxime de mim!

— O que eu devo fazer? — gritou Marisita.

— Não fale comigo!

Beatriz seguiu se afastando, as mãos estendidas na escuridão. Acima dela, as asas da *lechuza* batiam o ar em sua direção, fora do alcance dela. Não havia mais milagres a ser realizados para atraí-la, no entanto. E, de qualquer forma, Beatriz não achava que deveria solucionar a própria escuridão do mesmo jeito que havia solucionado a de Daniel. Isso dizia respeito a ela, de alguma forma — uma lição, não uma punição terrível. Perguntou a si mesma o que havia aprendido e o que ela ainda precisava aprender. Jogando seus pensamentos para o alto novamente, para fora de si, na atmosfera escura acima, onde quer que seus olhos estivessem, Beatriz imaginou que estava olhando para baixo, para os peregrinos. Daquela altura, ela considerou como eles haviam se curado. Refletiu sobre como a escuridão coletiva real dos Soria era o fato de eles não se deixarem ajudar os outros por estarem com medo demais de perder a si mesmos. Eles tinham tanto medo de ser abertos e verdadeiros a respeito dos próprios temores e escuridão que os colocavam em uma caixa e recusavam-se até mesmo a aceitar que eles, também, talvez precisassem ser curados. E, quanto mais eles bloqueavam isso, mais os peregrinos se bloqueavam, e tudo piorava, até que maridos e esposas se separavam e irmãos brigavam e tudo era terrível.

Mas este não era um quebra-cabeça que Beatriz tinha de resolver, pois havia infringido o tabu contra ajudar no momento em que sugerira entrevistar Marisita. Então a escuridão dela devia ser algo diferente. Agora, pela primeira vez, ela se dava conta, de verdade, de como era difícil ser um peregrino, uma conclusão a que Daniel havia chegado recentemente — uma conclusão a que todos os Santos em desenvolvimento deveriam ser levados a chegar. Muitas vezes, era tão fácil identificar a escuridão a partir do lado de fora. Mas, a partir do lado de dentro, a sua escuridão era indistinguível de seus outros pensamentos.

Você poderia levar uma eternidade para apreender sozinho.

Algo tocou as mãos de Beatriz. Ela se encolheu para trás, mas o toque a seguiu e ela percebeu outro par de mãos, segurando as suas. Tentou desvencilhar-se delas, mas elas não a largaram.

— Beatriz — disse Pete.
— Você partiu — ela disse.
— Sim.

Ele havia tentando partir, de qualquer maneira. Havia caminhado até a estrada principal e chegara a convencer um caminhoneiro a pegá-lo, de maneira que pudesse voltar de carona até Oklahoma. Mas, enquanto pensava sobre deixar o deserto, Pete percebeu que não acreditava que conseguiria realmente sobreviver a isso. Já havia partido o coração uma vez aquela noite e achou que, se isso acontecesse de novo, poderia realmente matá-lo. Na realidade, foi apenas o amor que evitara que ele morresse do primeiro coração partido. Ele sabe um jeito de tapar os buracos no coração, mesmo enquanto novos são abertos. Mas Pete sabia que não havia amor suficiente no mundo para ajudá-lo a deixar o deserto tão em cima de sua briga com Beatriz, e assim ele pediu ao caminhoneiro que o deixasse descer. O deserto emocionou-se de tal forma com seu ato de amor por ele que lançou um vento que levantou a areia e a poeira, e esta brisa amorosa fez Pete sair dando cambalhotas sobre o cerrado e as cercas e através dos leitos secos dos rios, rolando-o através da noite como uma de suas ervas daninhas, até o trazer para Beatriz.

Assim que Pete a viu, ele soube o que precisava fazer.

— Você não pode estar aqui — disse Beatriz. — Pegará minha escuridão.

— Eu sei — sussurrou Pete. — Ela já está aqui.

— O quê?

O medo adentrou seu corpo, e Pete segurou os dedos de Beatriz com mais força.

— Não solte minhas mãos — disse. — Não consigo ver nada.

A fé é uma coisa engraçada, e Beatriz, como apenas uma Santa relutante, jamais a aceitara verdadeiramente. Mas agora Pete estava contando com ela para ser capaz de curar a si mesma, de maneira que ela pudesse curá-lo.

— Como você sabe que eu posso fazer isso? — ela perguntou.

— Reconheço que não sei — ele admitiu. — Não sei grande coisa de nada que vai acontecer. Não sei o que vou fazer agora que o caminhão se foi. Não sei se voltarei a ver o dia novamente. Mas acho que sei isso: quero estar com você.

Em sua cabeça, Beatriz ouviu todos os argumentos que tinha elaborado contra a possibilidade de uma relação entre ele, um jovem tão bom e meigo, e ela, a garota sem sentimentos.

E então, é claro, de uma hora para outra, ela compreendeu.

— Eu estava chateada — disse a Pete.

— Eu sei — ele respondeu.

— Eu estava chateada todas as vezes que você disse isso — ela explicou.

— Eu sei.

— Eu não demonstro sentimentos como as outras pessoas.

— Eu sei disso também.

Beatriz hesitou. Parecia estranho expressar isso em voz alta, mas ela suspeitava que talvez significasse que ela deveria fazê-lo.

— Mas não quer dizer que eu não os tenha. Eu acho... eu acho que tenho um monte deles.

Pete a abraçou. Ele estava coberto com toda a poeira pela qual o deserto o havia rolado, mas ela não se importou.

— Eu *sei* que você tem um monte deles — disse.

O sol saiu, e ambos o viram.

# EPÍLOGO

Milagres e felicidade são bastante parecidos de muitas maneiras. É difícil prever o que vai desencadear um milagre. Algumas pessoas seguem sua vida inteira cheias de uma escuridão persistente e jamais sentem a necessidade de procurar por um milagre. Outras descobrem que elas podem existir com a escuridão apenas por uma única noite antes de saírem à caça de um milagre para removê-la. Algumas precisam de apenas um milagre; outras podem ter dois ou três ou quatro ou cinco, ao longo do curso de sua vida. A felicidade ocorre do mesmo jeito. Você não tem como dizer o que fará uma pessoa feliz e deixará a outra intocada. Muitas vezes, até a pessoa envolvida ficará surpresa com o que a faz feliz.

E acontece de as corujas acharem tanto os milagres quanto a felicidade irresistíveis.

Havia felicidade sobrando para onde você olhasse na noite em que os Soria, finalmente, celebraram os aniversários de Antonia e Francisco, no ano seguinte. Marisita e Daniel dançaram no palco que Pete havia construído, as luzes piscando sobre a cabeça deles, e pétalas de rosas redemoinhando debaixo de seus pés. Marisita usava um vestido azul que jamais usara antes. Após ter de usar um vestido de casamento todos os dias por mais de um ano, ela havia jurado que jamais usaria de novo a mesma roupa dois dias seguidos. Aquela noite, após a dança ter terminado, ela sentou-se à mesa da cozinha com Antonia, como havia feito todas as noites antes, cortou as costuras do vestido azul e costurou para si um vestido novo. Daniel a havia segurado carinhosamente enquanto eles dançavam, e suas mãos traziam oito tatuagens novas: oito olhos de meia-lua fechados logo abaixo dos olhos abertos da aranha, para lembrá-lo do que ele havia aprendido nas horas em que ele não podia ver.

Antonio e Francisca tinham acabado de dançar, e então trocaram presentes, enquanto Judith os observava com alegria. Antonia presenteou Francisco com uma caixinha. Quando ele a abriu, Francisco descobriu uma formosa rosa negra como a noite. Não era tão perfeita como a rosa que ele estivera tentando criar, mas isso era porque Antonia a tinha feito das cinzas do caminhão-baú. Francisco beijou sua esposa com prazer, e então pegou uma caixa grande da mesa atrás dele. Quando Antonia a abriu, descobriu um filhote de collie preto e branco. Não era exatamente igual ao que ele tinha quando a encontrara todos aqueles anos atrás, mas este tinha um sorriso maior.

— Eu amo cães — disse Antonia.

Pete e Beatriz ainda não tinham dançado. No momento, ambos estavam sentados sobre a plataforma de malha metálica enegrecida do radiotelescópio, olhando para as festividades lá embaixo. Dali, eles podiam ver a família de Marisita conversando alegremente perto do palco (Max ficara no Texas, com sua raiva como companhia), e eles também podiam ver Joaquin demonstrando o uso do prato e dos alto-falantes para uma das irmãs mais novas de Marisita. O saco de viagem dele já estava feito ao seu lado; ele estava indo para a Filadélfia aquele verão, mas havia prometido ficar para a festa. Joaquin estava a caminho de tornar-se o Diablo Diablo mesmo durante o dia, e os Soria não podiam estar mais orgulhosos.

— Eu me sinto feliz — disse Beatriz para Pete. Era uma frase que ela não teria pensado em dizer em voz alta apenas alguns meses antes.

— Eu também — assoviou Pete de volta.

Acima e abaixo deles, as corujas começaram a chamar. Elas levantaram voo dos telhados e saíram planando alto da borda do radiotelescópio. Beatriz e Pete desceram apressadamente para descobrir a fonte da comoção. Todos os Soria observaram enquanto um par de faróis lentamente estacionava ao lado da querida picape de caçamba baixa de Eduardo Costa. Corujas desviaram seu voo na direção do recém-chegado, algumas delas pousando no próprio veículo. Garras de coruja sobre o metal não é uma combinação feliz, e o som é igualmente desagradável.

Os faróis foram desligados. Era um caminhão agrícola grande, com as palavras RANCHO D DUPLO pintadas na lateral.

Era Darlene Purdey, a proprietária do galo ao qual Pete deu uma nova finalidade no verão anterior. Privada de seu lutador, ela havia mudado seu foco da promoção de brigas de galo para a busca pelos dois jovens que o haviam tirado dela. Após todo esse tempo, ela finalmente os havia rastreado até Bicho Raro, através de um anúncio nos classificados — os Soria tinham anunciado Salto para venda no jornal, e Darlene o reconheceu somente por sua descrição.

Agora ela descia do caminhão, uma espingarda enganchada sobre o cotovelo. Não parecia menos amarga do que parecera na noite em que Pete e Beatriz tinham invadido seu rancho. A escuridão apenas havia continuado a se acumular sobre a sua dor existente, até o ponto de quase imobilizá-la. Tudo o que Darlene fazia era dormir e procurar pelo General MacArthur.

— Estou aqui por causa de um galo — ela rosnou. Tentou afastar o caos de corujas sobre ela com a mão livre. Alguns dos pássaros menores haviam se aninhado em torno dos seus pés, batendo asas e trinando. Eles mal se moveram quando ela os cutucou com a ponta da bota.

— Parece que a senhora está precisando de um milagre — disse Eduardo.

Darlene respondeu asperamente:

— Está bem, vocês têm algum desses por aí?

Os Soria a encararam.

— Sim — respondeu Daniel. — Nós temos.

# AGRADECIMENTOS

Há um bom número de santos malditos que eu gostaria de agradecer pela produção deste livro. A equipe da Scholastic tem sido uma força incansável há anos e continua sendo, mas, para este romance, tenho de apontar o dedo particularmente para meu editor, David Levithan. Ele sabia como eu queria que este livro fosse bem antes de se tornar o livro que eu queria que fosse, e trabalhou alegremente para diminuir a diferença entre uma coisa e outra.

Obrigada a José de Jesús Salazar Bello, pelos conselhos antes de eu o começar; a Francisco X. Stork, pelos conselhos enquanto eu o escrevia; e também aos meus dois leitores de sensibilidade, por seus conselhos depois de eu o ter terminado. Eles foram incrivelmente generosos com sua linguagem e histórias; as inconsistências e erros são inteiramente meus.

Um agradecimento especial, como sempre, a BrennaYovanoff, Sarah Batista-Pereira e Court Stevens, por horas de jogos de palavras.

Obrigada ao Ed, por segurar minhas mãos na escuridão.

E obrigada ao meu velho Camaro, que foi parar roncando, combalido, em uma pequena cidade do Colorado anos atrás. Eu estava procurando um milagre, mas em vez disso consegui uma história, e às vezes os dois são a mesma coisa.

Impresso no Brasil pelo Sistema Cameron da Divisão Gráfica da
DISTRIBUIDORA RECORD DE SERVIÇOS DE IMPRENSA S.A.